l'irrésistible amant

*Barbara Cartland est une romancière anglaise
dont la réputation n'est plus à faire.*

*Plus de trois cents romans variés et
passionnants mêlent aventures et amour.*

*Les Éditions J'ai Lu en ont déjà publié
plus de quatre-vingts que vous retrouverez
dans le catalogue gratuit disponible
chez tous les libraires.*

Les Éditions J'ai Lu *publient également*
Les romans préférés de Barbara Cartland,
un choix des livres qui ont enchanté sa jeunesse.

Barbara Cartland

l'irrésistible amant

traduit de l'anglais par Monique THIES

Éditions J'ai Lu

Ce roman a paru sous le titre original :

THE IRRESISTIBLE BUCK

© Barbara Cartland, 1972

Pour la traduction française :
©Éditions de Trévise, Paris, 1975

1

Lord Melburne bâilla.

Il bâilla non pas de fatigue mais d'ennui. Tout l'ennuyait, les cupidons joufflus qui ornaient le manteau de la cheminée, les doubles rideaux de satin rose festonnés de soie, la pièce tout entière, surchauffée et trop parfumée.

Il effleura du regard son manteau jeté sur un fauteuil et sa cravate de mousseline blanche échouée parmi les flacons, les bouteilles, les pots de lotions, de parfums et d'onguents qui encombraient la coiffeuse. A la seule idée qu'il lui fallait se lever et s'habiller, il bâilla à nouveau.

— Tu es fatigué, mon cher, constata une voix douce, à côté de lui.

Il tourna légèrement la tête pour voir deux yeux sombres levés vers lui, des lèvres rouges, provocantes, et comprit que cela aussi l'ennuyait.

Découvrir qu'il en avait assez de sa maîtresse fut, pour lui, un moment désagréable. Couchée à son côté, contre l'oreiller frangé de dentelle, elle avait pour tout vêtement un collier de rubis qui lui avait coûté une somme exorbitante et des petites pantoufles de satin rouge assorties au collier.

Il se remémorait avec une certaine incrédulité l'ardeur avec laquelle il lui avait fait la cour, un mois seulement auparavant. Le fait que la dame en question, Mlle Liane Defroy, hésitait à accepter la protection du marquis de Crawley ou celle de sir Henry Stainer avait indiscutablement ajouté du piment à l'aventure.

Le marquis occupait sans doute un rang plus élevé dans l'échelle sociale, mais sir Henry Stainer était indubitablement le plus riche. Tous deux fort généreux, ils étaient, l'un et l'autre, membres de ce cercle tant prisé qui évoluait autour du prince de Galles et comptaient parmi les habitués de Carlton House.

Que Lord Melburne leur ait chipé Liane lui avait fait non seulement plaisir mais avait provoqué un énorme éclat de rire chez le prince qui l'avait déclaré irrésistible auprès du beau sexe.

C'était justement cela, songeait-il, le sourcil froncé, qui rendait la vie aussi ennuyeuse. La chasse était toujours de trop courte durée, les conquêtes trop monotones.

Il se surprit à souhaiter revenir à son régiment, avoir des batailles à livrer, les gagner, tuer des ennemis. Ce satané armistice l'avait rendu à la vie civile et jamais le temps ne lui avait paru plus long.

Il eut un mouvement pour se lever et les petites mains de Liane voletèrent vers lui.

— Non, non! s'écria-t-elle. Ne bouge pas. Il est encore très tôt et il nous reste beaucoup de choses à nous dire. Tu comprends? ajouta-t-elle en français.

Ses lèvres étaient très près des siennes. Il était péniblement conscient de son parfum. Il l'avait toujours trouvé trop sucré, trop lourd, et il ajoutait, à présent, à son impression de dégoût.

Il se leva, se libérant de son étreinte insistante.

— Je dois me coucher tôt, dit-il en prenant sa cravate. Je pars pour la campagne demain.

— Pour la campagne? répéta Liane la voix soudain plus aiguë. Mais pourquoi? Pourquoi me laisses-tu toute seule? C'est de la folie! Londres est si gai. Il y a tant de lieux pour s'amuser, tu le dis toi-même. Pourquoi aller où il n'y a que de la boue?

Melburne noua sa cravate avec l'adresse d'un homme qui sait se passer de l'aide d'un valet de chambre.

— J'ai à voir un vieil ami de mon père, répondit-il. J'aurais dû le faire la semaine dernière déjà, mais tu as réussi, ma chère, à me faire rester à Londres. A présent, je dois faire mon devoir.

— C'est impossible! protesta Liane. (Elle se redressa et les rubis de son collier scintillèrent à la lueur des bougies.) Aurais-tu oublié la réception de demain soir, celle à laquelle nous sommes toutes invitées, tout le corps de ballet? Ce sera très gai et peut-être même un peu leste. Tu t'amuseras beaucoup.

— Ça, j'en doute, répondit-il en enfilant son manteau.

Il resta un moment à la contempler avec ses cheveux aile-de-corbeau qui lui tombaient jusqu'aux reins, son petit visage étroit au nez retroussé et à la bouche un peu grande qui lui avait paru si séduisant quelques semaines plus tôt. C'était une danseuse experte et elle savait tirer parti de ses talents.

Mais à la regarder, à présent, il se demandait comment il avait pu supporter la banalité de sa conversation, le volettement factice de ses mains, la façon dont elle haussait les épaules, la coquetterie avec laquelle elle battait ses cils lourdement maquillés, baissait les paupières pour se donner l'air mystérieux.

Elle leva les yeux vers lui, notant d'instinct à quel point il était beau, combien on le remarquait même dans une pièce pleine d'autres hommes séduisants et distingués.

Cela ne tenait pas seulement à son aspect physique, au dessin ferme de sa mâchoire ou à ses étranges yeux gris au regard si pénétrant.

Non, et Liane s'en rendait compte soudain, c'était dû à ces lignes cyniques qui couraient du nez à la bouche, au pli sarcastique qui déformait ses lèvres même pendant qu'il s'amusait et à cette soudaine lueur dans le regard qui démentait le sarcasme au moment où l'on s'y attendait le moins.

Oui, il était irrésisitible et, avec un sourire, elle lui tendit les bras.

— Ne t'attarde pas à la campagne, dit-elle doucement. Je t'attendrai. C'est ce que tu désires, n'est-ce pas ?

— Je... je ne crois pas, répondit lord Melburne avec lenteur.

Il n'avait pas terminé sa phrase qu'il comprit qu'il venait de commettre une erreur...

La scène qui s'ensuivit fut bruyante, déplaisante et cependant inévitable. Il laissa Liane sanglotant sur son oreiller et, en descendant l'escalier, il se demanda pourquoi il ne parvenait jamais, comme les autres hommes de ses relations, à rompre une liaison sans scandale. Quand ils quittaient une maîtresse, c'était facile, une simple question d'argent, un diamant ou deux peut-être, et personne n'en voulait à l'autre.

Avec lui, cela provoquait toujours des larmes, des récriminations, des protestations et l'éternelle plainte : « Que t'ai-je fait ?... Je ne te plais plus ?... Tu en aimes une autre ? »

Il connaissait les questions par cœur et elles ne changeaient jamais.

Il franchit la porte d'entrée et la claqua derrière lui, faisant vibrer le marteau de cuivre poli. C'était bien la dernière fois qu'il était assez bête pour installer une maîtresse dans ses meubles.

Il était de bon ton d'entretenir une danseuse de l'Opéra, de se montrer à la promenade avec elle, de lui offrir sa voiture et son attelage et d'en attendre fidélité tant que durait la liaison. Si l'accord se faisait à l'amiable et sans complications pour tout le monde, il n'en allait pas de même pour lord Melburne.

Il était régulièrement accablé de flots de larmes, de lettres désespérées, de demandes d'explication et d'un refus obstiné d'admettre qu'il n'était plus intéressé, sans plus.

Sa voiture l'attendait, l'équipage discret qu'il utilisait le soir pour ses visites de ce genre. Le cocher eut l'air surpris de voir son maître aussi tôt et le valet de pied, un grand gaillard de plus d'un mètre quatre-vingts, remonta d'un bond sur le siège après avoir fermé la porte sur Sa Seigneurie.

— Tu paries que c'est terminé? fit-il du coin de la bouche.

— Ça se peut! répondit le cocher. Il est pas resté avec elle plus d'un mois.

— Moi, je te dis que c'est fini, insista le laquais sûr de lui. Je connais sa tête quand il a décidé que ça avait assez duré.

— J'ai jamais pu sentir ces Françaises, remarqua le cocher. L'autre, celle d'avant, c'était une Anglaise. Celle-là, elle avait de la classe.

— Il en a eu sa claque au bout de trois mois, répliqua le valet de pied avec délices. Je me demande pourquoi il s'en fatigue si vite.

A l'intérieur de la voiture, Sa Seigneurie se posait la même question. Pourquoi une femme perdait-elle brusquement, à ses yeux, tout intérêt?

Il avait aimé parader avec Liane devant ses amis. Il l'emmenait partout où l'on s'amuse. Elle surpassait, à ses yeux, les autres femmes que l'on rencontre dans ces endroits. Elle était gaie, amusante. Elle manifestait une joie de vivre et une vitalité qui galvanisaient tous ceux qui lui parlaient.

— Vous êtes un sacré veinard, lui avait dit sir

Henry Stainer — et lord Melburne avait enregistré avec plaisir la nuance d'envie du ton de son ami.

Il se demandait à présent s'il irait jusqu'à ramasser ses restes. Si ce n'était pas Stainer, il s'en trouverait une douzaine d'autres, trop heureux de se disputer les faveurs de la jeune Française qui avait su retenir l'intérêt de bon nombre des plus blasés parmi les jeunes nobles en vue.

« Et pourtant, je ne la désire plus », songeait Lord Melburne.

Il étendit les jambes, posa les pieds sur la banquette face à la sienne.

— Au diable tout ça! Au diable toutes les femmes! fit-il tout haut.

C'était absurde, il le savait, de se sentir, si peu que ce soit, coupable au sujet de la scène qu'il venait de vivre. C'était Liane et non pas lui qui n'avait pas suivi la règle du jeu.

L'accord passé entre un gentilhomme et sa maîtresse était d'ordre commercial. Le travail de la femme consistait à être aussi fascinante que possible et à extorquer par tous les moyens le maximum de cadeaux en échange de ses faveurs. Mais, jamais, il ne devait être question de grands sentiments, de palpitations ou de chagrins d'amour.

Et pourtant, avec « Buck » Melburne, personne ne jouait le jeu. Ce surnom remontait à son enfance. Ses parents eux-mêmes se souvenaient mal de son véritable prénom.

Il avait six ans quand il avait pour la première fois porté un costume de satin à la culotte resserrée aux genoux, mais déjà il avait une telle prestance qu'un ami de son père s'était écrié :

— Dieu, mais il a déjà l'air d'un dandy! Un véritable petit « Buck » (1).

---

(1) Terme passé dans la langue usuelle anglaise, synonyme de dandy. (N.D.T.).

Le surnom lui était resté et lui allait fort bien. Le prince de Galles lui-même suivait la mode qu'il imposait avec ses jaquettes sans ornement et remarquablement coupées, ses cravates nouées avec art et son mépris des bijoux trop voyants.

D'autre part, dans le pays tout entier, nul ne savait mener une voiture ou un phaéton avec autant d'adresse que lui; il avait, à cheval, une assiette incomparable, c'était un tireur d'élite et il boxait avec une aisance de professionnel.

Buck Melburne était l'homme le plus recherché, le plus envié, le plus irrésistible de Londres.

Cependant sa bouche avait un pli dur et les deux lignes qui marquaient ses joues étaient plus creusées que jamais quand il descendit de sa voiture à Berkeley Square et pénétra dans le hall de sa maison. Il tendit sa canne et son chapeau au maître d'hôtel.

— Je pars pour Melburne à 9 h 30 demain matin, Smithson, dit-il. Donnez l'ordre d'atteler mon phaéton et dites à Hawkins de me précéder avec la voiture à bagages. La rapide, pas cette arche de Noé qu'il a prise la dernière fois que j'ai été à la campagne.

— Bien, monsieur le marquis. On a apporté un message pour Votre Seigneurie.

— Un message? répéta lord Melburne en prenant l'enveloppe qu'on lui tendait sur un plateau d'argent.

Avant même d'y avoir touché, il sut de qui elle provenait. Il avait le sourcil froncé en traversant le hall en direction de la bibliothèque où il avait l'habitude de se tenir quand il était seul.

Un valet de pied se précipita pour lui ouvrir la porte et il pénétra dans la pièce tapissée de livres qui, avec ses piliers de lapis-lazuli et ses corniches sculptées et dorées, était célèbre à Londres.

— Sa Seigneurie désire-t-elle boire quelque chose?

— Je me servirai moi-même.

La porte refermée sur le laquais, il resta un instant à regarder le billet qu'il tenait à la main avant de se décider à l'ouvrir.

Il ne savait que trop bien qui en était l'auteur et il se demandait si ce n'était pas là, en fait, la solution aux problèmes qui l'avaient accablé dans sa voiture. Ne devrait-il pas se marier? Cet état ne se révélerait-il pas plus agréable et pour le moins plus reposant que ces scènes de lamentations perpétuelles?

Lentement, presque à contrecœur, il ouvrit la lettre. L'écriture élégante, un peu affectée de lady Romayne Ramsey était caractéristique et, cependant, un œil averti aurait lu la détermination dans les fins jambages. La note était brève.

Mon cher et imprévisible cousin,

J'avais espéré vous voir ce soir. J'ai été déçue. Il y a certaines choses dont je désirais parler avec vous. Venez demain à 5 heures, nous serons seuls.

Votre Romayne

Ce billet ne disait rien de particulier de nature à l'irriter. Cependant il en fit une boule et le jeta dans le feu.

Il savait parfaitement, depuis longtemps, qu'elle avait l'intention de l'épouser.

Cousine éloignée, elle avait prétexté de leur parenté, si vague fût-elle, pour l'inclure dans le cercle de ses amis intimes bien avant qu'il ait pu décider s'il le souhaitait ou non.

Cependant, ne pas se montrer flatté aurait été faire preuve de mauvais goût. Lady Romayne était la femme la plus belle que l'on ait vue à Carlton House depuis des années.

Ses parents, inquiets des dangers que pouvait lui faire courir sa beauté, l'avaient mariée au sortir de l'enfance.

Ce n'était pas leur faute si Alexander Ramsey, gentilhomme campagnard digne et puissamment riche, s'était rompu le cou à la chasse à la veille du vingt-troisième anniversaire de Romayne.

Elle n'avait pas attendu la fin de son deuil pour venir à Londres. Elle s'y était trouvé une maison, un chaperon complaisant, et avait fait des ravages à la cour. Elle était ravissante, vive, spirituelle et riche. Quel homme pouvait demander davantage d'une femme ? Elle avait décidé que Buck Melburne l'épouserait.

Il en avait parfaitement conscience. Il avait beaucoup trop d'expérience et connaissait trop la façon d'être des femmes pour ne pas deviner le parfait calcul de ses petits subterfuges quand elle disait avoir besoin de son avis, de son opinion, prétextant de leur parenté pour le prier de l'escorter dans ses sorties puisqu'elle n'avait plus de mari.

Elle l'enveloppait de sa toile comme une habile petite araignée. Mais, il aimait à se le répéter, il n'était pas encore pris. Peut-être lui offrait-elle là la solution dont il avait besoin, mais il n'en était pas certain.

Romayne serait splendide parée des joyaux des Melburne. Elle tiendrait sa place à sa table, chez lui, à la campagne, avec une grâce indéniable.

Il était également conscient de la flamme qui embrasait son regard quand ils étaient seuls, de l'accélération de son souffle, du frémissement des dentelles sur son sein, lorsqu'il lui baisait la main.

Il avait été très près de succomber à son charme, à l'invitation muette qu'il lisait dans ses yeux, à la façon dont, invariablement, elle lui demandait d'entrer chez elle la nuit quand ils avaient assisté à une réception et qu'il la raccompagnait. La porte de sa chambre était ouverte, la pièce éclairée doucement. Cependant, malgré sa réputation de coureur de jupons, il n'avait pas succombé à lady Romayne.

Le piège était trop visible. Il répugnait à faire ce que l'on attendait exactement de lui, à participer à une campagne qui avait été prévue jusque dans ses moindres détails et dont il connaissait l'issue inévitable.

— Bon sang! Quand je chasse, j'aime choisir moi-même mon gibier! s'était-il écrié un soir en sortant de chez lady Romayne.

Parfaitement conscient de l'offre faite, il se sentait néanmoins goujat de l'avoir repoussée.

Ni l'un ni l'autre ne s'étaient jamais exprimés ouvertement mais ils savaient parfaitement, tous les deux, qu'ils s'affrontaient comme des duellistes. Elle se lançait dans l'offensive, tentait de prendre l'avantage, de l'acculer. Il luttait, non pas pour sa vie, mais pour sa liberté.

Les flammes réduisirent la lettre de lady Romayne en cendres qui disparurent à leur tour.

— Que soient damnées toutes les femmes! On serait beaucoup plus tranquille sans elles.

Tout cela cependant n'empêcha pas Sa Seigneurie de bien dormir. C'est d'excellente humeur qu'elle monta à bord de son phaéton le lendemain matin. Le soleil brillait sur la bride d'argent de son magnifique attelage.

C'était un vrai soulagement de quitter Londres. On s'y couchait beaucoup trop tard, on y buvait trop et on y racontait une foule de sottises. Même les assauts d'esprit, au-dessus des tables de jeux chez White, ou l'élégance somptueuse des réceptions à Carlton House perdaient de leur intérêt à la longue.

Il était bien agréable de savoir qu'il menait les chevaux les plus racés et les plus chers de toutes les écuries connues, que son nouveau phaéton était plus léger et mieux suspendu que celui du prince de Galles et qu'il allait revoir Melburne.

Songer à sa maison lui réchauffait toujours le cœur. Bien qu'il n'y allât pas aussi souvent qu'il l'aurait souhaité, savoir qu'elle existait lui était une satisfaction.

La grande demeure que son père avait fait presque entièrement reconstruire sur les plans des frères Adam (1) se dressait sur l'emplacement des maisons, moins imposantes, qui avaient abrité des générations de Melburne depuis l'époque de la conquête normande.

Enfant, il avait aimé les jardins, les bosquets, les lacs, les forêts, les vastes champs s'étendant jusqu'à la ligne bleue des Chiltern Hills.

Melburne! Oui, c'était exactement l'époque rêvée pour voir Melburne alors que le miracle du printemps transformait les jardins en un tableau féerique de fleurs et d'odeurs.

Il était presque irritant de se rappeler que le véritable objet de son voyage était une visite à sir Roderick Vernon. Voisin le plus proche du château et très vieil ami de son père, sir Roderick avait fait partie de son enfance.

Il se passait rarement une journée sans que sir Roderick, en compagnie de son fils Nicholas, ne paraisse à Melburne à cheval ou en voiture, ou que Buck n'aille avec son père jusqu'au Prieuré. Les deux vieux messieurs discutaient de leurs domaines,

---

(1) Robert (1728-1792) et James (1730-1794) Adam appartiennent à une famille d'architectes, de décorateurs et d'archéologues écossais. Ils créèrent un style (Adam's style) qui est contemporain de notre style Louis XVI et qui inspira notre style Directoire. Ils dominèrent l'architecture et la décoration de tout le XVIIIe siècle anglais.

se querellaient sur une question de bornage, mais ils étaient restés excellents amis jusqu'à la mort du père de lord Melburne à soixante-quatre ans.

Sir Roderick devait avoir à présent près de soixante-douze ans, songeait le jeune homme. Il se souvenait avoir entendu dire qu'il n'avait pas été en bonne santé ces temps derniers et se demandait si, en fait, il n'était pas gravement malade.

Sa conscience lui reprochait de ne pas avoir fait le trajet plus tôt comme on le lui avait demandé. La lettre était urgente; il n'y avait pas à s'y tromper et, pourtant, elle lui avait paru sans importance comparée aux charmes de Liane et aux nombreuses obligations mondaines qu'il avait acceptées.

Que disait-elle, cette lettre? Elle était écrite par une femme dont il n'avait jamais entendu parler... Clarinda Vernon. Qui était-elle?

Sir Roderick n'avait pas de fille. Au cours de sa dernière visite au Prieuré, il y avait trouvé le vieil homme déplorant le fait que son fils Nicholas quitte trop rarement Londres pour venir voir la propriété dont il hériterait un jour.

Nicholas avait beaucoup déçu son père. Il s'était fait des relations plus que douteuses à Londres. Lord Melburne le rencontrait peu, et, en ce cas, s'arrangeait pour l'éviter.

Des histoires déplaisantes couraient sur son compte. Il en avait oublié le sujet. Son camarade d'enfance ne l'intéressait plus et ils s'étaient à peine adressé la parole depuis leur sortie d'Oxford.

Que disait donc cette femme dans sa lettre?

Mon oncle, sir Roderick Vernon, est malade et désire expressément voir Votre Seigneurie. Puis-je vous prier de venir le voir dès que cela vous sera possible?

Respectueusement vôtre,

Clarinda Vernon

Cela ne lui avait pas appris grand-chose, si ce n'est que le vieil homme était malade.

« J'aurais dû y aller la semaine dernière », songea-t-il en poussant ses chevaux comme pour rattraper le temps perdu.

Il ne s'arrêta pas à Melburne malgré son désir de le faire mais se rendit droit au Prieuré. Cela représentait à peine deux heures de trajet et, en franchissant la vieille grille de fer forgé, il remarqua avec satisfaction que, malgré l'allure à laquelle il les avait menés, ses chevaux ne montraient pas la moindre trace de fatigue et que leur robe était sèche.

L'allée, très large, était bordée de vieux chênes dont les branches se rejoignaient de chaque côté, formant voûte. La voiture roulait dans ce tunnel de verdure depuis quelques secondes quand lord Melburne remarqua quelqu'un qui venait dans sa direction.

Il s'agissait d'une amazone. Elle montait fort bien, mais elle se tenait au centre du chemin sans faire un mouvement pour s'écarter et le laisser passer.

Soudain, à sa grande surprise, elle arrêta sa monture et attendit sachant qu'il lui faudrait s'arrêter, lui aussi.

Elle attendait d'un air impérieux qui l'irrita profondément. Elle ne leva même pas la main, non, elle se contentait d'attendre. Il faillit céder à l'impulsion ridicule de la défier en passant sur le gazon et en la laissant plantée là. Mais, comme obéissant à un ordre muet, il tira sur les rênes.

Sans hâte, elle avança, s'approcha jusqu'au niveau du siège et s'immobilisa. Puis elle leva la tête vers lui.

Au premier coup d'œil, sa beauté l'étonna. Très habitué aux subtilités de la mode féminine, il remarqua qu'elle portait une amazone démodée. Cependant le velours vert défraîchi mettait en valeur la chaleur de son teint.

Jamais il n'avait vu une peau aussi blanche, mais il comprit en regardant ses cheveux. Ils étaient roux, mais à celui du cuivre se mêlait l'éclat de l'or, leur donnant une nuance indéfinissable.

L'or des épis mûrs se teignait du rouge d'une flamme d'un feu de bois. Ils semblaient briller au soleil. Un chignon très simple les retenait sur la nuque. Elle était nu-tête.

« Elle est très petite », songea-t-il tout en remarquant que si son visage était étroit, en forme de cœur, et son menton petit et pointu, elle avait des yeux immenses. Des yeux étranges pour une rousse. Ils n'étaient ni verts ni noisette comme on aurait pu s'y attendre, mais d'un bleu très sombre.

« Elle est ravissante, indiscutablement ravissante. » Il leva son chapeau.

— Vous êtes lord Melburne? demanda la jeune fille, d'un ton froid, sans sourire.

— Oui.

— Je suis Clarinda Vernon. Je vous ai écrit.

— J'ai reçu votre lettre.

— Je vous attendais la semaine dernière.

C'était un reproche et il se raidit :

— Je regrette mais je n'ai pu quitter Londres plus tôt.

— Vous arrivez quand même encore à temps.

Il leva les sourcils.

— ... Je veux vous parler sans témoins.

Il la regarda avec surprise. Ils étaient seuls. Puis il se souvint du laquais, derrière lui, dans la voiture.

— Jason, allez donc tenir la bride aux chevaux.

— Bien, monsieur le marquis.

Le valet sauta à terre et s'approcha du cheval de tête.

— Cela va-t-il ou bien voulez-vous que je descende? demanda lord Melburne.

— Cela ira, si votre homme ne peut pas entendre.

— Il ne peut pas et, de toute façon, on peut lui faire confiance.

— Ce que j'ai à dire n'est pas destiné à des oreilles de domestiques, fit remarquer la jeune fille.

— Alors peut-être vaut-il mieux que je descende.

Sans attendre sa réponse, il sauta à terre, éprouvant un agréable soulagement à se détendre les jambes.

— Et votre cheval? demanda-t-il. Voulez-vous que Jason le tienne également?

— Kingfisher ne s'éloignera pas, répondit-elle — et, avant qu'il ait pu l'aider, elle mit pied à terre avec une légèreté de papillon.

Elle glissa ses rênes par-dessus le pommeau de sa selle et, faisant demi-tour, elle remonta l'allée. Lord Melburne la suivit.

Elle était vraiment très petite, bien davantage encore qu'elle ne le paraissait en selle. La taille, que sa jaquette mal coupée mettait peu en valeur, était de celles qu'un homme pouvait encercler à deux mains. Ses cheveux lumineux ressemblaient à un feu follet attirant quelqu'un vers la traîtrise d'un marécage.

Lord Melburne ne put s'empêcher de sourire de son imagination. « Je deviens romantique, ma parole. »

Il ne s'était certes pas attendu à trouver quelque chose d'aussi exquis, insolite et ravissant au Prieuré.

Clarinda Vernon s'immobilisa sous un chêne.

— Il me faut vous parler avant que vous voyiez mon oncle, dit-elle — et il se rendit compte alors qu'elle était très nerveuse.

— Il est malade? demanda-t-il.

— Il est mourant. Ce qui le retient encore en vie, c'est le désir de vous voir; j'en suis sûre.

— Je suis désolé. Si votre lettre avait été plus explicite, je serais venu plus tôt.

— Je n'aurais pas demandé à Votre Seigneurie d'abandonner ses plaisirs si cela n'avait été absolument nécessaire.

La note de sarcasme de sa voix le fit la regarder avec surprise. Elle marqua un léger temps d'arrêt avant de reprendre :

— ... Ce que j'ai à vous dire vous semblera peut-être difficile... à comprendre. Par égard pour mon oncle, il faut à tout prix que vous accédiez à ses désirs.

— Que veut-il?

— Mon oncle déshérite son fils Nicholas. Le Prieuré, la propriété, il... me lègue tout. Et, parce que cela signifie tant pour lui et parce qu'il est mourant, il n'a qu'une idée en tête et nul ne pourra lui en faire changer.

— Laquelle? s'enquit lord Melburne, comme elle se taisait.

— Il veut... que vous m'épousiez.

Elle ne pouvait dissimuler le tremblement nerveux de sa voix et le rose lui était monté aux joues. Un instant, lord Melburne fut trop surpris pour dire quoi que ce soit. Avant qu'une exclamation lui soit montée aux lèvres, Clarinda poursuivait, vivement :

— Je ne vous demande qu'une chose, acceptez. Oncle Roderick sera peut-être mort demain. Ne discutez pas avec lui, ne le faites pas souffrir inutilement, acceptez seulement ce qu'il vous demandera. Cela le rendra heureux et, pour vous, cela ne signifiera rien, absolument rien.

— Je ne pense pas qu'il s'agisse là de quelque chose dont je puisse décider de but en blanc...

commença lord Melburne, ne trouvant pas ses mots pour la première fois de sa vie.

La jeune fille alors leva vers lui des yeux où il put lire une véritable haine.

— Inutile de craindre que je vous rappelle votre promesse quand mon oncle sera mort, monsieur, dit-elle. Car je peux vous assurer que jamais je ne vous épouserai, fussiez-vous le dernier homme sur terre.

Elle avait mis une telle passion dans sa voix, sans pour autant élever le ton, qu'elle semblait vibrer. Puis, avant que lord Melburne ait pu se ressaisir, avant qu'il ait trouvé quelque chose à dire, avant même qu'il ait compris ce qui se passait, Clarinda avait émis un petit sifflement.

Docile, son cheval obéit à son appel, elle sauta en selle et partit au galop en direction du Prieuré comme si elle avait tous les diables de l'enfer à ses trousses.

2

La voix ténue de sir Roderick s'affaiblit, se tut. Il s'endormit. Son médecin se pencha sur lui, tâta son pouls et, tourné vers lord Melburne :

— Il va dormir quelques heures, dit-il tout bas.
— Je reviendrai plus tard.

Il traversa la chambre sans faire de bruit, en ouvrit la porte. De l'autre côté, à sa grande surprise, il découvrit un laquais penché, l'oreille à la serrure.

A la vue de lord Melburne, il se redressa, le regarda avec une certaine insolence, puis fit demi-tour et détala à toutes jambes.

Le front plissé, lord Melburne descendit l'esca-

lier sans hâte. Arrivé dans le hall, il hésita un instant et le maître d'hôtel s'approcha de lui :
— Mlle Clarinda est dans le salon, mylord.
— Merci.

Il se dirigea vers cette pièce, notant au passage que tentures et tapisseries avaient grand besoin d'être remplacées. Certains des rideaux étaient littéralement en lambeaux. Les tableaux et les meubles étaient de grande valeur, mais les tapis étaient usés jusqu'à la corde et il était nécessaire de faire recouvrir la plupart des sièges.

Clarinda était assise à un secrétaire devant la fenêtre. Le soleil, passant par le battant ouvert, brillait dans ses cheveux, donnant l'impression qu'elle portait une auréole de feu.

A l'arrivée de lord Melburne, elle se leva précipitamment. Ses grands yeux bleu sombre levèrent sur lui un regard où se lisait l'hostilité et la méfiance. Mais tout son visage exprimait l'interrogation.

— Votre oncle s'est endormi.
— Vous avez promis... ce qu'il a demandé?

Cette question semblait lui avoir échappé, malgré elle.

— Nous avons discuté de ce sujet.

Il la sentit qui se détendait comme si elle avait craint qu'il puisse refuser. Puis, avançant vers la cheminée, il ajouta :

— ... J'ai appris qu'en fait vous n'étiez pas la nièce de sir Roderick.

— Non, répondit-elle. Ma mère s'est mariée une première fois au capitaine Patrick Wardell, des Grenadiers de la Garde. Il a été tué au combat, avant ma naissance.

Elle se tut. Puis, lord Melburne ne réagissant pas, elle ajouta :

— ... Quand ma mère a épousé le frère de sir Roderick, il m'a adoptée et donné son nom. Je l'ai toujours considéré comme mon père et, comme il n'avait pas d'autres enfants, je crois qu'en fait il oubliait souvent que je n'étais pas réellement sa fille.

Sa voix s'était adoucie à cette évocation et Melburne y découvrit une qualité musicale.

Elle avait échangé l'amazone râpée dans laquelle il l'avait vue la première fois contre une simple robe de mousseline usée par d'innombrables lessives et démodée. Malgré tout, son impression première se confirmait : elle était ravissante à couper le souffle.

Sa chevelure somptueuse n'avait nul besoin de coiffures compliquées. Elle encadrait merveilleusement son petit visage piquant et il remarqua, chose étonnante, qu'elle avait les cils très foncés. Peut-être avait-elle du sang irlandais dans les veines ?

Brusquement, comme si elle lui en voulait de l'avoir amenée à parler de façon aussi chaleureuse de son père adoptif, Clarinda reprit une voix dure et froide pour lui déclarer :

— J'ai là quelque chose à soumettre à l'approbation de Votre Seigneurie.

Puis, prenant sur le bureau une feuille de papier, elle la lui tendit.

— De quoi s'agit-il ? demanda-t-il avant de prendre le feuillet tendu.

— Un remède contre votre peur d'être contraint au mariage, répliqua-t-elle.

— Me soupçonneriez-vous d'être effrayé par la perspective la plus enviable qui soit ? ironisa-t-il, une lueur amusée dans le regard.

— Les sentiments de Votre Seigneurie me sont totalement indifférents, répliqua la jeune fille d'un ton glacial. Je puis seulement vous assurer une fois encore que la seule chose qui m'intéresse est que mon oncle, qui a été d'une bonté extrême avec moi depuis que je vis avec lui, puisse mourir heureux.

— Sir Roderick se fait beaucoup de soucis pour sa propriété, remarqua Melburne.

— Il ne pense qu'à elle, ne s'intéresse qu'à elle, n'aime qu'elle, répondit Clarinda d'une voix passionnée. Son fils l'a déçu en tout. Ne comprenez-vous pas que ce serait atroce pour lui de mourir conscient que le travail de toute une vie sera détruit ou négligé? Il a toujours beaucoup aimé Votre Seigneurie, ajouta-t-elle avec une intonation révélant l'étonnement que suscitait en elle ces sentiments.

Lord Melburne baissa les yeux sur le papier et sa bouche se tordit légèrement à la lecture de ce qu'elle y avait écrit.

Je, soussignée, Clarinda Vernon, jure qu'en aucun cas je ne rappellerai à lord Melburne de respecter ses promesses de fiançailles ou de mariage à dater du décès de mon oncle sir Roderick Vernon. Fait devant témoins le jeudi 2 mars 1802.

Sous sa propre signature on distinguait celles, maladroites, de deux domestiques.

— Ils n'ont rien lu, expliqua-t-elle vivement.

— Cela me paraît très régulier, approuva-t-il. Maintenant, si au cours d'autres entretiens avec votre oncle, j'accède à vos désirs, je pourrai, j'imagine, demander la raison du dégoût que je vous inspire?

Clarinda se cambra et elle rougit :

— C'est une chose dont je ne veux pas discuter.

— Puis-je vous faire remarquer que j'ai droit à une explication.

— Je ne la crois pas nécessaire... commença Clarinda.

Mais la porte s'ouvrit à ce moment, livrant passage à un homme.

Il était visiblement très jeune, mais habillé à la dernière mode : les pointes de son col dépassant son menton, la cravate nouée avec art. Sa coiffure, à elle seule, avait dû lui demander beaucoup de travail.

Il traversa la pièce, une breloque ornée de pierres précieuses dansant à son gilet brodé. Il s'empara de la main de Clarinda, la porta à ses lèvres.

— Je vous ai apporté quelques fleurs, dit-il en lui tendant le bouquet qu'il tenait.

— Des orchidées! s'écria la jeune fille. Mais c'est somptueux!

Le jeune homme sourit.

— J'ai profité d'un moment d'inattention de mon père pour les voler, avoua-t-il. Vous savez la jalousie avec laquelle il surveille ses serres.

— Oh, Julian! Vous n'auriez pas dû faire cela, protesta-t-elle.

Puis se rappelant soudain ses devoirs, elle se tourna vers lord Melburne.

— ... Puis-je vous présenter Mr Julian Wilsdon, mylord. Julian, voici lord Melburne, notre plus proche voisin comme vous le savez.

Le jeune homme n'avait visiblement pas remarqué la présence de Melburne en entrant dans la pièce. Il n'avait d'yeux que pour Clarinda. C'est avec un étonnement incrédule qu'il le regarda avant de s'écrier :

— Qu'est-ce que cet homme fait ici? Vous avez toujours dit qu'il n'entrerait jamais dans cette maison. Vous a-t-il ennuyée?

— Non, répondit vivement Clarinda. Julian, je n'ai pas eu le temps de vous parler des désirs de mon oncle Roderick en ce qui concerne lord Melburne. Il est ici dans un but déterminé et je vous demande instamment d'oublier ce que j'ai dit autrefois.

— Mais cela m'est impossible!

— Auriez-vous la bonté de m'éclairer sur cet échange de civilités? s'enquit alors Melburne, un éclair amusé dans le regard. A ce qu'il paraît, je suis en cause et je n'ai aucune idée de quoi il peut être question.

— Je sais seulement, monsieur, que miss Vernon a d'excellentes raisons pour ne pas souhaiter faire la connaissance de Votre Seigneurie.

— Je vous en prie, Julian, je vous en prie, interrompit Clarinda. Je vous l'assure, lord Melburne est ici en visite. Sir Roderick voulait le voir à tout prix. Je vous expliquerai tout plus tard. Partez s'il vous plaît, et revenez cet après-midi.

— Peut-être puis-je vous apprendre, Mr Wilsdon, que je suis ici pour discuter de nos fiançailles à miss Vernon et à moi, dit-il avec nonchalance.

Le résultat fut immédiat.

— Vos fiançailles! Ce n'est pas vrai, c'est impossible! s'écria Julian Wilsdon. Comment avez-vous l'audace de chercher à compromettre miss Vernon de la sorte? Je vous jure, monsieur, que si vous vous raillez d'elle, je vous en demanderai raison.

La lueur amusée qui brillait dans les yeux de Melburne s'accentua. Le contraste était trop flagrant entre la frêle silhouette de Julian Wilsdon et sa carrure athlétique à lui.

Consciente sans doute de l'inégalité des forces en présence, Clarinda prit vivement Julian par le bras et l'entraîna vers la porte :

— Je vous en prie, Julian, calmez-vous. Ce que vient de vous dire lord Melburne n'est pas totalement inexact. Je vous expliquerai tout. Mais pas maintenant. Attendez-moi, si vous le désirez, et je vous dirai tout quand Sa Seigneurie sera partie.

A contrecœur, après un regard de parfaite hostilité à Melburne, le jeune homme suivit Clarinda. Ils discutèrent quelques minutes encore dans le hall puis la jeune fille reparut.

— Je... vous dois des excuses, dit-elle dans un souffle.

— Un ardent admirateur à ce que je vois et un rival dangereux.

— Ne cherchez pas à m'humilier, répondit-elle d'un ton sec. Cela n'aurait pas été correct de ma part de faire des confidences à Julian avant que vous ayez parlé avec mon oncle. A présent, il est furieux et il sera difficile de le calmer.

— J'imagine que l'on ne pourra expliquer à tout le monde qu'il s'agit d'un simulacre de votre part. Il se trouvera certainement quelqu'un pour avertir votre oncle qu'on l'a trompé.

Clarinda se tordit les mains dans un geste de nervosité :

— Effectivement, vous avez raison. Jusqu'à la mort de mon oncle, personne ne doit savoir que nos fiançailles sont fictives. Ensuite, rien ne vous forcera à me revoir jamais.

— Je trouve cela très sévère. Pour ma part, je suis ravi d'avoir fait votre connaissance.

— Cela vous fait peut-être l'effet d'une plaisanterie, mylord. Quant à moi je puis vous assurer que seuls la profonde affection que j'ai pour mon oncle et ses efforts désespérés pour sauver sa propriété m'ont fait accepter cette idée.

— A présent, peut-être pouvons-nous reprendre notre conversation là où elle a été interrompue, suggéra Melburne. Permettez-moi une question très simple : pourquoi éprouvez-vous une antipathie telle à mon égard que vous avez eu besoin d'en discuter avec vos voisins, à commencer par Mr Wilsdon ?

Il la vit s'empourprer et ses cils battirent :

— J'ai, en effet, eu tort de parler de vous avec qui que ce soit et je vous prie de me pardonner. Je me suis confiée de façon irréfléchie, je l'admets. Mais à Julian seul, je vous l'assure. Je n'avais personne d'autre à qui parler au cours de la maladie de mon oncle, ces derniers mois.

— Vous étiez seule ici?

— Oui, seule. A mon arrivée, la sœur de mon oncle vivait avec lui. Mais elle est morte et personne ne l'a remplacée. N'allez pas croire que je me plaigne, mon oncle a été un compagnon très intéressant. Je l'ai aidé à gérer la propriété. En fait, je crois en savoir presque autant que lui à ce sujet. Sans doute vous l'a-t-il dit, il n'a plus de régisseur depuis des années. Il préférait régler tous les problèmes quotidiens lui-même plutôt que de se fier à quelqu'un.

— Pourquoi cette propriété lui tient-elle tant à cœur?

— Parce que c'est tout ce qui lui restait après l'abandon de Nicholas, je pense, répondit Clarinda tranquillement. Il l'aime. Il consacre tout son argent à entretenir les fermes, à irriguer les champs, à essayer de nouvelles semences, à bâtir. C'est son enfant, son bébé, il donnerait son sang pour elle.

Elle avait parlé d'un ton presque passionné.

— ... Mais tout cela n'offre aucun intérêt pour Votre Seigneurie, ajouta-t-elle vivement. Le médecin m'a prévenue que mon oncle n'en a plus que pour un jour ou deux. Accordez-lui de mourir heureux, ensuite vous pourrez retourner à Londres et à vos distractions.

— Je vous suis reconnaissant de cette autorisation, dit Melburne, sarcastique.

— N'est-ce pas ce que vous aurez envie de faire? D'après ce que je sais, la campagne vous intéresse assez peu. On ne vous voit pas beaucoup à Melburne qui est une propriété beaucoup plus belle et plus vaste que celle-ci.

— Je vois que vous êtes très au courant de mes allées et venues, remarqua Melburne, d'un ton suave. A présent, lequel de mes méfaits, ils sont nombreux, je l'avoue, vous a mise dans un état pareil?

Elle entendit la raillerie de sa voix et, levant les yeux vers lui, remarqua son expression à la fois cynique et imperturbable. Peu devait lui importer l'opinion qu'elle avait de lui et pourtant son regard gris la fouillait de façon gênante.

— ... Alors? insista-t-il. Vous aimeriez m'entendre faire une confession totale de mes péchés?

Il nota l'éclair de colère de ses yeux. « Il est difficile, songea-t-il, de ne pas la provoquer, de ne pas voir le changement d'expression de son petit visage sensible, ni la manière dont elle relève son petit menton quand je l'exaspère. »

Elle lui tourna le dos, se dirigea vers la fenêtre.

— Qu'il soit bien entendu, mylord, dit-elle, que je n'ai nullement l'intention de discuter de votre comportement, maintenant ou à tout autre moment. Votre conscience est seul juge. Je ne souhaite pas votre compagnie. C'est un mauvais coup du sort qui fait que nous soyons imposés l'un à l'autre.

— Quelle tristesse que vous soyez appelée à des relations aussi intimes avec l'homme que vous haïssez le plus au monde, railla Melburne.

Elle lui fit face dans un demi-tour :

— C'est parfaitement exact et je ne crains pas de l'admettre. Mais je vous suis également reconnaissante de l'aide que vous apportez à mon oncle Roderick.

— Une aide à laquelle je ne me suis pas encore décidé, corrigea Melburne.

Il marqua un temps d'arrêt avant d'ajouter :

— ... Je me demande s'il ne serait pas plus sage de vous faire dire la vérité avant de discuter davantage de ce sujet.

— Je n'en parlerai pas, répondit Clarinda avec obstination.

Leurs regards se croisèrent et se soutinrent. Il avait parfaitement conscience qu'il émanait d'elle un sentiment de haine et quelque chose qui ressemblait à de la peur.

Brusquement, il se mit à rire et capitula.

— Comme vous voudrez, dit-il. Ce sera amusant de voir combien de temps vous résisterez à mes cajoleries ou même peut-être à mes brutalités pour que vous parliez de vous-même. (Il la salua avec beaucoup d'élégance :) A présent, je vais à Melburne. J'ai prévenu le médecin que je reviendrai cet après-midi. Le notaire de votre oncle sera là, d'après ce que j'ai compris. En attendant, je reste, mademoiselle, votre serviteur.

Clarinda lui adressa une révérence. Il ouvrit la porte à son intention mais avant de sortir il s'arrêta :

— ... Oh! il me revient à l'esprit quelque chose dont je dois vous parler, je crois. En quittant la chambre de votre oncle, j'ai surpris un laquais qui écoutait, l'oreille collée à la serrure. J'ignore si vous tenez à ce que les domestiques sachent tout ce que l'on se dit en confidence.

Etonné, il vit Clarinda pâlir et sortir précipitamment dans le hall. Elle rejoignit vivement le vieux maître d'hôtel qui attendait à la porte d'entrée.

— Bates, où est Walter? lui demanda-t-elle à voix basse.

Le vieil homme hésita avant de répondre :

— J'attendais le départ de Sa Seigneurie, avant de dire à Mademoiselle que Walter est parti.

— Parti!

— Il a emprunté un cheval à l'écurie...

— Pensez-vous qu'il soit parti pour Londres, voir monsieur Nicholas? demanda Clarinda à voix toujours contenue mais qu'entendait cependant Melburne.

— Je le crains, mademoiselle.

Il parut à Melburne que Clarinda avait encore pâli.

— Il n'y a plus rien à faire, murmura-t-elle. Mais j'aurais préféré que monsieur Nicholas ne sache pas, si vite.

Elle se retourna vers son hôte, luttant visiblement pour garder son sang-froid.

Il lui prit la main et se rendit compte qu'elle tremblait. Ne pouvant rien dire en présence du maître d'hôtel, il monta dans sa voiture qui l'attendait devant le perron et se mit en route vers Melburne.

« Quelle matinée stupéfiante! »

Comme toujours, le spectacle offert par sa maison flatta agréablement son sens de la propriété. Les grands arbres qui l'entouraient et le lac qui s'étalait à ses pieds formaient un décor digne d'elle.

Les statues qui en ornaient le toit se découpaient sur un ciel sans nuages. Comme il s'approchait, un vol de pigeons blancs passa devant la façade, se reflétant dans les vitres, donnant au tout un aspect féerique. A ce spectacle, Melburne se sentit presque une âme de poète.

« Si seulement je pouvais trouver une femme aussi belle que Melburne », songeait-il avec une sentimentalité inhabituelle.

Et, soudain, l'image d'un petit visage en forme de cœur encadré de cheveux d'or roux comme il n'en avait jamais vu se dessina devant ses yeux.

« Pourquoi diable me hait-elle à ce point? » se demanda-t-il.

En pénétrant dans le grand hall qu'embellissaient de merveilleuses statues grecques sur le fond vert pâle des murs, couleur favorite des frères Adam, lord Melburne reçut un accueil bruyant de ses chiens et digne de son majordome auquel il dit :

— Je déjeunerai dans une demi-heure. Envoyez chercher le commandant Foster.

— Le commandant est déjà là, monsieur le marquis. En apprenant, par Hawkins, l'arrivée de Votre Seigneurie, j'ai fait prévenir le commandant qui est venu aussitôt pensant que Votre Seigneurie désirerait le voir.

— En effet. C'est très bien.

Là-dessus, Melburne se dirigea vers sa bibliothèque où devait l'attendre son régisseur.

Le commandant Foster était un homme de plus de cinquante ans qui, après une brillante carrière militaire interrompue par une blessure, s'occupait du domaine des Melburne.

Il boitait légèrement, mais n'était pas autrement handicapé par sa blessure et lord Melburne savait posséder en lui le régisseur rêvé.

Il lui tendit la main.

— Je suis très heureux de voir Votre Seigneurie, dit le commandant avec une sincérité évidente. Cela fait bien longtemps que nous n'avions pas eu ce plaisir.

— Je me disais la même chose en arrivant. Tout me semble encore mieux que la dernière fois.

— Votre Seigneurie sera encore plus satisfaite quand elle aura pris connaissance des rapports des fermiers.

— Je les verrai, bien sûr. Mais, pour le moment, j'ai autre chose à vous demander. Qu'a donc fait Nicholas Vernon?

— Vous avez entendu certains bruits, mylord?

— J'arrive à l'instant de chez sir Roderick. C'est là, en fait, la raison de ma visite : il déshérite son fils.

— Cela ne me surprend pas. On bavarde beaucoup, on parle de scandales. J'avais d'ailleurs l'intention de demander son avis à Votre Seigneurie, à la première occasion.

— Mais de quoi s'agit-il donc? demanda Melburne qui traversa la pièce pour aller se servir un rafraîchissement.

— Vous souvenez-vous des grottes et des galeries dans la propriété des Vernon? demanda soudain le commandant Foster. Elles sont creusées sous les collines et servaient, je crois, à l'origine, aux Romains. On les a plus ou moins exploitées au cours des siècles. Peut-être les avez-vous visitées, enfant, mais on les avait presque oubliées.

— Oui, je m'en souviens. Nous les avons explorées en nous éclairant à la bougie, Nicholas et moi. J'avais une peur intense de ne plus retrouver l'issue. Quel usage en fait-on actuellement?

— J'ai cru comprendre, répondit le commandant Foster d'un ton calme, que Mr Vernon y a ouvert un club satanique.

— Seigneur! Mais vous plaisantez. Sir Francis Dashwood qui dirigeait celui de West Wycombe est mort depuis plus de onze ans. Ce genre de clubs a été interdit par la loi avant sa mort, à ce qu'il me semble.

— Ils le sont, en effet. C'est pourquoi Mr Vernon garde secrète l'existence du sien. J'en ai entendu parler, il y a à peu près un an. Mais je n'ai pas voulu y attacher d'importance, j'ai mis cela sur le compte de racontars habituels à la campagne... Les gens de la région commentaient l'activité fébrile dont les grottes étaient le siège. J'ai appris qu'on y employait des volontaires libérés de l'armée et sans travail. J'ai cru tout d'abord qu'il fallait de la chaux pour le domaine. Mais il m'est revenu d'autres histoires aux oreilles.

— Lesquelles? demanda Melburne d'un ton pressant.

— On a parlé de femmes amenées dans des voitures couvertes qui traversaient le village la nuit pour emprunter le chemin inutilisé depuis longtemps et menant aux grottes. On décrivait des hommes masqués, des orgies. Je n'y croyais qu'à moitié. Vous connaissez la tendance des gens à l'exagération...

— Continuez, insista Melburne comme le commandant s'interrompait.

— Puis il y a eu un scandale local touchant à une fille que l'on appelle « Sarah l'innocente ». Elle a été élevée par la vieille Huggins. Votre Seigneurie s'en souvient peut-être, elle a été nourrice pendant près d'un demi-siècle.

— En effet, ma mère en parlait. Elle ne l'appréciait pas, la soupçonnant de négliger les enfants qu'on lui confiait et d'enterrer discrètement dans son jardin ceux qui mouraient.

— Ce n'est pas impossible. Mais Sarah, qui est sûrement un enfant de l'amour, a grandi normalement. Elle doit son surnom « d'innocente » au fait qu'elle est plutôt simple d'esprit sans pour autant être folle ou détraquée.

— Et elle est jolie? dit Melburne, un sourire sans joie sur les lèvres.

— Très jolie, ce qui explique l'intérêt que lui a manifesté Mr Vernon.

— Que s'est-il passé?

— D'après ce que j'ai entendu dire — et tout ce que je répète à Votre Seigneurie n'est que « on-dit » —, on a entraîné Sarah dans les grottes. Elle en est ressortie et elle a fait des descriptions ahurissantes de ce qu'elle y avait vu. Elle a parlé d'hommes déguisés en moines, de femmes habillées en religieuses, de cérémonies qui rappelaient de façon frappante les pires des orgies chères à sir Francis Dashwood. Aussi ai-je fait une enquête.

— Et qu'avez-vous trouvé?

— Quelqu'un qui connaît bien Nicholas Vernon m'a dit qu'il avait toujours été obsédé par les grottes des satanistes de West Wycombe. Il n'était qu'un enfant à la mort de sir Francis mais, à sa sortie d'Oxford, il a fait preuve d'une curiosité réellement maladive à ce sujet et a fait, une bonne douzaine de fois, le trajet à cheval pour contempler le mausolée que sir Francis avait fait construire au sommet de la colline. Il a harcelé les gens des environs pour qu'on lui raconte ce qui se passait dans les grottes. Il s'est rendu odieux par son insistance.

— Vous pensez qu'il suit l'exemple de sir Francis? demanda Melburne songeur.

— Je le crains.

— Et, au village, on est ennuyé que Sarah soit mêlée à ce genre d'histoire?

— Ce n'est pas tellement le fait qu'elle y soit mêlée, mais récemment son bébé a disparu et, là, le scandale a éclaté.

— Son bébé? répéta Melburne la voix durcie.

— Elle jure que Nicholas Vernon en était le père. Mais il a disparu un mois après sa naissance et Sarah est désespérée. A sa façon un peu simple, animale, elle aimait beaucoup son enfant. C'était une bonne mère. Quand elle a perdu son bébé, elle s'est répandue partout accusant Nicholas Vernon de l'avoir sacrifié dans les grottes.

— Mon Dieu!

— Cela a fait un tel effet qu'un groupe de villageois, parmi les plus respectables, guidé par le vicaire, a été voir sir Roderick. D'après ce que l'on m'a répété, il n'a pas eu l'air très surpris de ce qu'on lui a dit au sujet des grottes. Mais l'histoire de l'enfant l'a horrifié. Il aurait, paraît-il, écrit à son fils, lui annonçant qu'il le déshériterait et lui interdisant de remettre les pieds au Prieuré.

— C'est donc cela! s'écria Melburne. Foster, j'ai du mal à croire qu'il puisse encore se produire des choses pareilles de nos jours.

— Nicholas Vernon a toujours été un mauvais sujet et j'avoue ne jamais l'avoir trouvé sympathique. Mais jamais je n'aurais cru qu'il serait dépravé à ce point.

— Et ces grottes, sont-elle fermées à présent?

— Nous l'ignorons. Personne n'a osé pénétrer sur la propriété de sir Roderick pour s'assurer que l'endroit n'est plus fréquenté. On n'aurait pas vu Mr Vernon le mois dernier. S'il est venu, il l'a fait discrètement.

» Mais vous avez vu sir Roderick, mylord, ajouta le commandant après quelques instants de silence. Vous a-t-il parlé de tout cela?

— Non. Mais je le revois cet après-midi.

Ne désirant nullement confier à son régisseur ce que sir Roderick lui avait dit, il changea de sujet pour parler de son propre domaine. Comme il y avait beaucoup à dire, le déjeuner fut retardé et il repartit plus tard qu'il ne l'avait prévu pour le Prieuré.

Bates, le maître d'hôtel, lui ouvrit la porte et lui dit, en le débarrassant de son chapeau et de ses gants :

— Mlle Clarinda est dans le bureau, mylord. Elle est occupée, pour le moment.

Lord Melburne se dirigeait vers l'escalier pour monter dans la chambre de sir Roderick quand il entendit des éclats de voix venant du bureau, de l'autre côté du hall. C'était une voix d'homme, vulgaire et brutale.

— Qui est avec Mlle Clarinda? demanda Melburne au vieux maître d'hôtel qui regardait, indécis, en direction de la porte fermée.

— L'un des fermiers, mylord, un être rustre et violent parfois.

Melburne traversa le hall et ouvrit la porte, ce qui lui permit d'entendre :

— Vous allez raquer mon fric ou je monte le

demander à sir Roderick. J'connais mes droits et c'est pas la peine de faire des manières ou ça va barder.

Melburne s'avança. Clarinda était assise à un vaste bureau au centre de la pièce. C'était un bureau d'homme et, derrière, elle paraissait encore plus petite et fragile.

Lui faisant face, un homme à la silhouette massive, noir de cheveux et bistre de teint. Son accent était beaucoup plus celui des halles de Londres que celui de la campagne.

— Puis-je être utile en quelque chose?

L'homme, qui tournait le dos à la porte, fit volte-face. Son expression agressive de bête brute changea immédiatement à la vue de lord Melburne pour devenir obséquieuse.

— C'était simplement que je demandais mon dû, monsieur, répondit-il d'un ton bourru.

— Ce n'est pas votre dû et vous le savez fort bien, protesta Clarinda. Vous avez reçu trente livres, il y a trois semaines, pour faire les réparations et, quand je suis venue vous voir la semaine dernière, je n'ai pas vu trace de celles-ci.

— Et le matériel, faut bien qu'il soit là pour les réparations, non?

— Je n'en ai pas vu trace non plus.

— Je vais causer à sir Roderick de c't argent.

C'était, lord Melburne en était convaincu, une menace en l'air. L'homme n'avait nulle envie de voir le propriétaire du domaine.

— Comme sir Roderick est souffrant, j'enverrai mon régisseur, le commandant Foster, à votre ferme, demain. Il dira à Mademoiselle s'il juge que vous avez droit ou non à une aide supplémentaire.

— Si j'y ai droit? Plus qu'un peu. Monsieur Nicholas le sait, lui, que j'y ai droit.

— Dans ce cas, je vous suggère d'aller adresser vos réclamations directement à Mr Vernon, répondit lord Melburne d'une voix qui claqua comme un coup de fouet. J'ai l'impression très nette que non seulement vous n'êtes pas un bon fermier mais que vous n'êtes même pas fermier. En fait, je ne serais nullement surpris que la gendarmerie s'intéresse à vos faits et gestes dans cette région.

L'homme changea à vue d'œil. Un instant, il parut sur le point de défier lord Melburne. Puis son air de défi s'effaça. Il lança un regard en biais vers la porte et capitula :

— J'ai compris. Pas la peine d'envoyer quelqu'un à la ferme. J'évacue le terrain.

— J'y comptais bien. Et le plus tôt sera le mieux. Mon régisseur viendra demain s'assurer que vous avez tenu parole et que vous êtes parti.

L'homme n'entendit vraisemblablement pas la fin de la phrase. Déjà il franchissait la porte, la claquait derrière lui et s'éloignait à pas précipités.

Melburne regarda Clarinda. Elle se tenait très droite, mais ses yeux ne pouvaient dissimuler une certaine peur.

— Comment avez-vous su, demanda-t-elle, qu'il n'était pas ce qu'il disait être?

— Cela saute aux yeux. Ce n'est pas un paysan.

— Nicholas l'a envoyé ici il y a deux mois, expliqua-t-elle. L'oncle Roderick était si malade que je n'ai pas osé le tourmenter avec cela. Je l'ai laissé avoir la ferme tout en sachant que c'était une erreur. Depuis lors, il m'a forcée à lui donner de l'argent.

— De quelle ferme s'agit-il?

— Celle du Fond de la Combe.

— Je la connais. Je dirai à Foster de vous trouver un fermier digne de ce nom.

— Je ne voudrais pas ennuyer Votre Seigneurie avec toutes ces questions, murmura Clarinda.

— Y a-t-il d'autres protégés de Nicholas sur le domaine en ce moment? demanda Melburne sans tenir compte de sa réflexion.

Elle hésita.

— ... Il vaut beaucoup mieux que vous me le disiez, insista-t-il avec douceur.

— Un seul, répondit-elle, sans compter Walter, le valet que vous avez vu ce matin. Nicholas a insisté pour que nous l'employions.

— Et l'autre?

— Il s'agit d'un homme arrivé il y a dix jours. Il a voulu la ferme des Dunes à côté des grottes.

— Qui est cet homme? demanda-t-il.

— Il est très étrange. Il ressemble davantage à un prêtre qu'à un fermier. Il est accompagné de deux autres hommes. J'ignore s'ils sont apparentés. De toute façon, Nicholas m'a écrit, insistant pour que je lui donne la ferme. Quelqu'un avait dû le prévenir qu'elle était inoccupée.

— Et vous la lui avez donnée?

— Que pouvais-je faire d'autre? Je ne peux pas discuter de ces questions de fermage avec l'oncle Roderick, malade comme il est. Et je n'ai aucun pouvoir pour refuser à Nicholas ce qu'il demande. L'homme s'est installé il y a trois jours.

— Vous ne l'aimez pas?

— Il me fait une impression horrible, répondit la jeune fille avec un léger frisson. Je ne peux pas en expliquer la raison, mais il m'a fait peur.

— Je dirai à Foster d'aller voir cette ferme également, décida Melburne.

— Je ne voudrais pas abuser de votre amabilité, dit Clarinda. Mais je ne vois pas comment faire autrement.

— On ne peut pas dire que vous mettiez beaucoup d'enthousiasme à accepter les services que je vous propose. Dois-je vous promettre que je ne tirerai pas avantage de votre faiblesse?

Elle releva le menton comme s'il l'avait insultée. Puis :

— Sans doute avez-vous raison, c'est de la faiblesse. C'est quand elle a affaire à des hommes comme celui que vous avez vu et celui de la ferme des Dunes qu'une femme se rend compte à quel point elle est désemparée.

— Auriez-vous préféré être un homme? demanda Melburne qui la trouvait délicieusement féminine avec ses grands yeux troublés, le pli amer de sa petite bouche et la mousseline blanche de sa robe révélant la douce courbe de ses seins.

— J'ai horreur d'être une femme! s'écria-t-elle. Oh! oui, je voudrais être un homme qui pourrait se battre, écraser des individus comme ceux-là; un homme qui ne serait pas forcé de cajoler, d'intriguer, de supplier pour obtenir quelque chose parce qu'il serait assez fort pour réclamer son dû.

Melburne ne put retenir un léger rire.

— Quand vous serez un peu plus âgée, vous trouverez, je vous l'assure, beaucoup plus facile d'obtenir ce que vous voulez en tant que jolie femme qu'en tant qu'homme, si intelligent soit-il.

Il avait parlé d'un ton caressant, troublé par sa beauté. Surprise, elle leva les yeux vers lui et il soutint son regard. Puis elle se détourna d'un mouvement brusque.

— En ce qui vous concerne, mylord, je préférerais indiscutablement être un homme, répliqua-t-elle d'une voix glaciale.

3

Lord Melburne se réveilla avec une impression de plaisir, d'attente joyeuse qu'il n'avait pas éprouvée depuis l'enfance.

Un instant, il se demanda où il se trouvait. Puis, à la vue des colonnes sculptées de son grand lit, il comprit qu'il était encore à Melburne.

Il y avait longtemps qu'il ne s'était réveillé avec la tête aussi claire, une telle sensation de bien-être.

Il s'était couché de bonne heure et, bien que persuadé que le sommeil le fuirait, il s'était endormi, à peine la tête sur l'oreiller. La seconde journée avait été très fertile.

Le vent, passant par la fenêtre ouverte, écarta les rideaux et, l'espace d'un instant, un rayon doré de soleil balaya la chambre. Cela évoqua pour lui les cheveux de Clarinda et il se mit à penser à elle.

Melburne n'était pas précisément vaniteux, mais il aurait été idiot s'il n'avait pas remarqué que les femmes, quel que soit leur âge, le regardaient avec bienveillance et appréciaient sa fière allure.

Il aurait aussi été simple d'esprit s'il n'avait pas su qu'il lui suffisait d'adresser un compliment à une femme ou de la regarder avec admiration pour que ses yeux se mettent à briller et que, lorsqu'il lui baisait la main, pour peu que sa bouche s'attarde un peu sur sa peau, son souffle s'accélérait entre ses lèvres entrouvertes.

Et, cependant, cette petite provinciale, cette gamine qui ignorait tout du monde, le regardait avec haine, et sa voix, quand elle s'adressait à lui, était plus glacée qu'un vent soufflant de Sibérie.

Pourquoi le détestait-elle à ce point? Quel était le secret de cette hostilité?

Melburne était intrigué, il était bien forcé de l'admettre. Il s'était attendu à rentrer à Londres ce jour même, rassasié de la campagne et impatient de retrouver la compagnie de ses amis, la gaieté de ses clubs et des tripots qu'ils fréquentaient si souvent.

Mais, à présent, il n'avait pas l'intention de quitter Melburne avant d'avoir trouvé la réponse à un certain nombre de questions qui l'intriguaient.

Clarinda n'était pas la seule à le surprendre. La veille, il avait passé une partie de l'après-midi avec sir Roderick. Puis, en compagnie du commandant Foster, il avait été jeter un coup d'œil aux grottes. Melburne n'avait pas fait le trajet depuis plusieurs années et il remarqua aussitôt que le chemin avait été refait et élargi.

Autrefois, il était pratiquement impossible de passer même à cheval entre les arbres et les buissons qui recouvraient le flanc des collines jusqu'aux champs de blé.

Mais, ce qui avait été un sentier était devenu une route assez large pour permettre le passage d'un attelage même à quatre.

Un vaste terre-plein avait été déblayé, devant les grottes, et recouvert de gravier. L'entrée des grottes elles-mêmes avait été transformée. Melburne regarda son compagnon :

— Cela a dû coûter cher.

— Exactement dans la tradition de Dashwood, murmura Foster.

Un grand portail de fer forgé, fermé par un cadenas; des appliques prêtes à recevoir des torches, de chaque côté du portail; des ifs, certains en pleine terre, d'autres dans des bacs, partout un aspect recherché, soigné, très différent de la nature un peu sauvage dont Melburne avait gardé le souvenir.

Un peu plus loin, ils avaient trouvé un gros monticule de pierres à chaux évidemment extraites des grottes, puis un emplacement pour garer les voitures.

Comme il n'y avait plus grand-chose à voir, ils avaient poursuivi jusqu'à la petite ferme située à deux cents mètres de là, blottie au milieu de prairies très vertes qui avaient déjà été fauchées.

— Burrows, qui exploitait cette ferme depuis quarante ans, est mort le mois dernier, dit le commandant Foster. Elle est vide à présent.

— Mlle Vernon m'a dit qu'elle est occupée depuis trois jours. Nicholas Vernon y a envoyé quelqu'un de Londres.

— Encore une de ses canailles! Vous aviez raison, mylord, au sujet de l'autre homme. Quand je suis arrivé à la ferme, hier, il avait plié bagage.

— Je m'en doutais. Au premier coup d'œil, j'ai pensé que c'était le genre d'individu à intéresser la gendarmerie.

— Dieu sait où Nicholas Vernon recrute ces gens-là!

Comme ils atteignaient la ferme, ils arrêtèrent leurs montures car un homme s'avançait vers eux. Il avait un aspect étrange et portait une vieille soutane en assez mauvais état.

Melburne comprit aussitôt pourquoi Clarinda trouvait qu'il ressemblait davantage à un prêtre qu'à un fermier. Il était gras et son visage rasé était celui d'un être habitué à la bonne chère. Il était tête nue et ce qui lui restait de cheveux était gris.

Son visage et ses petits yeux cernés avaient une expression particulièrement déplaisante.

— Que désirez-vous? demanda l'homme d'une voix cultivée.

— Je suis lord Melburne, votre voisin, et voici le commandant Foster, mon régisseur. J'ai appris que vous étiez nouveau venu ici.

— Vous avez droit de juridiction sur ces terres? demanda l'homme à la soutane.

— Non. Nous vous faisons une simple visite de courtoisie.

— C'est parfaitement inutile, aussi vous dis-je au revoir, messieurs. Je n'ai pas de temps à perdre avec des visiteurs.

Là-dessus, il fit demi-tour, repassa la porte de la maison et la referma sur lui.

— Charmantes manières, constata Melburne, sarcastique, et que diable fait-il ici?

— Je suppose que seul Mr Vernon est en mesure de répondre à cette question.

Lord Melburne lança un coup d'œil en direction des grottes avant de dire, presque pour lui-même :

— Je ne peux pas m'empêcher de le soupçonner et cela me gêne. Je me demande ce que je dois faire, ajouta-t-il comme ils retournaient vers la route principale. Vous pouvez me faire remarquer que cela ne me regarde pas. Mais sir Roderick malade, Nicholas Vernon déshérité et cette jeune fille livrée à elle-même au Prieuré, je me sens une certaine responsabilité.

— Vous me pardonnerez mais à mon avis votre responsabilité est très grande, mylord. Votre rôle est très important dans ce pays et je ne pense pas que vous puissiez permettre que de tels scandales continuent sans que l'on s'en préoccupe.

— Je vois ce que vous voulez dire. Mais, en même temps, je ne veux pas avancer d'accusations sans apporter de preuves. D'après ce que vous m'avez dit, nous ne pouvons nous appuyer que sur la parole d'une petite paysanne un peu simple d'esprit, qui raconte avoir participé à une espèce d'orgie et qui soupçonne le fils de l'un des plus respectables propriétaires de l'endroit d'avoir fait disparaître son bébé. Vous savez aussi bien que moi, Foster, qu'aucun tribunal ne retiendrait une accusation fondée sur ce genre de bruits.

Foster soupira.

— Effectivement, il nous faudra trouver mieux.

— Il vous faudra le faire, Foster. Cherchez à savoir quand Nicholas Vernon compte réunir ses invités dans les grottes. Je me trompe fort si celui qui pourrait le mieux nous renseigner n'est pas cet ecclésiastique crasseux que nous venons de voir.

— Pourquoi diable Nicholas Vernon a-t-il besoin d'un prêtre?

Lord Melburne regarda son régisseur, parut sur le point de répondre à sa question, puis changea d'avis.

— Je suis convaincu, dit-il, que nous faisons erreur en nous contentant de faire des suppositions. Ce qu'il nous faut, ce sont des faits, la preuve qu'il se passe quelque chose d'insolite. Alors là, ajouta-t-il en frappant le pommeau de la selle du poing, je vous affirme que j'irai voir le Lord Lieutenant, j'invoquerai la loi, je ferai intervenir l'armée s'il le faut. Mais je veux être absolument certain de la validité des accusations que je pourrais porter contre Vernon, sans quoi je me rendrais ridicule inutilement.

Lord Melburne avait parlé de façon précise et agi, à son avis, avec discrétion. Mais il restait extrêmement intrigué.

Le reste de la journée avait été très occupé. Son maître palefrenier avait plusieurs poulains de l'année à lui soumettre et insistait beaucoup pour qu'il inspecte des chevaux mis en vente par une écurie voisine.

Après deux heures de marchandage serré, lord Melburne avait acquis trois bêtes qui promettaient d'être d'excellentes montures et il était rentré chez lui de fort bonne humeur.

Ce matin-là, en s'habillant avec l'aide de son valet de chambre, il songeait que, peut-être, Foster en avait appris davantage au sujet des grottes. En descendant pour prendre son petit déjeuner, il dut s'avouer que l'affaire du Prieuré l'intéressait plus que quoi que ce soit depuis longtemps.

— Belle matinée, Newman, fit-il remarquer au maître d'hôtel en se servant d'un plat de côte-

lettes de veau à la crème et aux champignons.
— Cela fait plaisir de voir que Sa Seigneurie est en bonne santé, répondit Newman.
C'était un homme âgé qui avait déjà été au service du père de son maître actuel.
— Je devrais venir plus souvent à la campagne. Elle me réussit visiblement.
— Nous serions heureux d'accueillir Votre Seigneurie, répondit Newman, sincère.
Après avoir pris de plusieurs plats et adressé ses compliments au cuisinier, lord Melburne sortit. Son cheval l'attendait devant la porte.
C'était un étalon noir à l'exception de deux balzanes blanches aux antérieurs. Un animal superbe, un anglo-arabe qu'il avait acheté chez Tattersall six mois plus tôt, envoyé à la campagne et presque oublié.
A présent, il le regardait, appréciateur, constatant avec plaisir qu'il aurait un certain mal à le tenir. Le cheval se cabrait et deux palefreniers unissaient leurs forces pour l'immobiliser en attendant que Melburne fût en selle.
— Sarrasin est très fougueux, crut bon de faire remarquer l'un des palefreniers alors que l'étalon se cabrait et piaffait, faisant de son mieux pour intimider l'homme qui, visiblement, manifestait l'intention de le mater.
Ils partirent à travers le parc au petit galop par crainte des terriers de lapins, en direction de Dingles'Ride.
Dingles'Ride séparait le domaine des Melburne de celui de sir Roderick. C'était un terrain boisé de cinq cents arpents impropres à la culture. Mais en son centre courait une large allée cavalière gazonnée qui avait fait les délices des deux familles de tout temps.
Elles s'en disputaient d'ailleurs la propriété. Certaines cartes donnaient Dingles'Ride comme

appartenant aux Melburne, d'autres au Prieuré.

Aussi loin que remontaient ses souvenirs, Melburne se le rappelait comme une pomme de discorde, mais, ce matin, il souriait, triomphant : sir Roderick lui en avait fait cadeau.

Il aurait pu évidemment protester et rétorquer qu'il le considérait déjà comme sien. Mais il n'avait pas plus autorité pour le faire, il le savait, que sir Roderick.

Avec le cadeau, il en avait parfaitement conscience, il le soudoyait en quelque sorte. Mais il ne lui déplaisait pas de l'accepter car cela réglerait toutes discussions quant à sa propriété légitime.

Sarrasin tirait sur la bride, luttant pour prendre le galop. Melburne était curieux de voir comment se comporterait sa nouvelle acquisition quand il lui rendrait la main.

Quand il déboucha sur l'allée, il remarqua aussitôt qu'il n'était pas seul. Une cavalière, vêtue de vert, venait en sens inverse. Visiblement, Clarinda l'aperçut en même temps que lui. Bien que trop éloigné pour distinguer son visage, il crut voir ses traits se durcir, ses yeux s'assombrir.

Il lui parut qu'elle fît demi-tour, d'instinct, pour l'éviter. Car, cravachant son cheval, elle partit au grand galop.

Sa réaction avait été d'une telle rapidité qu'elle prit une avance considérable avant que Melburne, assurant son chapeau haut de forme, piquât des deux pour la rejoindre.

Il éprouvait une sensation vivifiante à sentir le vent frais lui fouetter le visage, à entendre le martèlement des sabots et à connaître l'excitation d'une poursuite dont il entendait bien sortir vainqueur.

La monture de Clarinda était de bonne race. Sir Roderick n'aurait jamais toléré des chevaux médiocres dans ses écuries — mais elle n'avait pas la puissance de Sarrasin. Cependant Clarinda avait une longue avance et, de plus, de l'avis même de son poursuivant, elle montait magnifiquement.

Elle était nu-tête et ses cheveux, que le soleil matinal faisait briller, étaient tout simplement tressés et retenus sur la nuque par un nœud de ruban vert. Ils lui faisaient l'effet d'un fanion l'invitant à le suivre.

Il poussait Sarrasin avec l'ardeur qu'il aurait mise à participer à une course à l'enjeu très séduisant.

Il ne rattrapa la jeune fille qu'aux trois quarts de la piste. Arrivé à son niveau, un regard lui révéla que, malgré sa tension, elle avait les yeux brillants. Elle s'était juré de le battre, il en était sûr.

Un temps, ils galopèrent côte à côte, Clarinda tentant, de toute sa volonté, de le devancer encore. Puis, comprenant que c'était devenu impossible, la piste se terminant, elle commença de tirer sur les rênes.

Melburne en fit autant et ils s'arrêtèrent. Ils respiraient vite, tous les deux, et Clarinda avait les joues roses.

D'un geste théâtral, Melburne se décoiffa.

— Je salue l'amazone qui est en vous, s'écria-t-il.

Vibrante de l'excitation de la chevauchée, elle lui sourit spontanément, le soleil se réfléchissant dans ses yeux. Puis, provocante :

— Vous rendez-vous compte, mylord, que vous empiétez sur une propriété qui n'est pas la vôtre ? dit-elle.

— Au contraire, c'est vous.

— Cette terre a appartenu au Prieuré depuis le règne de Henry VIII, répliqua-t-elle.

— Vous l'avez toujours prétendu et nous ne l'avons jamais admis. Mais, quoi qu'il en soit, à dater de demain elle sera mienne indiscutablement.

Elle lui lança un coup d'œil rapide.

— Oncle Roderick vous l'a donnée? demanda-t-elle. (Puis elle ajouta, dédaigneuse :) C'est payer généreusement les petits services que vous avez pu lui rendre.

— Vous cherchez à me provoquer, fit-il d'un ton amusé. Cessez donc vos manières de chat sauvage et laissez-moi vous complimenter, mademoiselle, pour votre façon de monter. J'ai rarement vu une femme avec une telle assiette.

L'espace d'une seconde, il sentit lui avoir fait plaisir. Puis comme si elle replaçait la barrière qu'elle avait érigée entre eux, elle répondit d'un ton froid :

— Je n'ai que faire de votre approbation, mylord. On m'a donné à entendre que vous deviez venir voir mon oncle, cet après-midi. Il attend votre visite avec impatience.

A peine eut-elle terminé sa phrase qu'elle s'était écartée et, coupant à travers la piste, elle disparut entre les arbres en direction du Prieuré. Melburne resta un moment sur place à regarder dans sa direction, un sourire aux lèvres.

Cependant, en revenant à Melburne, la même question irritante qu'il s'était déjà posée cent fois lui taraudait l'esprit : que lui reprochait-elle exactement?

Impossible, menant la vie tranquille qu'elle menait au Prieuré, qu'elle ait été en contact avec aucune des femmes du monde qui l'avaient honoré de leurs faveurs.

De plus, il les imaginait mal, compte tenu de leur position sociale, se livrant à des confidences auprès d'une petite provinciale qui, autant qu'il pouvait en juger, n'avait jamais connu autre chose que la paix et la sécurité entourant le Prieuré.

Il avait appris par sir Roderick que Clarinda venait d'avoir dix-neuf ans. Elle vivait avec lui depuis quatre ans. Depuis, elle n'avait participé, c'était presque certain, à aucune vie mondaine sur place et, à plus forte raison, à Londres.

Sa conversation avec sir Roderick lui avait appris autre chose. Comme beaucoup de vieillards, l'argent était devenu une obsession pour lui. Il était riche mais ne supportait pas l'idée de dépenser un sou pour autre chose que son domaine bien aimé.

Cela expliquait le lamentable état du mobilier de sa maison et l'indigence de la garde-robe de Clarinda.

Psychologue sans le savoir, Melburne n'ignorait pas qu'un vieillard a souvent tendance, soit à une générosité excessive, soit à une ladrerie extrême.

Sir Roderick appartenait à la seconde catégorie et si, comme il en manifestait l'intention, il léguait tous ses biens à Clarinda elle serait, quoique sans le sou pour l'heure, une riche héritière.

Et tout cela, songeait-il, posait bien des problèmes. Tout en feignant de se plier au désir obsessionnel de sir Roderick de voir les deux domaines n'en faire qu'un et un Melburne épouser une Vernon, il avait parfaitement conscience que le souhait du vieux monsieur d'assurer le sort de Clarinda venait après son inquiétude au sujet de ses terres.

Il ne supportait pas l'idée que sa propriété puisse être négligée, mal entretenue. Il combattrait pour elle jusqu'à son dernier souffle. Clarinda n'était qu'un moyen subsidiaire.

« Je me demande ce que cette fille va devenir », songea Melburne. Puis il chassa cette question d'un haussement d'épaules.

Sir Roderick mort, cela ne le regarderait plus et elle ne viendrait certainement pas lui demander avis. Mais, en même temps, il ne pouvait s'empêcher de penser que Nicholas Vernon ne prendrait pas cela de gaieté de cœur.

En d'autres circonstances, l'idéal aurait été qu'il épouse la nièce de son père, puisqu'ils n'étaient pas du même sang. Mais sachant de lui ce qu'il en savait à présent, il ne le souhaiterait comme mari à aucune femme au monde et surtout pas à la pure et exquise Clarinda.

Tout en chevauchant à travers le parc, il se surprit à penser combien la jeune fille serait ravissante habillée à la mode. Il était prêt à parier qu'elle ferait pâlir l'étoile de toutes les beautés réputées de Saint James.

Même la grâce tant prisée de lady Romayne paraîtrait lourde et factice en regard de la fragilité de ce petit visage étroit et de la transparence de cette peau si blanche.

— Ravissante et riche héritière! dit-il tout haut en se demandant, une fois encore, ce que l'avenir lui réservait.

Le commandant Foster l'attendait avec un dossier concernant les fermages. Lord Melburne le mit de côté.

— Vous avez du nouveau? s'enquit-il sans avoir besoin de s'expliquer.

— J'ai été voir le vicaire, hier soir. « Sarah l'innocente, m'a-t-il dit, est tellement déséquilibrée par la perte de son enfant qu'on parle de la mettre dans un asile. »

— Pauvre créature! J'ai cependant peine à croire que Nicholas qui, après tout, est né gentilhomme, ait pu tomber si bas.

— Moi aussi... j'ai fait également une enquête, au sujet de ce personnage bizarre auquel nous avons parlé à la ferme des Dunes. Le vicaire croit qu'il s'appelle Thornton et qu'il est prêtre.

— Sur quoi fonde-t-il ses assertions?

— A ce qu'il paraît, il y a trois ans de cela, il

y a eu une espèce de scandale dans une paroisse non loin de Beaconsfield. Les villageois ont élevé de telles protestations que le prêtre a dû disparaître. Selon le vicaire, qui est loin d'être bête, le nouvel occupant de la ferme des Dunes correspond exactement à la description du prêtre qui abandonna sa cure.

— Cela aussi, il nous faut le prouver. Le vicaire ne fait qu'émettre une supposition. Elle est peut-être très juste, mais ce n'est pas une preuve.

— Non, certes, et je dois continuer mon enquête.

— J'espérais bien que vous le feriez.

Il leur restait beaucoup de sujets à étudier et lord Melburne fut très étonné quand le déjeuner fut annoncé.

Après avoir mangé d'excellent appétit une cuisine qu'il trouva savoureuse alors qu'il était persuadé que celle de son chef français à Londres lui ferait trouver fades toutes les autres, il monta dans sa chambre pour se changer.

Son phaéton l'attendait et il partit en direction du Prieuré, animé d'un sentiment de satisfaction dû, peut-être, au bon vin de Bordeaux bu pendant le déjeuner.

Il ne poussa pas ses chevaux. La caresse du soleil et le spectacle des blés encore verts lui plaisaient. Il songeait que les bois du domaine du Prieuré devaient faire un excellent couvert pour les faisans et se demandait ce que donnerait la chasse à la perdrix à l'automne.

On tirerait également le perdreau à Melburne. Le prince de Galles accepterait-il d'être son hôte?

Il y songeait en montant vers la maison et soudain un bruit de sabots lui fit tourner la tête. Surpris, il vit une voiture élégante, menée par un cocher à la livrée bien coupée, qui suivait l'allée, derrière lui.

Cette livrée lui parut familière, mais il crut

s'être trompé jusqu'au moment où, la voiture rejoignant la sienne, devant le perron, un joli visage connu parut à la vitre baissée.

— Bonjour Buck! cria lady Romayne, attendant que son valet de pied lui ouvre la portière.

Melburne, stupéfait, jeta les rênes à son palefrenier et sauta à terre à temps pour aider la jeune femme à descendre.

Il lui baisa le bout des doigts.

— Mais que diable faites-vous ici ma chère Romayne?

— Je pensais bien que vous seriez surpris de me voir, répondit-elle. Mais croyez-vous que je n'étais pas curieuse d'entendre ce qui se tramait?

— A quel sujet?

— Vraiment, Buck! répliqua-t-elle en lui lançant un petit regard coquet, par-dessus son épaule, tout en se dirigeant vers la porte. Je suis arrivée à Melburne, vous veniez d'en partir. Je me suis souvenue alors que sir Roderick Vernon avait fait la cour à ma mère. Je suis venue ici, il y a très longtemps. J'étais encore une enfant. Il ne m'aura pas oubliée, j'en suis certaine.

— Sir Roderick est très malade; en fait, il est mourant, répondit Melburne. Mais vous ne m'avez toujours pas expliqué, Romayne, pourquoi vous êtes venue de Londres de façon si soudaine.

Elle le regarda et ses yeux se rétrécirent.

— Vous attendiez-vous à me voir agir autrement, dit-elle d'une voix dure, alors que Nicholas Vernon proclame à qui veut l'entendre que vous êtes fiancé à je ne sais quelle fille du nom de Clarinda?

Melburne ne répondit pas. Il revoyait le laquais qui avait écouté à la porte et qui était parti aussitôt pour Londres, le jour de sa première visite à sir Roderick. Evidemment, Clarinda avait eu raison. L'homme était parti rejoindre Nicholas pour lui raconter ce qu'il avait entendu. Et Nicholas Vernon, il s'y était attendu, avait l'intention de créer des difficultés.

Mais que pouvait-il dire à lady Romayne?

— ... Je pense, mon cher Buck, que vous auriez pu me prévenir, dit-elle d'une voix douce, un peu triste.

Il la connaissait trop bien pour ne pas savoir que, sous son apparente douceur, elle bouillait de rage.

— Ecoutez-moi, Romayne. Comme je l'ai déjà dit, sir Roderick est à l'article de la mort. Retournez à Melburne et attendez que je vous y rejoigne. Je ne serai pas long et je vous expliquerai.

Tout en parlant, il songeait avec une colère grandissante qu'il aurait du mal à trouver une explication acceptable.

Quand il avait été placé par Clarinda dans cette situation intolérable, il ne lui était pas venu une seconde à l'esprit que ses prétendues fiançailles seraient connues au-delà des portes du Prieuré.

Nicholas pérorant à ce sujet à Londres, lady Romayne se précipitant à Melburne pour faire un scandale et lui-même dans l'incapacité de se justifier, tout cela l'emplissait de fureur contre l'auteur de cet imbroglio grotesque.

Clarinda était seule coupable, que le diable l'emporte! Elle aurait pu mieux préparer sa mise en scène et faire en sorte qu'il n'y ait pas de domestique l'oreille collée au trou de la serrure. Quant à l'attitude de Nicholas, il fallait bien l'admettre, elle n'avait rien de surprenant.

— ... Allez m'attendre à Melburne, répéta-t-il à lady Romayne.

C'était un ordre auquel elle n'avait nulle intention d'obéir, il le savait.

— Je veux voir cette jeune femme à laquelle je vais être apparentée, dit-elle. Pourquoi, mon cher, vous faut-il être aussi secret? Après tout, vous êtes mon cousin et Mlle Clarinda Vernon, qui qu'elle puisse être, deviendra ma cousine. D'autre part, je meurs d'envie de la voir et de me rendre compte comment elle a pu retenir votre attention aussi vite.

Lady Romayne n'était pas une sotte. Elle n'irait pas croire qu'il s'agissait d'un coup de foudre. Elle avait parfaitement conscience que cette histoire de fiançailles cachait quelque chose et Dieu sait ce que Nicholas Vernon avait pu raconter.

Ne pouvant faire autrement, il capitula.

— Parfait, dit-il d'un ton rogue. Si c'est ce que vous désirez, venez faire la connaissance de miss Vernon. Pourtant, je vous l'assure, Romayne, vous n'avez aucune raison de vous mêler de mes affaires en ce moment.

— L'ai-je jamais fait? demanda-t-elle avec douceur. Je n'ai jamais rien désiré d'autre, mon cousin bien-aimé, que votre bonheur.

Elle ne précisa pas que ce bonheur, à ses yeux, dépendait d'elle. Mais elle posa sa main sur son bras et leva son beau visage vers le sien.

Habillée à la dernière mode, son chapeau à calotte haute garni de plumes légères, sa robe révélant sous la pelisse les courbes de sa ravissante silhouette, il était difficile d'imaginer créature plus séduisante. Et pourtant, c'est le regard dur que lord Melburne la guida vers le salon.

La pièce était vide, il la traversa, passa sur la terrasse embaumée par le parfum des roses et du chèvrefeuille. La jeune femme l'y suivit. Le soleil était chaud.

Soudain, Melbrune aperçut Clarinda au centre de la roseraie et n'en crut pas ses yeux. Elle n'y était pas seule. Julian Wilsdon était avec elle, il la tenait serrée contre lui et penchait la tête vers elle.

Un instant, Melburne resta figé sur place puis lady Romayne émit un petit rire amusé :

— Pauvre Buck! A peine fiancé et déjà trompé.

Au son de sa voix, Julian et Clarinda se séparèrent vivement. Julian fit un mouvement vers Melburne, mais la jeune fille, avec un petit cri effarouché, fit demi-tour, traversa la pelouse en courant et disparut derrière un bouquet de lilas.

Melburne n'hésita qu'une seconde et, sans un mot pour sa compagne, entreprit de poursuivre Clarinda.

Il ignorait où elle se trouvait, mais, en contournant le bouquet de lilas, il découvrit une allée. Il s'y engagea, le menton dur, la bouche serrée. Il la trouva à l'entrée d'une tonnelle couverte de roses, devant un vieux cadran solaire.

Elle avait couru très vite et était encore haletante. Il la regarda de toute sa hauteur et, avant qu'elle ait pu dire un mot, la saisit par les épaules.

— Comment osez-vous! cria-t-il d'une voix vibrante de colère. Comment osez-vous me ridiculiser de la sorte! Vous me demandez de participer à une comédie grotesque par affection pour votre oncle et vous m'insultez en exhibant votre amant non seulement sous mes yeux, mais sous ceux de mes amis.

De rage il la secouait et ses boucles volaient autour de son visage.

— ... Vous avez déjà été grossière avec moi, continua-t-il. J'ai cru qu'il y avait une raison morale à votre antipathie à mon égard, mais à présent, d'après votre conduite, j'en doute.

Il continua de la secouer et, malgré sa fureur, remarqua à quel point elle était jolie avec ses yeux dilatés par la surprise, sa bouche entrouverte et ses joues rouges de confusion.

Et, poussé par l'exaspération, il l'attira à lui avec brutalité.

— Si ce sont des baisers qu'il vous faut, dit-il d'un ton dur, eh bien prenez-les de celui qui a le droit de vous en donner.

Sa bouche était sur la sienne avant qu'elle ait pu protester. Il l'embrassa brutalement, avec cruauté presque. Soudain, il prit conscience de la douceur de ces lèvres qu'il écrasait et sa bouche se fit moins rude, plus possessive aussi.

Sa colère s'évanouit et il ressentit un irrésistible désir de l'éveiller, de la faire lui répondre comme l'avaient toujours fait toutes les femmes qu'il avait embrassées.

Ses baisers étaient très adroits, très exigeants, très persuasifs. Puis, incrédule, il remarqua qu'après une tentative aussi désespérée que vaine de lui résister, Clarinda restait immobile et passive entre ses bras.

Elle était d'une telle immobilité qu'il leva la tête, très surpris. Immédiatement, d'une rapide torsion, elle se libéra. L'espace d'une seconde, elle le regarda, les yeux noirs de colère.

— Je crains, mylord, dit-elle enfin, d'un ton glacial et pesant chaque mot, que vos tentatives licencieuses ne soient pas appréciées ici, à la campagne, quel que puisse être leur succès à Londres. Si vous éprouvez un besoin urgent de femme, vous trouverez sans doute quelque petite paysanne simple d'esprit qui ne refusera pas vos avances.

Elle avait prononcé sans une hésitation ce morceau d'éloquence visiblement préparé. Puis, le sang au visage, les yeux étincelants, elle frappa le sol du pied.

— ... Si j'étais un homme, s'écria-t-elle, je vous tuerais pour ce que vous venez de faire!

Et elle s'enfuit avant qu'il ait pu lui répondre. Contournant massifs et buissons, elle disparut à sa vue.

Il resta immobile à regarder devant lui, une expression étrange sur le visage.

Il n'éprouvait plus de colère. Il ne pouvait songer qu'à l'immobilité de Clarinda entre ses bras, à la douceur de ses lèvres et, incrédule, se rendait compte qu'il n'avait provoqué en elle qu'une réaction haineuse.

Jamais, de toute sa vie, une femme qu'il venait d'embrasser ne lui avait manifesté de déplaisir. Jamais l'on n'avait repoussé la requête passionnée de sa bouche.

A présent, il était très péniblement conscient de la situation ignominieuse dans laquelle son geste impétueux l'avait placé. Il n'avait pas été dans ses intentions d'insulter Clarinda. Pas une seconde, il n'avait songé à s'imposer à elle. Mais elle l'avait mis dans un tel état de fureur en agissant ainsi devant Romayne qui saurait exploiter la situation avec son petit cerveau actif et sa langue pointue.

Mais, pour être honnête, ce n'était pas la colère seule qui l'avait poussé à embrasser Clarinda. Sa bouche entrouverte, la beauté de son petit visage levé vers le sien, les reflets du soleil dans ses cheveux voletants, l'incroyable blancheur de sa peau et la rougeur subite de ses joues, lui avaient fait l'effet d'une invite irrésistible.

Il le savait, il avait commis une énorme erreur. Elle le détesterait plus que jamais et il le mériterait. « Vos tentatives licencieuses », quelle phrase! Il la voyait très bien préparant cela avant même de le connaître, quand elle avait commencé à le haïr à cause d'un détail qu'elle avait appris touchant son passé. A présent, son antipathie était fondée.

Elle avait décidé de rester inerte et froide sous ses baisers pour le glacer lui-même. Mais son indignation avait eu raison de sa détermination et il l'avait trouvée encore plus jolie quand elle lui avait crié sa colère qu'au moment où il l'avait prise dans ses bras.

Cependant, la situation restait un imbroglio dont il ne savait comment se sortir. D'autre part, Romayne l'attendait et Dieu seul savait ce qu'il pourrait lui dire pour ne pas aggraver le tout.

C'est le sourcil froncé qu'il refit, à pas lents, le trajet parcouru quelques minutes auparavant. Il n'y avait personne sur la terrasse, mais Julian Wilsdon l'attendait dans le salon.

A la vue de lord Melburne il carra les épaules et lui fit face, visiblement nerveux, mais résolu.

— J'ai des excuses à vous faire, monsieur, dit-il à voix basse.

Melburne se contenta de lever les sourcils.

— ... Pour rien au monde je ne voudrais que vous pensiez que miss Vernon ait pu se tenir de façon incorrecte. Contrairement à ce que votre invitée m'a fait remarquer avec ironie, je ne l'embrassais pas.

— Alors, peut-être pourriez-vous m'expliquer ce que vous faisiez? suggéra Melburne.

— Je lui disais adieu, répondit le jeune homme, lamentable. Mon père m'a contraint à m'engager. Je pars, aujourd'hui même. Et, comme j'aime Clarinda, je venais lui faire mes adieux.

Melburne ne réagit pas et Julian reprit :

— ... C'était indigne de moi, je l'avoue, mais j'étais au bord des larmes. Quand j'ai posé ma joue contre celle de Clarinda comme un frère avec sa sœur, elle ne m'a pas repoussé. C'est tout. Je vous dis cela, car je ne veux pas que vous puissiez croire qu'elle n'est pas parfaite.

Il se tourna vers la porte et Melburne comprit qu'il luttait pour se contrôler.

— Merci, Wilsdon, je vous suis très obligé de votre explication, dit-il.

Puis, conscient de l'humiliation que cela avait dû être pour lui de devoir s'excuser, il ajouta avec bonté :

— ... Bonne chance. L'armée vous plaira malgré tout, vous verrez. Je vous le jure, mes plus belles journées je les ai passées dans mon régiment.

— J'espère que vous avez raison, monsieur, répondit le jeune homme avec désespoir.

Puis il sortit et referma doucement la porte derrière lui.

Melburne attendit le temps nécessaire au jeune Wilsdon pour quitter la maison et passa dans le hall. Bates était à la porte.

— Lady Romayne m'a chargé de dire à Sa Seigneurie qu'elle l'attendrait à Melburne.

— Dans ce cas, je l'y rejoins. Voulez-vous présenter mes respects à sir Roderick et lui expliquer qu'une visite inattendue m'empêche de le voir à l'heure prévue. Mais je reviendrai ce soir, une heure environ avant le dîner.

— Bien, mylord.

Melburne hésita un instant avant d'ajouter :

— ... Et dites à Mademoiselle que je serais son obligé si je puis dîner avec elle ce soir. Il sera trop tard quand j'en aurai terminé avec sir Roderick pour retourner dîner chez moi.

— Je préviendrai Mlle Clarinda, répondit le maître d'hôtel. J'espère que nous serons en mesure d'offrir à Sa Seigneurie un repas qui lui plaira.

Melburne regagna son phaéton avec un éclair de malice dans le regard. Clarinda serait furieuse de devoir le recevoir, il en était sûr. Mais le fait de dîner à l'extérieur lui fournirait une excuse plausible pour renvoyer lady Romayne à Londres.

D'autre part, il devait bien se l'avouer, il voulait revoir Clarinda.

4

Clarinda atteignit le sanctuaire de sa chambre et claqua la porte derrière elle.

Debout, les mains sur ses joues brûlantes, le cœur battant avec violence, elle éprouvait une impression de rage jamais ressentie encore.

— Comment a-t-il osé! Comment a-t-il osé! s'écria-t-elle en tapant du pied.

Puis, elle traversa la pièce en courant, se jeta sur son lit et s'enfouit le visage dans son oreiller.

Quand sir Roderick lui avait dit d'écrire à lord Melburne de venir, elle savait que cela se produirait, tôt ou tard.

Elle s'était attendue à ce qu'il agisse de la sorte. Mais son imagination n'avait pas tout prévu.

Elle ignorait qu'une bouche d'homme puisse être aussi dure, aussi brutale que celle de Melburne quand il avait commencé à l'embrasser et jamais elle n'aurait pu se figurer que cette même bouche puisse se faire persuasive et douce, possessive et tendre. C'était donc cela un baiser.

Mais elle était préparée. Elle savait par cœur la réplique qu'elle s'était répétée une centaine de fois parce qu'avec un tel voisin aussi proche elle avait toutes les chances de le rencontrer tôt ou tard.

— Il est méprisable! Je le hais! Je le hais!

Tout en parlant, elle avait conscience que la haine qu'elle nourrissait à son égard depuis les quatre dernières années avait gagné en violence parce qu'il réussissait à la troubler.

Ce n'était pas tant ce qu'il disait que ces étranges yeux gris qui semblaient la regarder jusqu'au fond du cœur, qui la faisaient se sentir très petite et lui ôtaient toute personnalité.

Quand il pénétrait dans une pièce, si beau, tellement bien habillé, elle devenait totalement insignifiante avec ses robes défraîchies, ses cheveux mal coiffés et son ignorance du monde à la mode.

De quel droit venait-il la déranger comme il le faisait? Que sir Roderick ne vive plus très longtemps! Lord Melburne repartirait pour Londres et elle n'aurait plus jamais à le revoir.

— Je le hais! Je le hais! répéta-t-elle, pensant à sa bouche sur la sienne.

Elle se frotta les lèvres, tout en sachant qu'elle ne pourrait jamais effacer totalement le souvenir de ce premier baiser qui s'était achevé presque doucement.

Elle avait eu l'étrange impression que si elle cédait à ce qu'il lui demandait, avec ses lèvres, elle n'aurait plus été elle-même.

Elle ne savait pas au juste ce qu'elle entendait par là. Elle s'était sentie emprisonnée, immobilisée par ses bras puissants, si petite et si faible qu'il lui avait été impossible de lutter.

Il exigeait d'elle quelque chose, quelque chose qu'il prendrait et garderait captif. Et elle avait le désagréable sentiment qu'il s'agissait de son cœur.

« Il n'a pas le droit de me toucher! » se dit-elle avec véhémence. Et cependant elle reconnaissait qu'elle avait provoqué son accès de colère.

Cela avait dû être extrêmement désagréable pour lui de la trouver avec Julian. Il ne pouvait pas savoir qu'elle ne faisait que consoler un pauvre gosse prêt à pleurer parce qu'il devait partir.

C'était en soi un spectacle provocant déjà et elle comprenait que la présence d'une amie avait dû l'humilier. Elle avait entendu une voix de femme et entendu son rire. « Un rire affecté, mondain », se dit-elle, dédaigneuse. Elle avait aperçu un chapeau emplumé, une pelisse de soie écarlate, avant de s'enfuir pour chercher refuge dans les buissons.

Son visage s'empourpra à ce souvenir. Comment avait-elle pu être aussi sotte? Elle aurait dû garder son sang-froid, s'avancer pour saluer sa visiteuse et expliquer que Julian était un ami d'enfance qui lui faisait ses adieux avant de rejoindre l'armée.

« Pourquoi, se demanda-t-elle avec désespoir,

ai-je agi comme une petite fille et non comme une femme ? »

Elle enfouit son visage dans son oreiller, honteuse de la faute commise. Peut-être pardonnerait-elle sa colère à lord Melburne, mais jamais qu'il l'ait embrassée.

« Il est totalement dépourvu de scrupules avec les femmes. » Elle réentendait la voix de Jessica lui racontant comme elle avait lutté contre lui, jusqu'à ce qu'épuisée elle soit contrainte de céder à sa force. Plus tard, c'est contre son propre cœur qu'elle avait lutté, mais il l'avait trahie, la contraignant à l'aimer.

Clarinda se souvenait avec acuité de l'horreur ressentie au fur et à mesure que se déroulait le récit de Jessica Tanslay. Clarinda, qui avait quinze ans à l'époque, nourrissait une profonde admiration pour son amie qui en avait près de dix-huit. Débutante, elle avait déjà été présentée à Leurs Majestés.

Jessica était jolie, avec ses cheveux noirs, ses sourcils fins et ses yeux sombres un peu bridés. Comme elle s'ennuyait à la campagne, elle avait pris la petite Clarinda comme confidente, se vantant de ses nombreuses conquêtes, la fascinant avec ses descriptions de la haute société, des soirées dansantes, des bals masqués ou non, monde où, apparemment, les gentilshommes chassaient les jolies femmes comme un vulgaire gibier.

Puis Jessica avait raconté comment elle avait rencontré lord Melburne et comment il l'avait violée.

— Après, je l'ai aimé ! avait-elle dit, les yeux pleins de larmes. Je n'y pouvais rien ! Je me suis jetée à ses pieds, je l'ai supplié de m'épouser. Il n'a fait que rire. Oui, Clarinda, il a ri ! Et j'étais là, brisée, désespérée, n'ayant plus que mes longs cheveux défaits pour cacher ma nudité.

Clarinda, à cet instant poignant de la confession de Jessica, avait pensé qu'elle se permettait des licences poétiques car ses cheveux n'avaient jamais dépassé ses épaules.

Mais au récit de la brutalité de lord Melburne, Clarinda avait juré une haine mortelle à cet homme capable de traiter de la sorte une jeune fille innocente.

— Je lui ai donné mon corps, mon cœur, mon âme, sanglotait Jessica. J'étais totalement à lui.

— Mais personne ne lui a donc jamais résisté? avait demandé Clarinda.

— Personne. Il est irrésistible. C'est ainsi qu'on l'appelle à Londres et c'est exactement ce qu'il est, Clarinda, *irrésistible*. Une faible femme ne peut échapper à son magnétisme, au pouvoir qu'il exerce.

Jessica avait quitté la campagne pour participer à d'autres plaisirs, à Londres. Mais Clarinda était restée au Prieuré et elle avait préparé un plan d'action pour le cas où elle aurait la malchance de rencontrer lord Melburne.

Elle avait décidé d'être absolument sans réaction entre ses bras. Il serait difficile pour un homme d'embrasser une femme froide comme un iceberg. Le petit discours qu'elle avait élaboré lui dirait son immense dégoût, son mépris. Elle l'avait répété jusqu'à le savoir par cœur.

Elle l'avait parfaitement récité, sauf à la fin où elle avait perdu son sang-froid et s'était mise à crier. Peut-être était-ce dû à la surprise provoquée par la douceur de ses baisers.

Elle avait tout prévu, sauf le fait qu'il serait en colère. Il l'avait tenue serrée entre ses bras, mais ne s'était livré à aucune privauté comme celles dont Jessica avait parlé.

Elle, elle s'était débattue contre son désir.

Clarinda se rappelait la violence avec laquelle il l'avait secouée. Demain, elle aurait certainement des marques sur les épaules.

Elle se demandait à présent qui était la femme

accompagnant Melburne et ce qu'ils avaient pu se dire, Julian et l'inconnue, quand ils étaient restés seuls. La jeune fille se sentit rougir de nouveau. Comment avait-elle pu être aussi maladroite et s'enfuir? Quelle explication Melburne avait-il bien pu donner à cette dame? Etaient-ils toujours en bas ou avaient-ils quitté la maison?

A ce moment précis, on frappa à sa porte. Elle se redressa, tendue, anxieuse. Puis elle réalisa que, s'il s'était agi de Melburne, il n'aurait pas frappé avec cette discrétion s'il avait voulu pénétrer dans sa chambre.

— Entrez! cria-t-elle.

Bates, le maître d'hôtel, ouvrit la porte.

— Sa Seigneurie présente ses compliments à Mademoiselle, annonça-t-il. Elle est retournée à Melburne et m'a chargé de dire à Mademoiselle qu'elle viendrait voir sir Roderick ce soir et de lui demander si elle voudrait la garder à dîner, vu l'heure tardive.

L'espace de quelques secondes Clarinda resta sans voix. Comment osait-il s'inviter au Prieuré après son comportement de l'après-midi? Mais elle redressa le menton. Elle n'avait pas peur de lui, après tout.

— Très bien, Bates, dit-elle. Dites à la cuisine que l'on soigne le dîner.

— Bien, mademoiselle, répondit Bates qui hésita avant d'ajouter : Je crois qu'il est de mon devoir de prévenir Mademoiselle que le cocher de lady Ramsey m'a dit pourquoi ils étaient venus à Melburne. Monsieur Nicholas a entendu parler des fiançailles de Mademoiselle avec Sa Seigneurie. Et, d'après la femme de chambre de lady Ramsey, il est fou furieux.

Clarinda poussa un petit cri :

— Oh! Bates. Pourvu que monsieur Nicholas ne vienne pas ici bouleverser sir Roderick!

— Je l'espère, mademoiselle, répondit Bates avant de refermer la porte.

Après son départ, Clarinda pensa à Nicholas et ses yeux trahissaient sa peur. Il était, en ce moment même, « fou furieux » parce qu'il avait été déshérité et qu'il savait qu'elle, Clarinda, serait l'héritière du Prieuré!

La jeune fille eut soudain conscience qu'elle tremblait. Elle éprouvait de la haine pour lord Melburne, mais elle se méfiait de Nicholas depuis leur première rencontre.

Cela avait commencé à son arrivée au Prieuré après la mort de ses parents, tués tous les deux dans un accident de voiture.

Sir Roderick Vernon était venu chercher la petite fille pour qu'elle vive avec lui, au Prieuré. C'était un homme bon et elle n'avait pas tardé à l'aimer.

Nicholas, à l'époque, se trouvait à l'étranger. Elle le revoyait entrer dans le salon sans avoir annoncé son arrivée. Au premier abord, elle avait été contente à l'idée d'avoir comme compagnon un jeune homme élégant, plus âgé qu'elle. Mais, très vite, elle s'était sentie embarrassée par l'expression de ses yeux quand il la regardait, par la façon dont ses mains la palpaient à la moindre occasion.

Elle en était arrivée à reculer quand il était près d'elle. Elle cherchait à l'éviter, à ne pas se trouver seule avec lui.

Une nuit, alors qu'elle était déjà couchée, elle avait entendu quelqu'un ouvrir sa porte. Elle avait cru que c'était la gouvernante ou l'une des femmes de chambre. Puis, à la lueur de la bougie allumée à son chevet, elle avait vu Nicholas se glisser dans la pièce. Elle avait remarqué l'expression de son visage et, malgré son extrême innocence, elle avait compris qu'elle courait un danger très grave.

Peu à peu, il s'était rapproché du lit et son

regard était tel qu'elle avait crié de terreur.

Ses cris avaient alerté sir Roderick qui était accouru. Elle avait sauté du lit, s'était précipitée dans ses bras en pleurant. Les mensonges de Nicholas n'avaient nullement impressionné son père.

Sir Roderick avait trop entendu déjà de récits touchant au comportement de Nicholas avec les femmes. Les scandales dont il était à l'origine ne se comptaient plus et parmi eux l'histoire de cette fille de fermier qu'il aurait engrossée.

Mais le fait de le trouver dans la chambre de Clarinda l'avait mis dans une colère jamais vue encore par son fils. Quand celui-ci était revenu au Prieuré après une absence de six mois, il s'était à peine occupé de Clarinda sauf pour ricaner avec mépris en la regardant ou pour lui dire, d'un ton sarcastique, qu'elle était « un coucou dans son nid ». Mais elle prenait garde autant que possible à ne rester jamais seule avec lui.

Trois mois auparavant il était venu, son père étant déjà malade.

— J'ai besoin d'argent, avait-il dit brutalement à la jeune fille. Combien en as-tu de côté?

— Je n'en ai pas.

— Je ne te demande pas les sous de ta tirelire. Tu as les clefs du coffre où l'on met le produit des fermages et des ventes du domaine.

— Mais tu n'as pas le droit d'y toucher, avait protesté la jeune fille.

Il lui avait arraché les clefs qu'elle cherchait à cacher, puis il avait vidé le coffre et ri de ses efforts pour l'en dissuader.

— Qu'est-ce que tu attends pour aller prévenir mon père? avait-il demandé, ironique, sachant parfaitement qu'elle n'irait pas le bouleverser, malade comme il l'était.

Le lendemain matin, alors qu'au grand soulagement de la jeune fille, Nicholas lui avait annoncé qu'il retournait à Londres, elle l'avait trouvé dans la bibliothèque, un tableau dans les mains. C'était un Van Dyck de grande valeur auquel sir Roderick tenait beaucoup.

— Que fais-tu? avait-elle demandé.
— Je me sers de ce qui m'appartient ou qui sera à moi bientôt.
— Mais tu ne peux prendre ce tableau tant que ton père est en vie!

Il l'avait regardée en souriant, mais l'œil froid :
— Tu ne peux pas m'en empêcher.
— Non, en effet, je n'en ai pas le droit. Mais tu devrais comprendre que ce que tu fais est mal, même si tout doit te revenir un jour.
— Ce que tu peux être mijaurée!

Il avait posé le tableau pour regarder sa cousine avec attention.

— ... A la réflexion, je serais peut-être bien avisé de t'épouser, avait-il ajouté avec lenteur. Tu pourrais passer ton temps, ici, à gérer le domaine, ce que tu fais fort bien d'après ce que j'ai entendu dire, et moi je m'amuserais à Londres. Tu ferais une femme très agréable.
— Je n'ai aucune envie de t'épouser si tu tiens à le savoir pour le cas où tu parlerais sérieusement.
— On ne peut plus sérieusement! Oui, c'est une bonne idée. Tu es devenue très séduisante. Ton air de vierge pure n'est pas sans charme.

Il avait à demi fermé les yeux en parlant et Clarinda avait éprouvé un terrible malaise. Elle tenta de quitter la pièce, mais il l'avait retenue par le bras.

— ... Une vierge!
— Lâche-moi! avait-elle dit, affolée soudain.
— Aurais-tu peur de moi? Et, pourquoi pas? La crainte aiguise souvent le désir.
— Je ne comprends pas ce que tu dis. Lâche-moi! Ton père doit avoir besoin de moi.

— Moi aussi, avait-il murmuré, moi aussi!

Il l'avait libérée et elle s'était précipitée hors de la pièce. Jamais personne ne l'avait effrayée à ce point.

A très peu de temps de là, elle avait entendu des bruits de scandales auxquels Nicholas aurait été mêlé. Au début, elle ignorait ce qui les avait provoqués, puis, par les commentaires des domestiques et le fait que sir Roderick était encore plus gentil que de coutume avec elle, elle comprit que Nicholas avait dû commettre un péché impardonnable.

Elle n'en fut pas autrement surprise. Elle avait toujours su qu'il était pervers. Elle se souvenait de la terreur éprouvée quand il était entré dans sa chambre et quand, dans la bibliothèque, il avait parlé de mariage.

Peut-être tous les hommes étaient-ils mauvais, méprisables, brutaux et impitoyables. Elle détestait Nicholas et elle détestait lord Melburne. Etaient-ils l'illustration type de leur sexe, contraignant toute femme convenable à les éviter?

Clarinda avait beau se répéter qu'elle haïssait Melburne, cela ne l'empêcha pas, réaction bien féminine, de tenter de paraître à son avantage en se changeant pour le dîner.

Elle n'avait pas un grand choix de toilettes. Elle possédait trois robes du soir, mais elles figuraient dans sa penderie depuis des années.

Sir Roderick avait horreur de dépenser pour autre chose que son domaine bien-aimé. Malgré l'envie que la jeune fille avait de vêtements neufs, elle aimait trop son oncle pour lui demander de sacrifier un peu de l'argent auquel il tenait tant à des fanfreluches, superflues à ses yeux.

Elle regrettait cependant de ne pas posséder de toilette réellement élégante avec laquelle éblouir lord Melburne, car, elle le savait, il serait habillé à la dernière mode, lui.

Elle trouvait Julian élégant, mais cela avant de rencontrer Melburne...

Désabusée, elle regarda les trois robes parmi lesquelles elle devait faire son choix. Finalement, elle en prit une vert pâle qui mettrait en valeur la blancheur de sa peau et la flamme de ses cheveux. C'était l'œuvre très simple d'une couturière de village, mais Clarinda lui avait ajouté quelques rubans de satin.

Quand elle fut prête, elle se regarda dans la glace et, n'ayant pas de bijoux, elle prit deux roses blanches, dans un vase sur sa coiffeuse, et les épingla sur son corsage.

Elle s'était habillée beaucoup plus vite qu'elle ne l'aurait cru et il lui restait une heure avant l'arrivée de son hôte. Bien que gênée et intimidée, elle éprouvait une sensation étrange à l'idée de le revoir. C'était un adversaire, mais discuter avec lui, le contrer au besoin, avait quelque chose de stimulant.

Il pouvait peut-être l'embrasser contre son gré, mais il ne pourrait pas la forcer à lui donner la raison de son antipathie. Elle le savait, cela l'irritait, l'intriguait de ne pas savoir ce qu'elle lui reprochait; et le fait de le laisser se creuser l'esprit était une vengeance subtile, en soi.

« Enfin, la vie a changé, elle n'est plus morne et monotone », se dit-elle en descendant l'escalier en courant.

Elle décida de ranger le salon, ce que les femmes de chambre oubliaient souvent, et de s'assurer que Bates avait pensé à préparer l'une des bonnes bouteilles de sir Roderick.

Elle ouvrit la porte du salon et s'immobilisa, glacée de peur. Nicholas était là, debout devant la cheminée, en compagnie d'un autre homme.

— Bonsoir, Clarinda, dit-il.

Au son de sa voix, à l'expression de ses yeux,

son estomac se contracta. Mais elle releva le menton.

— Pourquoi es-tu ici? parvint-elle à dire.

— Je suis venu te voir. Bates m'a prévenu que tu te changeais pour le dîner. Je lui ai dit de ne pas te déranger. Tu es descendue plus tôt que je n'aurais osé l'espérer.

— Nous ne t'attendions pas, dit la jeune fille ne voulant pas, par égard pour son cousin, parler de façon trop nette en présence d'un étranger.

Nicholas surprit le coup d'œil qu'elle avait eu pour son compagnon.

— Gerald, laissez-moi vous présenter à la nièce de mon père, dit-il. Sir Gerald Kegan, miss Clarinda Vernon. Clarinda est ma future femme.

Un instant sans voix, la jeune fille protesta enfin.

— Ce... ce n'est pas vrai! fit-elle bégayant d'émotion. Pour... qu... quoi dis-tu u... une chose pareille?

— Parce que c'est l'exacte vérité. Je suis venu te chercher, Clarinda. Nous serons mariés ce soir même.

— Tu dois être devenu fou. Tu sais parfaitement que, jamais, je ne t'épouserai.

Il la regarda avec attention, la tête un peu penchée :

— J'ai toujours pensé que tu étais dangereuse. Mais l'astuce de ton plan ne servira à rien, puisque quand nous serons mariés la propriété sera à moi au même titre que toi.

Clarinda prit une profonde inspiration avant de répondre :

— Ecoute, Nicholas. Ton père t'a déshérité et m'a laissé le Prieuré, je le sais. Mais, je te l'assure, je n'ai pas l'intention de le conserver. Cela te revient de droit et j'ai décidé de t'en rendre la plus grande partie. Je désire garder seulement la petite maison baptisée *Les Quatre Pignons* et le terrain qui l'entoure. Le reste est à toi.

Une grimace tordit les lèvres de son cousin :
— Tu es très accommodante quand tu es aux abois. Mais, crois-moi, mon projet est bien meilleur. A partir de là, il n'y aura pas de discussion quant à savoir qui donne les ordres.

— Et tu crois réellement que j'accepterai de t'épouser? demanda Clarinda d'une voix disant tout le dégoût qu'elle éprouvait pour lui.

— Plus tard, tu m'en seras très reconnaissante, répondit Nicholas. Qu'en pensez-vous, Gerald?

Vivement, Clarinda regarda l'interpellé comme si elle pouvait en attendre du secours.

Sir Gerald Kegan avait une quarantaine d'années. Le vice et la débauche étaient inscrits sur son visage bouffi, aux yeux marqués de cernes bleuâtres.

D'instinct, elle comprit qu'il ne lui viendrait pas en aide.

— Mademoiselle fera une ravissante... épouse, répondit-il à la question de Nicholas. (Il avait marqué un temps d'arrêt avant de prononcer le mot « épouse », comme s'il pensait à quelque chose d'autre.)

— Prends ton manteau, Clarinda, dit Nicholas. Ma voiture attend devant la porte.

— Je ne viens pas avec toi! protesta-t-elle, avec un mouvement de recul.

Mais il la saisit par le bras :
— Ecoute-moi, Clarinda. Tu m'accompagnes aux Grottes. Tu as dû en entendre parler?

Il la sentit se raidir et lut l'horreur dans ses yeux.

— ... A la fin de notre réunion là-bas, ce soir, j'ai l'intention de t'épouser. La plupart des jeunes femmes initiées aux mystères de notre société n'ont pas la chance de recevoir une demande en mariage. Mais, tu es une exception parce que tu es l'héritière de mon père.

— Qu'est-ce que tu dis? fit-elle, la voix tremblant

d'effroi. Lâche-moi Nicholas, tu n'es pas sérieux, c'est impossible!

— Mais bien sûr que si, je le suis. Personne ne me volera mon héritage. Non, Clarinda, je ne suis pas aussi idiot que vous vous l'imaginiez, mon père et toi. Maintenant, viens sans te faire prier. A moins que tu préfères que je te drogue. Tu seras dans l'incapacité de te débattre quand j'aurai vidé cela dans ton joli petit gosier.

Tout en parlant, il désignait un flacon que sir Gerald Kegan avait sorti de sa poche. Il était noir et rappelait ceux qu'employaient les apothicaires pour mettre les poisons. Clarinda poussa un cri d'horreur.

— ... Tu as le choix, continua-t-il.

Ce n'était pas possible! C'était un cauchemar. Personne ne viendrait donc l'aider. Elle se souvint que lord Melburne devait venir dîner, mais Nicholas l'aurait emmenée bien avant.

— ... Choisis, insista Nicholas d'un ton coupant. M'accompagnes-tu de ton plein gré, ou dois-je te rendre inconsciente?

— Je ne... veux... pas être droguée, balbutia-t-elle. Je viens...

Il eut un sourire de triomphe :

— Je le savais bien.

Il lui lâcha le bras et Clarinda regarda vivement autour d'elle, cherchant un moyen de fuir.

— ... J'ai toujours été excellent à la course, crut-il bon de la prévenir. Si tu appelles au secours, qui viendra? Le vieux Bates, que je maîtriserai sans effort, ou peut-être une petite bonne que j'ai oublié de séduire au cours de ma dernière visite?

Clarinda lutta contre l'envie de hurler. Par orgueil, elle s'interdit de donner à Nicholas la satisfaction de la voir perdre son sang-froid :

— Je te l'ai dit... je viens avec toi... je n'essaierai pas de... m'enfuir.

— Alors, viens.

Cynique, il lui offrit le bras. Elle le prit et comprit l'impression qu'avaient dû ressentir les aristocrates français menés à la guillotine.

— Envoie quelqu'un chercher ta cape, dit Nicholas quand ils furent à la porte. Je ne peux te laisser aller la prendre toi-même. Tu aurais peut-être l'idée ridicule de tenter de t'échapper.

Ils passèrent dans le hall. Bates attendait devant la porte d'entrée et Clarinda remarqua son expression d'inquiétude et d'anxiété.

Elle était sur le point de lui parler, quand elle aperçut Rose, sa femme de chambre venue habiter le Prieuré avec elle, qui se penchait en haut de l'escalier.

— Rose, dit-elle en haussant le ton, apportez-moi ma cape s'il vous plaît, celle avec le capuchon.

— Bien, mademoiselle.

Elle avait répondu d'une voix mal assurée et Clarinda comprit que l'accès de la maison ayant été interdit à Nicholas, sa présence au Prieuré leur semblait à tous un outrage.

La femme de chambre revint avec la cape, s'approcha de Clarinda encadrée par Nicholas et sir Gerald. Elle offrit son dos à Rose qui lui plaça le vêtement sur les épaules, puis elle se tourna vivement :

— Mes roses se sont détachées. Attachez-les mieux, voulez-vous, dit-elle.

L'espace d'un instant elle tourna le dos à Nicholas et dans un murmure de façon que, seule, Rose pût l'entendre, elle ajouta :

— ... Dites à Sa Seigneurie : les Grottes.

Puis, elle fit demi-tour, se drapa dans sa cape et, tête haute, elle traversa le hall, gagna la porte, la franchit, se dirigea vers la voiture qui attendait. Elle se sentait engourdie, dans un monde irréel, déformé.

Une partie du cerveau de la jeune fille enregistra

le fait que la voiture était grande, luxueuse. La banquette arrière était spacieuse et les deux hommes s'assirent chacun à côté d'elle. Nicholas à sa droite, sir Gerald, à sa gauche.

Elle était leur prisonnière. Délibérément, sir Gerald se serrait contre elle, son genou pressant le sien. Ce contact la révoltait jusqu'au plus profond d'elle-même.

— Je dois te féliciter, dit Nicholas, comme la voiture s'ébranlait. Tu as fait preuve de beaucoup de sang-froid, ma chère Clarinda. J'ai été surpris.

— Moi aussi, reconnut sir Gerald.

Tout en parlant il avait pris Clarinda par le menton, lui tournait le visage vers le sien.

— ... Elle est ravissante, réellement ravissante, ajouta-t-il. Il est vraiment dommage, Nicholas, que je ne puisse pas être le premier. Vous ne voudriez pas, je suppose, céder vos privilèges de Maître et me donner celui d'initier cette créature exquise aux délices de l'amour?

La jeune fille tenta de se libérer. En vain.

— Clarinda doit devenir ma femme, répondit Nicholas.

Son compagnon lui lança un coup d'œil :

— Peut-être changerez-vous d'avis avant que la nuit s'achève. Souvenez-vous de ce qui est arrivé à la dernière quand les autres en eurent terminé avec elle.

— Clarinda sera ma femme, répéta Nicholas.

— Mais pour l'instant elle est intouchée, captivante, désirable, murmura l'autre.

Il se pencha vers la jeune fille tout en la maintenant captive. Elle comprit qu'il voulait l'embrasser et, d'une torsion brusque, s'écarta de ces ignobles lèvres épaisses, terrifiée par la lueur animale de son regard, le vice qu'il dégageait.

— Laissez-la, ordonna Nicholas d'un ton sec. Elle est consacrée. C'est la première de nos recrues dont la pureté soit certaine. Ce soir Il nous apparaîtra, j'en suis convaincu.

A contrecœur, sir Gerald libéra Clarinda. Elle ne comprenait pas ce que les deux hommes disaient, mais elle savait que chaque mot avait un sens maléfique. Elle éprouvait une envie folle de hurler.

La torpeur qui l'avait enveloppée au moment où elle entrait dans la voiture cédait la place à une horreur qui la terrifiait, menaçant de faire craquer ses nerfs à tout moment. Seul le fait de savoir que Nicholas n'hésiterait pas à la contraindre à avaler sa drogue l'aida à garder un calme apparent.

La seule chance de s'échapper, se répétait-elle, était de garder la tête froide. Peut-être lord Melburne parviendrait-il à la sauver. Elle n'avait aucune idée de la façon dont il pourrait s'y prendre, mais elle puisait un étrange réconfort à songer à sa force, à l'aspect déterminé de sa mâchoire, au dessin ferme de sa bouche.

Elle l'avait vu agir efficacement avec cette brute de fermier envoyé par Nicholas et elle sentait que son cousin ne serait pas de taille pour lui. D'ailleurs, entendre parler de ses prouesses sportives avait toujours alimenté sa haine pour lui, parce qu'on le disait imbattable.

Inexorablement, la voiture avançait. La jeune fille chercha à se souvenir de ce qu'elle avait entendu dire des satanistes. Mais sa mémoire lui refusa tout service. Puis elle se rappela que pour entrer dans un club il fallait en être membre. Comment lord Melburne pourrait-il jamais la sauver s'il ne pouvait pas franchir le seuil?

Même s'il pouvait s'assurer le concours des villageois, il serait trop tard pour elle. Elle était innocente et ignorante, mais elle avait cependant une vague idée de la raison pour laquelle les gens parlaient à voix contenue des orgies qui se déroulaient dans les Grottes.

Rose lui avait raconté que Sarah l'innocente avait eu un bébé de Nicholas, enfant que l'on avait volé plus tard et que l'on avait tué dans les Grottes. Clarinda, profondément choquée, avait refusé d'en entendre davantage.

A présent, elle se reprochait de ne pas avoir écouté. Peut-être aurait-il mieux valu être préparée à ce qui l'attendait que de chercher à deviner à quelles horreurs on la destinait.

Ils quittèrent la grand-route et s'engagèrent sur celle qui descendait vers les Grottes. Clarinda avait, autrefois, fait ce trajet à cheval. Elle aperçut soudain, au passage, la ferme des Dunes et comprit à sa vue pourquoi Nicholas voulait qu'elle soit donnée au nouveau fermier.

Cet homme était un prêtre, Clarinda en était persuadée. C'est lui qui devait les marier et elle était, comme l'avait dit son cousin, condamnée à l'épouser, la cérémonie achevée.

Pourquoi, mais pourquoi, s'il voulait lui donner son nom, menaçait-il de la soumettre à ce qu'elle devinait être un outrage innommable? Puis, elle comprit soudain que jamais Nicholas ne lui pardonnerait de lui avoir volé son héritage. La maison familiale ne l'intéressait pas, jamais il n'avait manifesté le moindre intérêt pour le domaine. Mais le tout représentait de l'argent dont jamais il n'avait assez. De l'argent qui lui permettrait de satisfaire ses vices, de jouer.

D'un geste impulsif, Clarinda se tourna vers lui.

— Nicholas, dit-elle. Crois-moi. Tout ce que ton père m'a légué sera à toi. Je t'en donne ma parole. Je signerai tous les papiers que tu voudras. Je ne prendrai pas un sou. Je t'en prie, ne me fais pas cela. Libère-moi, je t'en supplie.

— Pourquoi le ferais-je? répliqua-t-il. En admettant que je cède à tes supplications, ce que je n'ai pas l'intention de faire, je ne puis décevoir mes amis. Tout le monde attend de toi que tu joues ton rôle dans le mystère. Tu dois participer à l'extase que Satan donne à ceux qui l'adorent.

Pouvait-il réellement croire en de telles inepties? Puis la jeune fille se souvint avoir entendu dire que les satanistes faisaient preuve de la même ferveur que les puritains.

Ils approchaient de l'entrée des Grottes et les chevaux ralentissaient.

— Crois-tu vraiment que tu puisses évoquer... le diable lui-même? murmura-t-elle.

— Il nous apparaîtra ce soir, j'en suis sûr, répondit Nicholas d'une voix qu'elle n'avait jamais entendue, celle d'un illuminé.

5

En rentrant chez lui, lord Melburne ne fit aucun effort pour que ses chevaux forcent l'allure. Il voulait avoir le temps de réfléchir, de préparer une réponse aux questions que Romayne ne manquerait pas de lui poser.

Il éprouvait une certaine irritation à se trouver dans le cas de devoir fournir des explications sur ce qu'il estimait jusque-là ne regarder que lui. Cependant, tout en trouvant indiscret de la part de Romayne d'être venue le relancer, il la comprenait dans une certaine mesure.

Après tout, que cela lui plaise ou non, on associait leurs deux noms depuis quelque temps déjà et tout Saint James pariait que Romayne saurait l'amener devant l'autel avant que l'année soit écoulée.

« Qu'ils aillent tous au diable, je veux rester célibataire! » se dit-il. Et, l'instant d'après, il se surprit à penser à Clarinda et à la douceur lèvres.

Il aurait juré qu'il était le premier à l'avoir embrassée. Il y avait en elle un manque d'expérience qui ne pouvait tromper. C'était la première fois, quant à lui, qu'il avait embrassé une fille aussi jeune et aussi pure.

Ses aventures amoureuses avaient presque toujours pour partenaires des femmes mariées. Comme la plupart de ses contemporains, il trouvait beaucoup moins dangereux de faire la cour à une femme « casée » qu'à une autre qui voulait la bague au doigt en paiement de sa capitulation.

De plus elles étaient discrètes car elles ne se seraient pas risquées à subir l'ostracisme qu'aurait provoqué un scandale. Rares étaient celles qui souhaitaient susciter la colère de leur mari, l'amener à se battre en duel.

Mais Romayne était différente. Elle était veuve. Et, malgré les allures libres qu'elle se donnait, elle souhaitait trouver un nouvel époux, et elle avait jeté son dévolu sur lui.

Quelle incroyable douceur avaient eue les lèvres de Clarinda! Pourtant, elle n'avait pas répondu à ses baisers, malgré ses efforts pour la faire céder.

La plupart des femmes lui rendaient ses caresses avec passion, avant même qu'il en éprouve le désir. La colère brillant dans les yeux de Clarinda, celle de sa voix lui avaient dit nettement quel genre d'émotion il avait éveillé en elle.

« Je dois vieillir », se dit-il, un sourire aux lèvres. A moins que Clarinda appartienne à une espèce qu'il n'avait encore jamais rencontrée, une femme froide et frigide.

Impossible! Il revoyait son petit visage tellement expressif, les émotions qu'exprimaient si clairement ses grands yeux, les accents passionnés que prenait parfois sa voix. Non, Clarinda n'était pas froide... sauf en ce qui le concernait!

Comme ses chevaux prenaient le virage menant au grand portail de Melburne, flanqué de deux lions majestueux, il se dit avec ironie que cette minuscule jeune fille venait de détruire la légende qui le disait irrésistible et à laquelle il avait commencé à croire...

Pour la première fois de sa vie, il venait de rencontrer une femme qu'il laissait parfaitement indifférente, qui était restée insensible à son étreinte et dont les lèvres avaient refusé de répondre à l'invite de sa bouche.

Mais, au fait, pourquoi se préoccuper d'elle? Sir Roderick mort, elle serait débarrassée de lui et lui d'elle. Il n'avait nulle envie de se mêler d'affaires où sa présence était indésirable.

Non! Il retournerait à Londres s'y amuser comme il l'avait toujours fait et s'empresserait d'oublier cette ennuyeuse petite provinciale qui le détestait de façon aussi ridicule qu'obstinée.

Mais, c'était quand même rageant de ne pas connaître la raison de cet antagonisme. Il le savait, il aurait beau essayer d'oublier Clarinda, cela l'irriterait toujours.

La maison était très belle au soleil déclinant. Les ombres s'allongeaient et des nuages traversaient le bleu du ciel. Le lac semblait d'argent fondu. Le vent secouait les buissons de lilas et éparpillait les fleurs roses des amandiers.

Le spectacle offert était de toute beauté, mais, pour une fois, lord Melburne y jeta à peine un regard. Il pensait à autre chose.

— Lady Romayne est dans le salon bleu, monsieur le marquis, lui annonça le majordome à son arrivée.

— Je dîne à l'extérieur, répondit Melburne. Je compte partir dans une heure et demie à peu près. Faites préparer ma voiture fermée.

— Très bien, monsieur le marquis.

Dans le salon bleu, Romayne était étendue sur le sofa, la tête sur un coussin, comme si elle se sentait très lasse. Elle avait ôté son chapeau et sa pelisse et elle était ravissante dans sa robe de mousseline transparente qui laissait plus que deviner sa jolie silhouette. Ses lèvres rouges faisaient un peu la moue et ses yeux brillaient de larmes retenues.

— Buck, mon cher, comme c'est gentil d'être revenu si vite, dit-elle en lui tendant la main.

Il s'inclina sur ses doigts, mais n'y posa pas les lèvres. Puis il se redressa, un coude sur la cheminée, et la regarda.

— Je sais ce que vous allez me demander, dit-il. Et, très franchement, Romayne, je n'ai pas d'explication à vous donner en ce moment. Dans un jour ou deux peut-être mais, à présent, je n'ai rien à dire.

Elle joignit les mains.

— Vous êtes cruel avec moi, se plaignit-elle. Vous êtes là à me dire que je n'aurais pas dû venir vous voir, que j'aurais dû rester à Londres dévorée d'anxiété, désespérée parce que vous ne vous êtes pas confié à moi. Oh! cher, pourquoi ne me faites-vous pas confiance?

— Il n'est pas question de cela.

— Vous ne dites pas la vérité. Je sais parfaitement qu'il s'est passé quelque chose. Mais je ne veux pas vous forcer à répondre, ce n'est pas mon genre. Je ne veux savoir qu'une chose et, je vous en prie, soyez franc. Tout est-il fini entre nous?

Elle avait parlé avec un petit sanglot dans la voix, puis détourné la tête comme pour dissimuler ses larmes.

— C'est présumer de beaucoup de faits que je ne suis nullement disposé à admettre, répondit Melburne. Il n'y a jamais rien eu entre nous, Romayne, à l'exception de ce que je croyais être une chaude et belle amitié.

— Peut-être n'était-ce que de l'amitié de votre part, Buck. Mais de la mienne, c'était très... différent.

— Si c'est exact, ce n'est ni l'heure ni le lieu pour en discuter, Romayne. Faites, je vous en prie, ce que je vous demande. Ne me forcez pas à vous donner une explication que je ne puis vous offrir en ce moment, mais que je vous fournirai volontiers un peu plus tard dans la semaine.

— Pourquoi, pourquoi êtes-vous compromis? insista-t-elle d'une voix plus aiguë. Qui est cette petite paysanne, cette jeune personne habillée à faire peur et dépourvue de manières qui, si elle ne vous a pas séduit, vous a, pour le moins, mis dans une situation qui étonne — pour ne pas dire trouble — aussi bien vos amis que moi-même.

— Mes amis, pas davantage que vous-même, ne deviez en entendre parler. C'est un problème qui n'aurait pas dû dépasser les limites du Prieuré ni celles de Melburne. Cela concerne les dernières volontés d'un mourant, je ne puis vous en dire plus.

— Si vous m'aviez dit cela, à moi personnellement et en privé, j'aurais accepté votre confidence avec joie et je vous aurais aidé si vous aviez eu besoin de moi. Mais je n'allais tout de même pas accepter calmement et sans réagir d'entendre Nicholas Vernon, que je connais à peine, annoncer vos fiançailles dans mon propre salon, devant mes amis.

— Vous auriez pu me questionner à mon retour à Londres.

— Et quand cela? J'ai été chez vous, on m'y a dit vous attendre hier. J'y suis retournée ce matin, j'y ai appris que vous n'étiez pas encore là. J'ai pensé que la seule chose à faire était d'aller voir moi-même ce qui vous retenait à la campagne.

Lord Melburne ne répondant pas, elle continua, doucement :

— ... Pour me rassurer, Buck, dites-moi quelque chose qui me fasse plaisir. Dites-moi qu'il n'y a rien de changé dans nos relations et que... vous m'aimez au moins un petit peu.

— Je ne comprends pas exactement ce que vous entendez par là, répondit-il, évasif. Je vous l'ai déjà dit, nos relations, en ce qui me concerne à tout le moins, sont amicales. A diverses reprises, nous nous sommes plu en compagnie l'un de l'autre. J'espère que cela continuera.

Elle se leva, s'avança vers lui, lui tendit la main.

— Vous savez, dit-elle d'une voix douce, que je veux davantage.

Il ne la toucha pas, regarda seulement ses beaux yeux frangés de noir, sa bouche levée, tentatrice, vers la sienne.

— Je crois, Romayne, dit-il d'un ton calme, qu'il est temps pour vous de rentrer à Londres. Je dîne dehors et j'ai un rendez-vous avant le dîner. Nous n'avons réellement pas le temps de discuter de quoi que ce soit.

Elle se rapprocha de lui, avança une main pour le toucher.

— Et supposons, dit-elle, que je me sente trop fatiguée pour rentrer à Londres ce soir? Supposons que je reste avec vous, ici. Cela serait-il très... compromettant?

Le regard de Melburne se durcit et les plis encadrant sa bouche se creusèrent :

— Pas le moins du monde, Romayne. Si vous désirer rester ici, cela peut facilement s'arranger. Mon régisseur, le commandant Foster, a une charmante femme qui, j'en suis sûr, acceptera bien volontiers de vous servir de chaperon, si vous le lui demandez. Les Foster pourront vous tenir compagnie pendant le dîner et si, comme je le pense, je ne reviens pas trop tard, nous pourrons faire une partie de cartes à mon retour.

83

Elle s'écarta de lui, se détourna d'un geste vif.

— Je ne vous causerai pas cette gêne, dit-elle d'un ton sec. Je retourne à Londres. J'espère seulement n'avoir pas à attendre trop longtemps cette explication que vous m'avez promise. Mais Dieu sait que vos amis qui ont entendu parler de vos fiançailles vont être dévorés de curiosité en ce qui concerne la jeune femme qui a su capturer le cœur du célibataire le plus endurci d'entre eux.

— Combien de gens Nicholas Vernon a-t-il prévenus? demanda Melburne, la voix dure.

Lady Romayne haussa les épaules :

— Je n'en ai pas la moindre idée. Comment le saurais-je?

— Comment se fait-il qu'il vous l'ait dit à vous? J'ignorais que vous le connaissiez.

Avant que la jeune femme ait pu répondre la porte s'ouvrit. Le maître d'hôtel parut avec deux laquais portant un plateau d'argent chargé d'une cafetière, d'une théière et de pâtisseries diverses. Ils entreprirent de disposer le tout, sur une table, avec une dignité et, de l'avis de Melburne, une lenteur exaspérantes.

— J'espère que vous ne m'en voudrez pas, Buck, d'avoir ordonné quelques rafraîchissements? demanda la jeune femme en souriant. J'ai quitté Londres après un déjeuner très léger.

— Je vous prie de m'excuser de ne pas y avoir songé moi-même.

Après avoir tout arrangé selon les règles, les domestiques quittèrent la pièce. Romayne s'empara de la boîte à thé.

— Puis-je vous offrir quelque chose, Buck?

— Non, merci.

— Pour être franche, Buck, j'ai toujours pensé qu'il vous faudrait une maîtresse de maison à Melburne. C'est une demeure ravissante, mais il lui manque une touche féminine. De plus, quand vous vous marierez, si vous voulez votre tranquillité d'esprit, il vous faudra épouser une femme dont vous puissiez être certain qu'elle vous épouse pour vous et non pour votre fortune.

— Ces détails me sont déjà venus à l'esprit.

Romayne mit du thé dans la théière et y versa de l'eau chaude.

— Je suis positivement affamée, dit-elle en s'emparant d'un gâteau. Vous rendez-vous compte, Buck, que si vous ne rentrez pas demain vous manquerez la soirée de Prinny à Carlton House. Il sera déçu, car il vous aime beaucoup.

— Donnerait-il une autre de ses soirées où l'on se marche sur les pieds? s'enquit Melburne d'un ton parfaitement neutre.

— Exactement. Il a quelques nouvelles peintures à nous faire voir. Il sera certainement vexé si vous n'êtes pas là.

Melburne s'écarta pour s'approcher de la fenêtre qui donnait sur le lac. Le soleil avait disparu. Un rideau de nuages cachait le ciel libérant une averse qui crépitait.

Cette tempête avait une réelle beauté en soi et Melburne songeait qu'il préférait de beaucoup être chez lui à la campagne que mêlé à la foule qui emplirait jusqu'à la suffocation les salons de Carlton House, le lendemain soir.

Il croyait voir les invités du Prince, les femmes couvertes de bijoux, les hommes chamarrés de décorations, les voix haut perchées, les éclats de rire accompagnant le plus souvent une remarque hypocrite ou méchante.

Il connaissait tout le monde et le nom de chacun, mais étaient-ils réellement ses amis? Que représentaient-ils pour lui? Il sentit brusquement une vague d'ennui le submerger, cet ennui qu'il avait éprouvé si souvent. Et, en même temps, il comprit que Romayne l'ennuyait.

Il y avait quelques jours à peine, il avait envisagé de l'épouser. C'était, à première vue, la meilleure des solutions. Il s'était même imaginé le Prince à leur mariage, acceptant, dans un geste amical qui lui était propre, de conduire la mariée à l'autel.

C'eût été un mariage très sympathique que chacun aurait approuvé. Mais, à présent, il savait qu'il n'aurait jamais lieu. Romayne l'ennuyait, comme tant d'autres femmes l'avaient déjà ennuyé. Elle était belle, mais, il le sentait, il n'y avait rien derrière cette beauté. Cependant, qu'attendait-il d'une femme ? Que cherchait-il ? Pourquoi était-il continuellement déçu ?

Il regarda la pluie, vit le vent soulever des rides sur le lac et il éprouva l'envie soudaine de sortir, de sentir la caresse brutale des éléments. Il voulait échapper à la douceur de mains blanches, de corps consentants, aux voix qui lui parlaient d'un ton enjôleur, aux yeux qui le regardaient avec une impatience languissante.

Il voulait lutter contre quelque chose, se heurter à un obstacle qui réclamerait toute sa force. Comment ? Pourquoi ? Il l'ignorait. Il eut soudain conscience du fait que Romayne avait abandonné la table à thé et se tenait à côté de lui.

— Nous pourrions être si heureux, Buck, dit-elle, dans un souffle. Si seulement vous cessiez de fuir l'inévitable.

A ce mot, Melburne se raidit et c'est d'un ton dur qu'il dit :

— Vous n'avez toujours pas répondu à ma question, Romayne. Comment Nicholas Vernon vous a-t-il appris que j'étais fiancé à sa cousine ?

— Il est venu chez moi, hier soir, répondit-elle sans hésiter, comme si elle comprenait que l'heure de la sentimentalité était passée et qu'elle ne pouvait l'imposer à son hôte.

— J'ignorais absolument que vous le connaissiez.

— Oh! je l'ai rencontré ici et là. Il ne m'a jamais particulièrement intéressée quoiqu'il ne manque pas de charme... dans un genre un peu audacieux.

Elle lui lança un coup d'œil en biais tout en parlant, comme si elle espérait le rendre jaloux.

— Continuez!

— Je recevais quelques amis. Il y avait lady Snellsborough, Olivia Knighthy — vous les connaissez —, John Davies, lord Down et sir Gerald Kegan.

— Ce parvenu! Pourquoi l'avoir invité?

— Mon cher Buck, il est très riche et il donne des réceptions sensationnelles. Je vous l'accorde, il n'est pas particulièrement attrayant. En fait, je le trouve même assez déplaisant. D'après Olivia, c'est l'être le plus dépravé qu'elle ait jamais rencontré et elle affirme, quoique je me demande si elle sait ce dont elle parle, elle affirme qu'il serait un sataniste.

— Et puis?

L'impression d'ennui que ressentait Melburne avait disparu. Il était devenu le chasseur qui a repéré les traces de son gibier et qui entend les suivre.

— Nous bavardions, continua Romayne. Soudain on annonça Nicholas Vernon. Très surprise, j'ai levé la tête. Sa venue m'étonnait réellement. Jamais encore il ne m'avait rendu visite.

— Qu'a-t-il dit?

— Il m'a saluée, m'a priée d'excuser son intrusion. Il voulait, paraît-il, depuis longtemps me présenter ses devoirs, mais il ne connaissait pas mon adresse exacte. Je n'en ai rien cru et j'ai pensé que sa venue avait une autre raison. Mais, que pouvais-je faire, sinon lui sourire et le présenter à mes amis? Puis, je l'ai entendu dire à voix basse à sir Gerald Kegan : « On m'a dit que je vous trouverais ici. »

» J'ai l'oreille très fine, savez-vous, Buck, ajouta Romayne. J'avais traversé la pièce pour tirer le cordon de sonnette. J'étais tout près d'eux. Et Nicholas Vernon a ajouté : « Je prépare une réunion spéciale demain soir. Un événement imprévu la rend indispensable. — Demain soir? » a répété sir Gerald de cette voix désagréable qui est la sienne. Je ne sais pas pourquoi, mais elle me fait passer des frissons dans le dos.

— Qu'a-t-il dit d'autre? s'impatienta Melburne.

— « J'y serai », a-t-il dit. « Il faut que je prévienne les autres », a continué Vernon, « et, je vous le promets, Gerald, ce sera une réunion tout à fait spéciale. Il me faudra votre aide, accompagnez-moi là-bas. »

» — Et, notre Vénus, est-elle jolie? a voulu savoir sir Gerald.

» — Vous la trouverez exquise... et absolument pure.

Lord Melburne ne parlant pas, Romayne continua :

— Puis ils se sont séparés et Nicholas Vernon a élevé la voix pour s'adresser à moi. « Il me faut vous quitter, madame », m'a-t-il dit, « mais avant de prendre congé, je tiens à vous donner une nouvelle qui, j'en suis sûr, vous intéressera! » Il me fixait de ses yeux noirs et j'ai eu le sentiment qu'il était délibérément désagréable, qu'il désirait me blesser.

» — Oui, de quoi s'agit-il?

» — Je viens d'apprendre que votre cousin est fiancé à la nièce de mon père... Clarinda Vernon.

» — Mon cousin? ai-je demandé. (Mais je connaissais la réponse qu'il allait me faire.)

» — Oui, votre cousin... lord Melburne. Sa propriété jouxte la mienne. Je dois le voir demain, dois-je le féliciter de votre part? »

» Il était délibérément cruel, Buck, précisa

Romayne dont le visage s'était assombri. Il cherchait à me faire perdre la face devant mes amis. Il savait que l'on associait souvent nos deux noms et il voulait m'humilier.

— Qu'avez-vous répondu? demanda Melburne.

— Rien. Je suis restée sans voix pendant quelques instants. Il s'est dirigé vers la porte. Puis il s'est retourné en riant. Un rire extrêmement déplaisant. « Oui. Ils sont fiancés », a-t-il ajouté. « Mais cela ne durera pas longtemps. »

— Ce sont ses paroles exactes, vous en êtes sûre? voulut savoir Melburne.

— Oh oui, absolument certaine. Je vous ai tout raconté exactement comme cela s'est passé.

— Dans ce cas écoutez-moi bien, dit-il d'un ton pressant. Il faut que je parte immédiatement. Retournez à Londres. Je n'ai pas le temps de vous accompagner. Je ne peux pas vous expliquer, mais, je vous l'assure, c'est d'une urgence absolue.

— Pourquoi, Buck, pourquoi? demanda-t-elle d'une voix presque aiguë.

Mais, déjà, Melburne avait quitté la pièce. Il traversa le vestibule à grands pas :

— Ma voiture! Il me faut ma voiture immédiatement.

— Je l'ai demandée pour 6 heures, monsieur.

— Je dois partir tout de suite. Envoyez quelqu'un la chercher.

D'un signe, le maître d'hôtel dépêcha un laquais à l'écurie.

— Monsieur le marquis ne veut pas se changer?

— Non. Je n'en n'ai pas le temps.

Il saisit son chapeau, s'en coiffa puis attendit, marquant son impatience, du pied, par terre.

A la vue de sa voiture, il bondit, descendit le perron en courant et monta dans le véhicule avant que le laquais ait eu le temps de lui ouvrir la portière.

— Au Prieuré! lança-t-il au cocher. Et le plus vite possible!

Les chevaux étaient frais et il leur fallut relativement peu de temps pour parcourir la distance séparant les deux maisons.

Tendu de tout son être, Melburne se demanda, un instant, s'il ne serait pas sage de prendre le commandant Foster au passage. Puis, son instinct de soldat lui dicta l'objectif premier : s'assurer que Clarinda était encore au Prieuré.

Tout cela paraissait du domaine de l'absurde, mais quelque chose, en lui, lui disait avec une netteté effrayante que la jeune fille courait un danger terrible.

Il semblait inconcevable qu'un homme comme Nicholas Vernon, né gentilhomme, puisse entraîner Clarinda dans l'ordure, la dépravation d'un club comme le sien. Mais il avait dit à Gerald Kegan : « Elle est exquise et absolument pure. »

Combien de femmes, parmi celles que connaissait Nicholas, pouvaient répondre à cette description?

Melburne n'ignorait pas non plus que l'on appliquait le nom de « Vénus », aux femmes qui participaient aux messes noires. Elles devaient, par tradition, être pures et vierges.

Il pensa à Gerald Kegan et, d'instinct, il serra les poings. C'était un débauché de la pire espèce. Il avait une telle réputation que, n'eût été sa grosse fortune, toutes les femmes lui auraient fermé leur salon.

Il aimait, à ce que l'on disait, les très jeunes filles. C'était un habitué des maisons de tolérance qui fournissaient leurs clients en petites filles fraîchement débarquées de leur campagne et recrutées au terminus de la malle-poste, à Londres.

Une fillette naïve, venue chercher du travail à Londres, était toujours un peu affolée par le bruit et la foule. Elle acceptait avec reconnaissance l'aide offerte par une femme d'un certain âge, d'aspect respectable, qui l'entraînait vers un bordel avant qu'elle ait compris ce qui lui arrivait.

C'était ce genre d'établissements qui satisfaisaient aux goûts pervers de gentilshommes comme Nicholas Vernon et Gerald Kegan. Deux individus ignobles, sans principes et sans honneur.

Melburne serrait les poings avec une telle force que ses jointures blanchissaient. Il ne voyait que trop bien cette expression que Romayne avait trouvée si déplaisante dans les yeux de Vernon. Il était absolument certain à présent que les histoires racontées sur les grottes n'étaient pas exagérées.

Il savait aussi qui en avait financé l'agencement. La fortune de Kegan avait été mise à la disposition de Nicholas Vernon pour les excavations, l'ameublement ainsi que les vins et la nourriture nécessaires, en grande quantité, au genre d'hommes souhaitant devenir membres d'un club de cette nature.

C'était l'argent de Kegan qui avait servi à payer les chargements de femmes venues de Londres. Des femmes qui faisaient n'importe quoi pour de l'or, qui acceptaient de se soumettre aux désirs les plus inavouables pour plaire à ceux qui les payaient, tels ce Nicholas, que rien ne retenait, appuyé qu'il était par Kegan.

— Mon Dieu! Si seulement j'avais su cela plus tôt! s'écria lord Melburne.

Mais, comme il l'avait dit à Foster, il lui fallait des preuves pour agir. Insidieuse, une petite voix en lui répétait : Et si cette preuve devait être Clarinda?

Son bon sens protestait :

— C'est ridicule, inimaginable!

Et pourtant son instinct le lui disait, la jeune fille courait un danger terrible.

Elle était innocente et exquise, et elle s'était sans aucun doute exposée à l'animosité de Nicholas Vernon en devenant héritière des terres et de la fortune qu'il considérait comme siennes.

— Comment n'ai-je pas prévu qu'il se passerait quelque chose de ce genre! J'aurais dû l'enlever du Prieuré où il ne se trouve qu'un mourant et quelques vieux domestiques pour la protéger. J'aurais dû être sur mes gardes dès que j'ai appris que ce valet indiscret était parti pour Londres.

Il oubliait s'être répété que cela ne le regardait pas, que le matin même il avait décidé que son rôle cesserait avec la mort de sir Roderick et qu'il ne s'occuperait plus de Clarinda.

A présent, il ne pensait plus qu'à une chose : il lui fallait la sauver d'un danger tel qu'il n'osait même pas l'évoquer avec netteté.

Les chevaux avançaient d'un pas rapide, mais il frappa à la vitre.

— Plus vite!

Ils s'engagèrent dans l'allée menant au Prieuré à une allure telle que la voiture tanguait comme une embarcation par grosse mer. A peine fut-elle devant la porte que lord Melburne sautait à terre.

Bates l'attendait sur le seuil.

— Oh! Dieu soit loué, vous êtes là, mylord!
— Que s'est-il passé? Où est Mlle Clarinda?

Rose se précipita, les joues inondées de larmes, les yeux rougis d'avoir pleuré.

— Oh! monsieur Nicholas l'a enlevée! Elle m'a dit tout bas quand je l'ai aidée à mettre sa cape : « Dites *Les grottes* à Sa Seigneurie! »

— Les grottes, répéta Melburne qui avait tellement redouté de s'entendre dire cela. Depuis combien de temps sont-ils partis! Clarinda est-elle partie de son plein gré?

— Elle n'avait pas le choix, répondit Rose. Il y avait monsieur Nicholas et un autre monsieur, d'un certain âge, qui avait l'air, que Votre Seigneurie me pardonne, de quelqu'un de vicieux.

— Je sais de qui vous voulez parler, dit Melburne.

— Mlle Clarinda était très pâle, continua Rose. Elle se tenait très droite, mais je suis sûre qu'elle était effrayée. Elle a pris comme excuse que les roses qu'elle avait sur son corsage s'étaient détachées pour me parler tout bas, mais ses mains tremblaient tellement qu'elle n'aurait pas pu s'en servir.

— Depuis combien de temps sont-ils partis?

— Une demi-heure environ, répondit Bates.

Sans un mot, Melburne fit demi-tour, descendit le perron, regagna sa voiture.

— Quelle direction, mylord? demanda le laquais.

— Prenez à droite au pavillon du gardien, continuez pendant deux kilomètres à peu près, je vous dirai quand tourner. Allez et le plus vite possible!

Les chevaux prirent aussitôt le galop et Melburne s'adossa à la banquette. Ceux qui avaient fait la guerre avec lui auraient reconnu à la forme de son menton, à l'expression de son visage, que la bataille allait être dure.

Dans ces cas-là, c'était toujours vers lui que l'on se tournait, de lui que l'on attendait une idée géniale qui changerait la défaite en victoire.

Mais la situation présente était tellement inusitée qu'il avait l'impression que son cerveau refusait de l'aider. Il n'avait aucune idée de la façon de procéder, même pas un indice quant au premier geste à faire.

Il le savait parfaitement, les clubs du genre de celui que Vernon avait ouvert dans les carrières étaient non seulement dirigés avec la plus grande discrétion parce que les adhérents ne souhaitaient nullement être découverts, mais qu'en plus on y acquittait une cotisation extrêmement élevée pour éviter les indésirables. Il ne pouvait être question de soudoyer quelqu'un ni d'y pénétrer par la force.

Il avait vu l'entrée, le jour où il avait été repérer l'endroit avec le commandant Foster. Un seul homme, armé d'un pistolet, pourrait, sans la moindre difficulté, tenir en respect une armée d'intrus.

Il ne servirait à rien de jouer d'audace et de réclamer Clarinda. On fermerait les portes et l'on rirait de ses efforts pour la sauver. Tout l'or du monde ne l'aiderait pas à franchir le seuil si l'homme de garde était un domestique fidèle à Nicholas Vernon.

Il pensait à la façon brusque avec laquelle le prêtre avait refusé de lui parler et il comprit soudain pourquoi la présence d'un prêtre était nécessaire et pourquoi Nicholas Vernon avait tenu à ce qu'on lui donne la ferme des Dunes. Un prêtre défroqué qui célébrerait la messe noire et au besoin, une messe de mariage!

Quant à Clarinda, il osait à peine penser à elle, à ce qu'elle devait souffrir. Elle était si jeune, si pitoyablement jeune et inexpérimentée.

Jamais, elle ne pouvait s'imaginer la dépravation d'hommes voués au culte de Satan, des êtres chez lesquels n'existait plus le moindre vestige de décence et pour lesquels une jeune fille innocente et pure ne représentait pas du tout ce qu'elle représentait pour d'autres hommes.

— Que Dieu lui vienne en aide! murmura Melburne — et c'était une prière venue du fond du cœur.

6

Quand la voiture s'arrêta, Nicholas et Gerald Kegan sortirent des masques noirs de leur poche et se les appliquèrent sur le visage.

Cela leur donna un aspect tellement sinistre que Clarinda crut qu'elle allait craquer et se mettre à crier.

L'espace d'un instant, en descendant de voiture, elle songea à s'enfuir. Mais Nicholas n'avait pas menti en disant être bon coureur et cet orgueil qui lui était venu en aide au Prieuré lui interdit de s'humilier en risquant d'être poursuivie et reprise devant des domestiques.

— Nous sommes en avance, remarqua Kegan.

Nicholas jeta un coup d'œil autour de lui. Les voitures étaient peu nombreuses encore.

— Il y aura foule tout à l'heure. Tous ceux auxquels j'en ai parlé tenaient à être là pour une occasion pareille.

Il avait pris Clarinda par le bras et ses yeux brillant à travers la fente du masque donnèrent à la jeune fille l'impression qu'elle avait affaire à un démon.

— ... Le mariage du Maître, ajouta-t-il d'un ton moqueur, est un événement auquel tout le monde veut participer.

Elle ne tenta pas de lui répondre. Elle en aurait été incapable. Jamais elle n'avait éprouvé une terreur semblable à celle qu'elle ressentit quand, Nicholas l'entraînant, elle franchit le portail de fer. De l'autre côté, un homme en livrée était assis à une table.

Clarinda aperçut un pistolet glissé dans sa ceinture et elle comprit qu'il avait pour mission de repousser les intrus. Jamais il ne laisserait passer lord Melburne.

— Vos insignes, messieurs? dit-il. (Puis il ajouta :) Je vous connais, monsieur Vernon.

Mais il tendit la main vers Kegan, qui sortit quelque chose de son gilet, le lui montra et le remit à sa place.

Des valets de pied avaient pris leur service

tout au long du couloir creusé dans la falaise.

Les murs étaient tendus de velours rouge, mais le plafond avait été laissé nu et, de temps à autre, sur le tapis rouge sous ses pieds, Clarinda apercevait un petit morceau de craie tombé de la voûte comme pour rappeler à ceux qui passaient qu'ils descendaient dans les entrailles de la terre.

L'éclairage était fourni par des bougies plantées dans des torchères représentant des monstres grimaçants ou des formes d'une telle obscénité que, les eût-elle regardées, Clarinda n'aurait pas compris ce qu'elles représentaient.

La pente s'accentua soudain. Puis il y eut un bruit de voix et Nicholas fit franchir un passage à la jeune fille. Il souleva une tenture et ils pénétrèrent dans une pièce relativement grande.

Une femme était debout en son centre et, l'espace d'une seconde, Clarinda ressentit une bouffée d'espoir car elle portait une robe de religieuse. Puis elle entendit Nicholas lui parler avec familiarité et s'aperçut qu'elle était outrageusement maquillée.

— Bonsoir, Moll, mon chou, dit Nicholas. J'espérais bien que tu serais là à temps. Je t'ai amené la plus jolie Vénus que tu aies jamais vue.

Tout en parlant, il poussa Clarinda vers elle et la femme lui lança un coup d'œil, bref et dur.

— Pas mal roulée. Mais elles sont toutes comme ça, au départ, commenta-t-elle, vulgaire.

— Prépare-la pour la cérémonie, ordonna-t-il. Dis-lui à quoi il faut qu'elle s'attende et qu'elle ait à se tenir. Si elle a une crise de nerfs, tu la drogues.

Il se tourna vers Kegan qui les avait suivis :

— ... Vous avez le machin, Gerald. Donnez-le à Moll.

— Je pensais bien qu'on verrait sir Gerald ce soir, remarqua Moll d'un ton assez insolent. Quel sera le rôle de ces messieurs dans les réjouissances de ce soir? Ou bien est-ce que ça ne me regarde pas?

— Hélas, le mien sera tout à fait secondaire, répondit Kegan. Le Maître insiste pour voir respecter ses droits. Mais peut-être se sentira-t-il plus généreux avant la fin de la soirée.

— Non! dit Nicholas avec fermeté. Je vous ai dit pourquoi je veux être le premier. Mais je n'ai pas de temps à perdre en bavardages. Fais ton travail, Moll. J'ai beaucoup à faire, moi aussi. Cette nuit sera la plus mémorable que le club ait connue. Nous nous en souviendrons tous le restant de notre vie.

Il avait parlé avec cette note d'enthousiasme délirant qu'il avait eue en évoquant le diable. Puis il quitta la grotte. Kegan s'attarda le temps de donner le flacon de drogue à la femme.

— Ne vous en servez pas avec la fille, si possible, murmura-t-il. Je peux en avoir besoin plus tard.

Il y eut un bruit de pièces de monnaie et Clarinda le vit glisser plusieurs souverains dans la paume de Moll.

— ... Soyez sage, dit-il à la jeune fille, et faites ce que notre abbesse vous demandera. Ce serait quand même dommage qu'elle soit obligée de vous rendre insensible. Vous vivrez dans la cérémonie une expérience extraordinaire.

Sous le masque, sa bouche avait une telle expression que, d'instinct, Clarinda s'écarta de lui.

Quand il eut disparu, elle se tourna vers la fausse abbesse, la supplia, dans un souffle :

— Aidez-moi... je vous en supplie, aidez-moi... si vous avez la moindre parcelle de pitié dans votre cœur... j'ai été amenée de force ici. Si vous m'aidez à fuir, je vous donnerai de l'argent... beaucoup d'argent. Cinq cents livres... mille. Peu importe. A la mort de mon oncle... c'est le père de Mr Vernon... je serai très riche. Je vous donnerai tout ce que vous me demanderez si seulement vous m'aidez... à sortir d'ici.

Moll la regarda et Clarinda crut lire une lueur de compassion sur son visage peint. Elle n'était plus très jeune et la vie qu'elle menait avait eu raison depuis longtemps de sa beauté.

Car elle avait dû être jolie. On s'en rendait compte malgré sa peau épaisse et blême, les poches sous ses yeux et les plis affaissés de son menton.

— Je sais ce que tu éprouves, dit-elle. Je suis passée par là, il y a bien longtemps. J'étais plus jeune que toi. J'avais tout juste treize ans. J'étais vierge et comme il faut, et pourtant qu'est-ce qu'on me courait après! Mais on m'a emmenée aux grottes à West Wycombe. Je me rappelle m'être mise à genoux devant sir Francis Dashwood pour qu'on me fasse rien.

— Alors vous comprenez! dit Clarinda d'une voix ardente. Je vous en prie, aidez-moi!

La dénommée Moll secoua la tête.

— Il n'y a pas d'espoir, mon chou. Même si tu m'offrais un million en pièces d'or je pourrais pas te sortir d'ici. C'est pas que je saurais pas quoi faire de l'argent. Mais les femmes ont pas le droit de quitter les Grottes si elles sont pas avec un homme.

— Vous en êtes sûre... absolument sûre? demanda Clarinda la gorge serrée.

— Aussi sûre que je suis là. Et les hommes qui viennent ici c'est pour une seule et unique chose et tu sais ce que je veux dire.

— Mais non, je ne sais pas. Mr Vernon a dit que vous m'expliqueriez ce... qui m'attend. Je préférerais... savoir.

— Eh bien il vaut beaucoup mieux que tu saches pas! Si tu veux mon avis, tu avales ce qu'il y a dans cette bouteille, malgré ce qu'a dit sir Gerald. Je peux pas blairer ce type-là, pourtant quand ça lui prend il est pas regardant pour ce qui est de l'argent.

— Je ne tiens pas à être insensibilisée.

— Alors bois un coup, mon chou. Le gin, ça aide, je t'assure. Je vais t'en chercher un verre.

La jeune fille se mit à crier :

— Non! non! Je ne veux rien! Dites-moi seulement... ce que j'ai à faire.

— La messe noire, t'as entendu parler de ça, je suppose?

Clarinda comprit qu'au fond de son esprit c'est à cela qu'elle s'était attendue. Elle se souvint avoir lu comment Catherine de Médicis, la femme du roi de France Henri II, avait fait célébrer des messes noires dans l'espoir de détruire l'affection que son époux portait à Diane de Poitiers.

Elle avait songé, en lisant la description de ce qui s'était passé, qu'un ouvrage imprimé en Angleterre n'aurait pas été aussi précis, aussi franc et détaillé.

« La messe noire! » Inutile de lui dire quel serait son rôle. Vénus était la femme nue étendue sur l'autel et au-dessus de laquelle on célébrait une horrible parodie de messe.

Elle eut brutalement conscience de ce que tout cela impliquait et une nausée la submergea. Tremblante, elle se voila le visage à deux mains, comme pour chasser l'horreur du tableau qui se présentait à ses yeux.

— Tu ferais mieux de boire ça, mon chou, invita Moll en lui tendant un verre à demi plein de gin pur. Ils te prendront chacun leur tour une fois le service terminé, le Maître en premier. Mais, à ce moment-là, ils seront tous saouls ou drogués et t'auras besoin de quelque chose... ça c'est sûr.

Si personne n'était venu la sauver avant la fin de cette cérémonie, il ne lui resterait plus qu'une chose à faire : mourir.

Il y aurait des couteaux sur les tables. Elle parviendrait bien à en prendre un et à se tuer avant la dégradation finale.

Elle revoyait avec netteté l'endroit exact où une lame doit pénétrer pour entraîner presque immédiatement la mort. Son père le lui avait précisé en lui décrivant la façon dont un gladiateur vaincu était dépêché dans l'autre monde par le vainqueur quand l'empereur montrait le sol du pouce.

Elle s'arrangerait pour s'emparer d'un couteau, elle se tuerait avant que Nicholas ou un autre la touche.

Cette décision prise, Clarinda se sentit plus forte. Elle ôta ses mains de son visage, redressa la tête.

— Dites-moi, demanda-t-elle à Moll, qu'arrive-t-il d'abord?

— Tu te déshabilles, mon chou, et je te mets la tunique blanche de Vénus. Pendant qu'ils dînent, tu es assise au pied de l'autel. Personne ne te touche, tu es vouée à Satan lui-même.

L'espace d'un instant Clarinda se sentit trembler.

— Cette... cérémonie fait... réellement paraître... les puissances de l'enfer? demanda-t-elle.

Moll se mit à rire.

— Si elles viennent, moi je les ai jamais vues, répondit-elle. Mais ceux qui boivent ou prennent des drogues jurent qu'ils ont vu des apparitions merveilleuses.

La jeune fille poussa un soupir de soulagement. Elle avait eu tort de penser un seul instant qu'une chose pareille puisse être possible. Si elle devait être sauvée ce ne serait que grâce à Dieu. Dieu ne se laisserait pas tourner en dérision par des êtres pervertis comme Nicholas qui convoquaient le diable pour satisfaire à des plaisirs contre nature.

« Je vais prier, décida-t-elle, prier comme je ne l'ai encore jamais fait, que Dieu envoie lord Melburne pour me sauver. »

Comment quelqu'un pourrait-il jamais se porter à son secours vu la disposition des lieux? Elle n'en avait pas la moindre idée, mais si la terreur l'habitait encore, du moins n'était-elle plus sur le point craquer comme l'instant d'avant.

Soumise, sans protester, elle suivit Moll dans un angle de la grotte et commença de se déshabiller. De nombreuses autres femmes les avaient rejointes.

Elles portaient toutes des tenues de soirée voyantes. Toutes étaient inondées de parfum bon marché. Elles parlaient beaucoup et fort. La plupart étaient jeunes et jolies malgré leur vulgarité et leur maquillage violent. Elles riaient et gloussaient de joie à la perspective de la cérémonie à venir.

Elles enfilèrent presque toutes des robes de religieuses, ne gardant pratiquement rien en dessous, montrant leurs jambes nues à chaque mouvement. Leurs chaussures de couleurs vives tranchaient sur l'austérité de la robe, comme leurs lèvres carminées et leurs yeux peints.

Tout en aidant Clarinda à se déshabiller, l'abbesse bavardait :

— Ici c'est de la petite bière à côté du club de sir Francis Dashwood. Il avait une salle de banquet et un temple creusés tout au fond de la colline. Il y avait aussi une rivière pleine d'eau « impie » comme disaient les frères. C'était dedans qu'on baptisait les initiés. Tout était fait sur une grande échelle. Ici, on est tous les uns sur les autres. Quoique, pour ce qui est de la nourriture et de la boisson, ils ne regardent pas à la dépense.

Clarinda, ne répondant pas, elle continua :

— ... Tout vient de Londres. Les domestiques aussi. Mr Vernon dit qu'on leur bande les yeux pour qu'ils ne sachent pas où ils vont. Mais je parie qu'ils ont jeté un petit coup d'œil de temps en temps et, un jour ou l'autre, ça servira.

Quand Clarinda fut totalement nue, Moll lui

glissa par-dessus la tête une longue tunique grecque de soie très fine qui, la jeune fille s'en rendit compte, malade de honte, ne cachait rien de sa nudité.

Elle lui noua un ruban doré autour de la taille, lui libéra les cheveux, qui tombèrent, masse de flammes jusqu'à ses reins, et lui attacha un autre ruban doré sur la tête.

— Ça c'est des beaux cheveux! s'écria Moll. Je pouvais m'asseoir sur les miens quand j'étais jeune, mais ils étaient pas aussi jolis que les tiens. Ah! il y a longtemps tout ça.

— Pourquoi... faites-vous... ça? demanda Clarinda consciente d'une note désenchantée, presque humaine dans la voix de la femme.

Un sourire amer tordit la bouche de l'autre :

— L'argent! Et pour quelle autre raison une femme de mon âge ferait des choses de ce genre? Plus tu vieillis, plus tu tombes bas. Voilà ce que c'est que de vivre trop longtemps pour une femme qui, autrefois, attirait les messieurs les mieux de Saint James.

Elle eut un rire sans joie et ajouta :

— ... Oh! et puis ça sert à rien de se lamenter, j'ai encore quelques années de reste.

— Songez à l'argent que je pourrais vous donner, dit Clarinda dans un ultime effort. Vous pourriez finir votre vie dans le confort sans plus jamais avoir besoin de venir dans des endroits... comme celui-ci. Vous pourriez posséder votre propre maison. Vous pourriez vieillir sans soucis.

Comme Moll semblait hésiter, Clarinda chuchota, pressante :

— ... Il n'y a pas ici un monsieur qui accepterait de m'aider? Quelqu'un qui aurait besoin d'argent?

— C'est ce que j'étais en train de me demander, répondit Moll. Mais, tu vois, mon petit, je ne sais pas qui ils sont. Ils portent des masques parce qu'ils veulent pas qu'on les reconnaisse.

» Je connais Mr Vernon bien sûr puisque c'est lui qui m'engage. Je connais sir Gerald, c'est un habitué des maisons où je travaille. Mais les autres ! Je les ai peut-être rencontrés, mais, avec leurs robes et leurs masques, ils se ressemblent tous. Ils sont presque tous riches et ils ont pas besoin d'argent. Les autres ils échangeraient pas tout l'or du monde contre l'excitation qu'ils se promettent ce soir.

— Je... comprends, dit Clarinda d'une voix sans timbre.

Elle avait l'impression qu'on venait de lui arracher son dernier vestige d'espoir.

Quant à Moll, d'un haussement d'épaules elle parut repousser ce qui avait peut-être été un rêve.

— Tu es vraiment mignonne, dit-elle. Je peux te dire une chose, il n'y a pas encore eu une Vénus dans ce club d'aussi jolie que toi.

— Que leur arrive-t-il... après ? balbutia Clarinda.

— Ça sert à rien de poser des questions ! répondit Moll d'un ton sec.

— De quelles questions s'agit-il ? demanda une voix, sur le seuil — et elles sursautèrent toutes les deux quand Nicholas apparut, écartant le rideau.

Il avait un aspect absolument terrifiant avec une robe de moine rouge sang, le capuchon rabattu, les yeux luisant d'un éclat diabolique par les fentes du masque.

— Viens, dit-il, la salle est presque pleine, le banquet commence. Que les Frères aient la chance de voir la beauté de Vénus grâce à la pureté de laquelle notre Maître nous apparaîtra ce soir.

Il tendit la main et, avec un effort terrible, Clarinda se contraignit à lui donner ses doigts glacés.

Un instant, elle fut tentée de faire encore appel à lui mais, à la lueur des bougies qui éclairaient le vestiaire où ils se trouvaient, elle se rendit compte qu'il avait les pupilles dilatées. Elles la fixaient, noires comme du jais, et elle comprit aussitôt qu'il avait absorbé une drogue quelconque.

Il n'y avait aucun espoir de compassion de ce côté et, dans son cœur, elle retourna à ses prières.

« Aidez-moi, mon Dieu, aidez-moi », pria-t-elle. Seules ses prières pouvaient lui donner la force de ne pas crier, de ne pas chercher à s'enfuir inutilement.

« Il me faut garder la tête claire et mes forces pour me tuer. »

Il l'entraîna plus avant encore dans le centre de la terre et ils se trouvèrent soudain dans la grande salle de banquet. Elle était très vaste et presque circulaire. Les murs, comme les couloirs, étaient drapés de velours rouge et des torchères de fer forgé supportaient des cierges. Il y avait des divans le long des murs et dans de petites loges voilées de rideaux.

Au centre de la pièce se dressaient des tables couvertes d'argenterie, de cristal et de linge damassé. Des domestiques en perruque poudrée, livrée brodée d'or, servaient mets et boissons aux couples installés.

Clarinda le remarqua aussitôt, beaucoup de fausses religieuses s'étaient débarrassées de leur robe et de leur voile. Elles avaient, pour la plupart, libéré leurs cheveux qui, dans bien des cas, restaient leur seul vêtement.

On parlait et on riait fort, mais à leur arrivée le silence s'établit brusquement.

Puis, tout le monde se leva, de façon plus ou moins chancelante, comme Nicholas et sa compagne avançaient en direction de l'autel, au centre de la grotte. Il était installé sous un arceau gravé de signes magiques, à droite du couloir.

Elle ne fut pas surprise à la vue du grand crucifix installé la tête en bas, ni des grands cierges noirs, ni de la table de marbre blanc juste assez longue et large pour recevoir un corps de femme nue. Elle avait su à quoi s'attendre!

Puis elle remarqua, au milieu de six larges degrés menant à l'autel, un siège doré, une sorte de trône sur lequel, elle le savait, il lui faudrait prendre place en attendant la célébration de la messe.

Lentement, dans un silence presque total, Nicholas la guida jusqu'à sa place.

Elle s'efforça de ne pas voir les regards des hommes qui, sous leurs masques, détaillaient son corps dénudé par la tunique blanche. Elle s'efforça de prier, de ne pas penser au crucifix renversé, de se rappeler que tout le mal en cet endroit n'avait rien de surnaturel, que le démon n'était que dans les cœurs et les esprits de ceux qui l'entouraient.

Quand elle se fut assise sur le siège préparé à son intention, Nicholas lui dédia un salut moqueur.

— Je te félicite à nouveau, Clarinda, pour ton sang-froid. Tu mérites indiscutablement le grand honneur qui t'est accordé ce soir. Je constate également que j'ai raison de t'épouser quand le Maître nous aura visités.

— Je n'ai rien à te dire, répondit la jeune fille d'une voix qui, à son grand soulagement, semblait calme et sans peur. Tu sais que ce que tu fais est ignoble et que tu offenses Dieu de façon impardonnable.

Elle tenta de le regarder avec défi, mais elle comprit en l'entendant rire qu'elle ne l'avait absolument pas impressionné.

— Tu changeras d'avis, plus tard, dit-il. Et tu me seras reconnaissante.

Tout ce qu'impliquait cette phrase était horrible.

Il la laissa seule pour aller s'asseoir à une table où les femmes se tenaient encore plus mal qu'aux autres. Deux des hommes qui les accompagnaient étaient déjà ivres morts.

Dans de grands brasiers brûlaient, à sa droite et à sa gauche, des herbes odorantes. Elles les sentait, consciente qu'il devait s'agir de plantes narcotiques, comme de la belladone, de la ciguë, de la mandragore, de la verveine. Il ne fallait surtout pas qu'elle se laisse assoupir, qu'elle perde sa clarté d'esprit.

Juste devant elle se trouvait une table dont les occupants se faisaient servir des plats exotiques. Mais ce qui intéressait la jeune fille avant tout c'était l'argenterie employée. Elle voyait les couteaux. Affilés, tranchants et pointus. Inutile d'employer une force extraordinaire pour se poignarder avec une telle arme.

Il fallait absolument qu'elle parvienne à en saisir un. Mais, elle le savait, il lui faudrait attendre que l'alcool et les émanations des herbes aient ralenti de telle sorte les réactions de ceux qui s'en servaient qu'ils ne pourraient freiner son geste.

« Mon Dieu, aidez-moi... mon Dieu, aidez-moi. »

Les clameurs des voix avinées et les cris aigus des femmes prenant de l'ampleur, elle ne regarda plus le spectacle avilissant étalé devant elle, elle leva les yeux vers le plafond nu.

« Je ne veux pas regarder... Je ne veux pas voir, se répétait-elle. C'est trop dégradant... ce ne sont plus des êtres civilisés, ce sont des gens descendus plus bas que des animaux. »

Mains jointes, elle dit ses prières. Prières qu'elle avait récitées toute sa vie avant de se coucher, prières que sa mère lui avait apprises quand elle était une toute petite fille.

Seul, lord Melburne pouvait la sauver, car personne d'autre ne savait où elle était, personne d'autre ne serait capable de trouver un moyen de la faire sortir d'ici.

« Oh! mon Dieu, envoyez-le à temps! priait-elle. Sinon faites-moi mourir... vite. Laissez-moi mourir bravement... sans crier, sans pleurer de douleur... Oh! mon Dieu, aidez-moi... aidez-moi... »

Elle eut l'impression que ses prières l'avaient emmenée très loin du spectacle de débauche qui l'entourait car ce n'est que longtemps après que quelque chose de nouveau attira son attention.

Elle crut, un instant, que la messe allait commencer. Elle avait déjà remarqué le prêtre, l'homme qui s'était installé à la ferme des Dunes. Il ne portait pas de robe de moine mais une soutane rouge. Même avec un masque, il n'y avait pas moyen de s'y tromper avec son crâne chauve et ses multiples mentons.

Mais le prêtre continuait de boire à une table à l'autre extrémité de la grotte. Plusieurs hommes, ayant fini de dîner, se déplaçaient, se querellaient pour des femmes, ou se livraient à des obscénités.

Certains se battaient, l'un d'eux tomba à la renverse. Sa robe de moine se retroussa révélant une chemise imbibée de vin et une épingle de cravate en diamant qui brilla à la lueur des bougies.

Puis, au milieu du tumulte, Clarinda remarqua une haute silhouette avançant entre les tables droit vers elle d'un pas titubant d'ivrogne. L'homme serrait plusieurs bouteilles, contre son cœur, en portant de temps en temps une à ses lèvres, mais ne les lâchant jamais comme s'il craignait de ne pas en avoir assez.

Il trébucha contre la marche, immédiatement devant la jeune fille et, d'instinct, elle eut un mouvement de recul de crainte qu'il ne tombe sur elle. A cet instant elle entendit une voix qu'elle connaissait bien murmurer :

— Soyez prête à courir.

Un instant, elle crut rêver. Puis elle comprit, et son cœur bondit, que l'on avait exaucé ses prières. Lord Melburne était là ! Il avait réussi à entrer dans les grottes. Masqué et revêtu d'une robe rouge, il ressemblait aux autres « frères ».

A peine se fut-il adressé à Clarinda qu'il se redressait. L'espace d'une seconde, il parut tituber sur place. Puis brusquement, d'un geste vif, il lança trois des bouteilles qu'il portait dans le grand brasier, immédiatement à gauche du pied de l'autel.

Un immense rideau de flammes aveuglantes jaillit quand l'alcool prit feu, puis les bouteilles éclatèrent projetant des morceaux de verre dans toutes les directions. D'instinct, les soupeurs se baissèrent.

Déjà, Melburne s'était retourné, avait saisi Clarinda par la main et, l'arrachant à son siège, l'entraînait en courant vers la porte. Au passage, il jeta deux autres bouteilles dans le second brasier, de l'autre côté de l'autel.

Là aussi, le résultat fut identique : une énorme langue de feu, des éclats de verre mitraillant tout alentour.

Clarinda, entraînée à une vitesse folle, se prit les pieds dans sa robe et faillit tomber. Un léger cri lui échappa et Melburne, se penchant, la souleva comme un petit enfant et reprit sa course.

Elle sentait les battements de son cœur contre le sien. Sa haute taille le contraignait à baisser la tête et ralentissait son allure. Mais personne ne tenta de les arrêter avant qu'ils aient atteint la grille d'entrée. A ce moment, il y eut un bruit de voix derrière eux.

Clarinda l'entendit et une peur terrible lui serra la gorge. Elle revoyait le pistolet porté par l'homme mis en faction à la porte. Pour peu qu'il en menace Melburne, celui-ci ne pourrait pas grand-chose pour se défendre, encombré par le fardeau qu'elle représentait.

Mais la sentinelle était à demi endormie. Un bref coup d'œil au passage lui révéla un homme masqué et une femme sortant ensemble. Il ne tenta rien pour les arrêter.

Ils l'avaient déjà dépassé quand il se leva, tourna la tête dans la direction d'où montaient des cris. Clarinda entendit Nicholas, qui s'était élancé à leur poursuite, hurler comme un possédé :

— Arrête-les! Arrête-les donc, bougre de con!

Dehors, il faisait nuit. Mais la lueur des torches permettait de voir la voiture de lord Melburne juste à l'entrée, le valet de pied debout à côté de la portière ouverte.

Melburne jeta littéralement la jeune fille sur la banquette et la rejoignit, d'un bond. Immédiatement le cocher fouetta ses chevaux et le laquais grimpa sur le siège en voltige.

La voiture s'ébranlait quand deux coups de feu claquèrent derrière eux. Une balle s'enfonça dans la malle arrière.

Des cris suivirent et la voix de Nicholas vociférant des injures et des obscénites. Puis, soudain un hurlement terrible, aigu, celui d'un animal torturé. Et, les chevaux prenant de la vitesse, tout s'estompa et Clarinda comprit qu'elle était sauvée.

Sur le moment, elle ne put croire que ce fût vrai. L'horreur de ce qu'elle venait de vivre l'imprégnait encore à tel point qu'elle craignait de rêver. Elle se le répétait : elle était libérée. Elle n'avait plus à craindre d'être violée, ni d'être forcée de se tuer. Elle était à l'abri d'une dégradation tellement révoltante qu'elle n'osait pas y penser.

Elle était sauvée... sauvée... sauvée.

Mais, comme elle reprenait sa respiration pour remercier son libérateur, ses nerfs craquèrent. Les larmes, qu'elle avait retenues pendant toute la soirée, jaillirent soudain comme un torrent et, sans savoir ce qu'elle faisait, elle se jeta sur son compagnon et enfouit son visage contre son épaule.

Il ôta son masque, se défit de sa robe rouge et entoura la jeune fille de ses bras. Secouée par des sanglots terribles, elle tremblait de la tête aux pieds.

Il la serra contre lui. Puis, se rendant compte qu'elle était glacée de peur tout autant que du fait de sa nudité, il ramassa une couverture et l'en enveloppa.

Elle était dans l'incapacité de se rendre compte de ce qui se passait autour d'elle, elle ne pouvait que sangloter avec une violence qui semblait la déchirer.

— Tout va bien à présent, dit-il doucement. Vous ne risquez plus rien. Ne pleurez pas, Clarinda, personne ne vous touchera, personne ne vous fera du mal. Vous êtes sauvée!

Incapable de lui répondre, elle ne pouvait que pleurer, mouillant sa veste de ses larmes.

Il ne pouvait, pour le moment, rien faire d'autre que lui donner l'abri, le réconfort de ses bras. Jamais il n'aurait cru qu'une femme pût pleurer de façon aussi désespérée ou trembler de la sorte contre lui.

Enfin, alors que la voiture approchait du Prieuré, elle balbutia, la voix étouffée par les larmes.

— Vous êtes venu... j'ai prié... prié... mais je ne... croyais pas... que Dieu... puisse vous... envoyer.

— Mais il l'a fait, répondit-il avec douceur. Et vous n'avez plus besoin d'avoir peur, Clarinda.

Il sentit ses petites mains agripper les revers de sa veste.

— Nicholas! Il va... me poursuivre... il va nous suivre... il va vous tuer.

— N'ayez pas peur, dit-il avec fermeté. Je vous ai sauvée, Clarinda, et je vous protégerai. Vous m'entendez? Je vous protégerai contre Nicholas et contre n'importe qui d'autre. Jamais plus il n'osera vous toucher.

— Vous ne... pouvez pas comprendre, dit-elle d'une voix entrecoupée. Il est mauvais... il est perverti... il pense qu'il... peut faire apparaître le Diable... il vous tuera... pour me reprendre.

— Il faut me faire confiance. Je vous le jure, Clarinda, vous n'avez plus besoin d'avoir peur.

Tout en lui parlant, il comprenait qu'elle était trop bouleversée pour que ses paroles puissent la calmer. La terreur qu'elle venait d'éprouver était encore profondément imprimée en elle. Il la sentait qui tremblait contre lui comme un oiseau.

— Clarinda, faites-moi confiance. Il ne se passera plus rien, je vous le jure.

— Vous... ne... comprenez pas, murmura-t-elle.

Et les sanglots la reprirent. Non pas des larmes de soulagement, mais provoquées par une peur nouvelle, plus réelle que tout ce qu'elle avait vécu de toute la soirée.

La voiture s'arrêta devant le perron du Prieuré et Melburne mit pied à terre, la jeune fille dans ses bras. Il la transporta dans la maison. Rose et le vieux Bates attendaient dans le hall, tous les deux pâles et anxieux.

— Mlle Clarinda va bien, leur dit aussitôt Melburne d'une voix calme. Mais elle a eu terriblement peur. Je vais la porter dans sa chambre.

Rose le précéda pour ouvrir la porte. Il déposa doucement la jeune fille sur son lit, mais elle s'accrocha à lui.

— Il vient... il me poursuit... je le sais... gémit-elle. Ne me laissez pas... Je vous en prie, ne me laissez pas.

Tout doucement, il détacha ses doigts crispés

sur sa veste et, lui prenant le menton, il tourna son visage vers le sien.

— Ecoutez... écoutez-moi avec attention, Clarinda. Je suis obligé de vous laisser très peu de temps. Il y aura, ici, des gens pour vous garder et ils tueront tous ceux qui voudront s'approcher de vous. Vous me comprenez? Nicholas ne reviendra plus jamais ici, je vous le promets.

— Il... va vous tuer, murmura-t-elle.

— Non, c'est moi qui le tuerai, répondit-il en détachant les mots.

Cette phrase fit son effet. Elle le regarda, les yeux dilatés, ses larmes ralenties.

— ... Vous avez été très courageuse, continua-t-il, magnifiquement courageuse. Ne cédez pas au désespoir maintenant, faites-moi simplement confiance.

Etendue, immobile, elle le regardait. Elle le voyait avec netteté à la lueur des bougies, son menton carré, sa bouche serrée, ses yeux durs, déterminés. Puis elle dit, dans un souffle :

— Vous... en êtes sûr?

— Absolument certain.

Elle avança les mains, comme pour l'empêcher de sortir, mais il se tourna vers Rose :

— Vous resterez ici toute la nuit avec votre maîtresse. Fermez la porte à clef et poussez un meuble contre elle. Vous serez protégées, mais il ne faut négliger aucune précaution. Vous le comprenez?

— Oui, monsieur le marquis.

— Oh... ne partez pas... je vous en prie, supplia Clarinda.

Il revint vers elle, posa la main sur les siennes.

— Vous le savez, il le faut, dit-il. Personne ne le sait mieux que vous.

Puis il sortit de la pièce. La seconde d'après, il entendit la clef tourner dans la serrure.

— Bates, vous savez vous servir d'une arme à feu?
— J'ai servi dans l'armée pendant cinq ans, monsieur le marquis.
— Mon valet de pied également. Montrez-moi où votre maître garde ses armes.

Il s'était approché de la porte d'entrée.
— James! appela-t-il. J'ai besoin de vous!

Le laquais arriva en courant et suivit son maître qui, précédé du maître d'hôtel, entrait dans une petite pièce qui servait d'armurerie. Lord Melburne choisit un fusil de chasse et un mousquet qu'il tendit aux deux hommes.

— Chargez-les, leur dit-il. Installez-vous dans le haut de l'escalier, devant la porte de Mlle Clarinda, et tirez sur quiconque entrera dans la maison, sauf sur moi. Ne discutez pas, n'hésitez pas, tirez et ne manquez pas votre but.

— Très bien, monsieur le marquis, répondirent les deux hommes d'une seule voix.

Lord Melburne ouvrit alors un coffret qui contenait les pistolets de duel de sir Roderick. Il en prit un, le chargea et s'adressant à James.

— Portez cette boîte dans la voiture.
— Monsieur le marquis retourne là-bas? demanda Bates.
— Oui, répondit-il, sans plus.

Puis il sortit et monta en voiture.

7

On entendait des oiseaux qui chantaient et le faible bourdonnement d'une abeille contre une vitre. Clarinda resta à écouter, avant d'ouvrir les yeux.

Le soleil venant par la grande fenêtre qui lui

faisait face était presque aveuglant. Extrêmement surprise, elle regarda, autour d'elle, les colonnes sculptées du grand lit dans lequel elle se trouvait, les draperies bleues, les miroirs et les tableaux aux cadres dorés.

— Où suis-je? dit-elle.

Immédiatement, Rose fut à côté d'elle.

— Oh! miss, vous êtes réveillée! s'écria-t-elle.

— Oui, je suis réveillée, répondit lentement la jeune fille. J'ai l'impression d'avoir dormi très longtemps.

— Cinq jours, miss.

— Cinq jours!

— ... Mais pourquoi? Et où suis-je?

— Vous êtes à Melburne, miss. Sa Seigneurie a pensé qu'il valait mieux vous amener ici pour le cas où vous auriez eu peur quand vous iriez mieux.

— Alors, j'ai été malade?

Rose secoua la tête :

— Non, miss. Vous avez seulement souffert de choc d'après ce qu'a dit le médecin. Vous pleuriez sans pouvoir vous arrêter et il vous a donné quelque chose pour vous faire dormir. Puis il a pensé, à moins que ce soit Sa Seigneurie, que ça vaudrait peut-être mieux pour vous de ne pas savoir ce qui s'était passé avant que tout soit terminé.

Clarinda se souleva sur un coude.

— Que tout « quoi » soit terminé?

— Les funérailles, miss.

— Oh! mon oncle Roderick est mort. J'aurais dû être là-bas. J'aurais dû être avec lui.

— Oh non, miss, vous n'allez pas vous remettre dans tous vos états. Monsieur est mort en dormant, très paisiblement, le lendemain du jour où Sa Seigneurie vous a sauvée. Il n'a pas su ce qui s'était passé. Personne ne lui en a parlé. Et Sa Seigneurie s'est occupée de tout.

— Quand l'a-t-on enterré? demanda Clarinda à voix basse.

— Hier après-midi, miss, et monsieur Nicholas avec lui.

Clarinda se redressa brusquement, les yeux dilatés.

— Nicholas est... mort lui aussi? s'écria-t-elle. Sa Seigneurie... l'a...?

— Non, non, interrompit vivement Rose. Ce n'est pas Sa Seigneurie qui a tué monsieur Nicholas, c'est Sarah l'innocente.

— Sarah?

Clarinda regarda sa femme de chambre avec stupeur.

— Oui, miss, d'après ce que j'ai compris, elle a tué monsieur Nicholas quand il est sorti des grottes. Elle l'attendait, cachée derrière les ifs. Elle lui a enfoncé un couteau dans le dos, au moins une douzaine de fois.

— Ainsi, Nicholas est mort, dit Clarinda lentement.

— Sa Seigneurie veut vous parler de ça elle-même, miss, fit remarquer Rose avec fermeté. Le docteur a dit que quand vous vous réveilleriez, vous pourriez vous lever. Et cela vous fera du bien de marcher un peu avec tous ces somnifères que vous avez pris. Je vais chercher votre petit déjeuner, miss. Vous vous sentirez mieux quand vous aurez mangé quelque chose.

Rose sortit de la pièce et Clarinda resta à regarder le soleil, sans rien voir. Nicholas était mort! Elle pouvait à peine le croire.

La terreur éprouvée dans les grottes revenait l'assaillir. Elle avait été sauvée. Cela tenait du miracle. Elle ne comprenait pas comment lord Melburne avait pu procéder.

Elle réentendait le bruit de l'explosion des bouteilles; elle sentait encore sa main agrippant son bras, l'arrachant à son siège sur les marches de l'autel, l'entraînant. Elle se souvenait avec une terrible précision de la fuite éperdue le long du couloir et elle entendait les cris de Nicholas derrière eux, puis, quand ils avaient été en sécurité dans la voiture, le claquement d'un coup de feu.

A deux mains, Clarinda se voila les yeux. Pourrait-elle jamais oublier la terreur de ces heures? Si Lord Melburne n'était pas venu, elle se serait tuée.

Et, pourtant, il l'avait sauvée. L'homme qu'elle haïssait, l'homme auquel, pendant quatre ans, elle avait pensé avec mépris. Il lui faudrait le remercier, il lui faudrait lui dire à quel point elle lui était reconnaissante. Comment ferait-elle pour trouver les mots?

Puis brusquement, elle se souvint de quelle façon elle avait pleuré entre ses bras et elle eut honte de s'être montrée si faible, si désarmée. Si seulement elle avait réussi à conserver son sang-froid jusqu'à ce qu'ils aient atteint la maison! Elle se rappelait l'avoir supplié de rester avec elle et ce souvenir la fit rougir.

Quand Rose l'eut habillée et coiffée, résolue, malgré les battements de son cœur et l'embarras qu'elle ressentait, la jeune fille se dirigea vers l'escalier.

Jamais elle n'aurait cru qu'une maison pût être aussi magnifique. Le vaste escalier sculpté était déjà impressionnant en soi, mais il y avait aussi à admirer les immenses glaces au-dessus des consoles dorées, les portraits de famille, les lustres à pendeloques de cristal et l'exquise couleur des murs eux-mêmes.

Elle devait apprendre, plus tard, que la plus grande partie du mobilier avait été dessinée pour Melburne par les frères Adam.

Elle aurait aimé s'attarder et admirer les possessions de son hôte, mais elle savait devoir le trouver tout d'abord bien que, sans pouvoir s'en expliquer la raison, elle avait peur à l'idée de le revoir.

Quand un laquais lui ouvrit la porte de la bibliothèque, la vue des murs recouverts de livres, les proportions parfaites de la pièce l'immobilisèrent, émerveillée. Puis, elle prit conscience de la haute silhouette, à côté de la cheminée, de l'homme qui la faisait toujours se sentir petite et insignifiante.

Il était remarquablement habillé selon son habitude et elle eut honte de la pauvreté de sa robe. Tout ce qu'elle s'était proposé de dire disparut de son esprit. Muette, elle ne put que le regarder, les yeux très grand ouverts. Elle ne se doutait pas que le soleil jouant dans l'or roux de ses cheveux la faisait ressembler à une déesse en miniature descendue tout droit de l'Olympe.

— Vous vous sentez mieux?

Elle avait oublié à quel point sa voix était grave et son regard pénétrant. Il lui parut qu'il notait tous les détails de son apparence, la pâleur de ses joues, la fragilité de son visage un peu plus mince que la dernière fois qu'il l'avait vue, l'agitation de son cœur, le tremblement soudain de ses mains.

— Je suis très bien, répondit-elle, la voix sourde.

Il lui tendit les mains.

— Venez et asseyez-vous, proposa-t-il.

Et parce qu'il avait parlé avec douceur elle se sentit soudain au bord des larmes. « Ce sont ces horribles somnifères qui m'affaiblissent », se dit-elle.

Elle se contraignit à s'approcher de lui et s'assit au bord du canapé. Elle leva la tête vers lui, songeant à quel point il était grand. Même les vastes proportions de la pièce ne parvenaient pas à le diminuer.

— Avez-vous été surprise de vous retrouver à Melburne? demanda-t-il soudain.

— J'ai été étonnée. Comment m'avez-vous amenée ici?

— Vous n'êtes pas un objet très lourd à manipuler, répondit-il avec un sourire. Vous étiez bien enveloppée dans des couvertures, vous ne risquiez pas d'attraper froid.

— D'après ce qu'a dit ma femme de chambre, vous me jugez plus en sûreté ici qu'au Prieuré?

— Effectivement, répondit-il.

Puis, comme si la question lui brûlait les lèvres et qu'elle ne pouvait plus la retenir, elle lui demanda :

— Comment vous y êtes-vous pris pour me sauver? Même à présent je peux à peine croire que mes prières ont été entendues.

— Vous avez prié pour que je vienne? demanda-t-il doucement.

— J'ai prié comme je ne l'avais jamais encore fait, demandant à Dieu de vous envoyer, de vous faire trouver un moyen de me sauver.

— Ce qui s'est passé a été une réponse directe à vos prières. Car, je vous l'assure, quand j'ai appris où l'on vous avait emmenée je n'avais pas la moindre idée de la façon dont je réussirais à entrer dans les grottes, n'étant pas membre du club.

Clarinda joignit les mains :

— J'y ai pensé aussi. Mais pourtant, je ne sais pas pourquoi, je savais que vous trouveriez une solution. Sinon...

Elle s'interrompit.

— Et alors, si je n'avais pas réussi?

— J'avais décidé de me tuer, répondit-elle avec simplicité. Je n'aurais pas eu de mal à m'emparer d'un couteau et je savais comment m'en servir.

Il s'assit à côté d'elle.

— Je veux que vous oubliiez tout ce qui s'est passé ce soir-là, dit-il d'une voix très grave. Cependant je tiens à vous dire que lorsque je vous ai vue, le visage tourné vers le plafond, j'ai eu du mal à croire que quelqu'un — n'importe où au monde — puisse être aussi courageux que vous l'étiez.

Sa voix avait un accent tel qu'elle se sentit encore plus intimidée. Un flot de sang lui empourpra le visage et elle détourna les yeux.

— J'essayais de ne pas regarder ce qui se passait autour de moi, dit-elle, et de prier seulement.

— C'est bien ce que je pensais.

— Mais comment... comment êtes-vous entré? Je dois savoir.

— C'est une question que je me suis posée à moi-même une centaine de fois avant de trouver une réponse, admit-il, pendant que j'étais dehors, à regarder les invités arriver. Quand je les ai vus ajuster des masques avant d'entrer, j'ai compris que j'avais une réponse.

— Je ne comprends pas, avoua la jeune fille.

— J'ai attendu, continua-t-il, jusqu'au moment où j'ai reconnu les armes peintes sur les portières de l'une des voitures. C'était celle d'un garçon criblé de dettes, un crétin qui gaspille son héritage au jeu, à des histoires incroyables qui lui coûtent les yeux de la tête. Je l'ai attiré à part et je lui ai offert une somme rondelette pour qu'il me prête son masque et sa carte de membre.

— Et il a accepté? demanda Clarinda, le souffle court.

— Il a eu besoin d'un peu de persuasion, répondit lord Melburne, un léger sourire aux lèvres.

— Vous voulez dire que vous l'avez forcé à vous donner ce que vous vouliez? s'écria Clarinda.

— Je suis sûr que lorsqu'il s'est retrouvé à Londres et que, le lendemain, il a reçu l'argent, il m'a été très reconnaissant. De toute façon, la soirée a été gâchée à partir du moment où je vous ai enlevée.

— Vous avez été adroit... très adroit, dit la jeune fille.

— Peut-être étaient-ce vos prières qui m'ont aidé. Car, je vous l'assure, quand je suis descendu dans la grotte, quand je vous ai vue assise là, je n'avais pas encore la moindre idée de la façon dont je pourrais vous sauver, seul contre au moins cent personnes.

— Et c'est alors que vous avez pensé aux bouteilles de vin.

— D'eau-de-vie, d'eau-de-vie de toute première qualité, corrigea Melburne avec un sourire. Cela brûle bien et les bouteilles en éclatant détourneraient l'attention de ceux qui étaient déjà à demi abrutis par ce qu'ils avaient bu.

— Mais si quelqu'un vous avait reconnu, malgré votre déguisement? demanda Clarinda d'une voix sourde.

— Alors, j'aurais été en mauvaise posture. Mais cela ne s'est pas produit.

— Et, ensuite, quand vous m'avez quittée? Quand vous êtes retourné là-bas... que s'est-il passé?

— Je voulais provoquer Nicholas Vernon en duel, répondit Melburne d'une voix dure. S'il n'avait pas été assez gentilhomme pour accepter, alors, je l'aurais abattu comme je l'aurais fait d'un chien enragé. Mais je suis arrivé trop tard.

— Rose m'a dit que Sarah l'innocente l'a tué.

— C'est sans doute lui que nous avons entendu crier quand nous sommes partis. Quand je suis arrivé, les derniers invités étaient repartis à toute allure pour Londres, terrifiés à l'idée du scandale à venir et d'être mêlés à une enquête inévitable.

— Nicholas seul était là?

— Il était mourant. Comme je craignais que vous soyez compromise en cas d'enquête, je l'ai tout simplement mis dans ma voiture et je l'ai ramené au Prieuré.

— Vous l'avez ramené au Prieuré? répéta Clarinda. Commen avez-vous pu?

— C'était sa maison. Le médecin de votre oncle l'a examiné. Mais il n'a rien pu faire. Il est mort une heure plus tard.

» Cela a évité toutes les questions que l'on aurait pu poser quant aux événements de la soirée. J'ai juré l'avoir trouvé poignardé dans l'allée du Prieuré. Et c'est pourquoi, en ce qui vous concerne, Clarinda, il est préférable d'oublier tout ce qui s'est passé au cours de cette terrible soirée.

Comme elle ne répondait pas, il ajouta doucement :

— Essayez : oubliez. Rien ne sert de se torturer en repensant toujours à la même chose. Oubliez, comme s'il ne s'agissait que d'un cauchemar sans importance réelle, si ce n'est qu'il vous a fait peur.

— Je vais essayer, murmura-t-elle. (Puis, avec effort, elle leva son visage vers le sien :) Mais, tout d'abord, il me faut vous remercier.

Il quitta sa place, à côté d'elle :

— Je ne veux pas que vous le fassiez. Vos remerciements ne pourront que m'embarrasser. Je me suis reproché amèrement de n'avoir pas pensé que vous pouviez courir le risque d'être mêlée à des aventures très pénibles.

— Et comment auriez-vous pu le prévoir? demanda Clarinda très étonnée.

— Parce que j'avais entendu parler des Grottes et des rendez-vous qui s'y tenaient. Parce que j'ai compris que vous aviez raison, que l'homme de la ferme des Dunes était un prêtre et parce que je suis un imbécile de ne pas avoir compris que Nicholas Vernon ne vous pardonnerait jamais de lui avoir pris son héritage.

Il avait parlé avec colère et il ajouta d'un ton sec :

— Mais cela aussi, il faut l'oublier. Vous n'en

parlerez plus, Clarinda, vous m'entendez, ni à moi ni aux domestiques. Ils sont prévenus. Qu'ils répètent, à qui que ce soit, ce qui s'est passé cette nuit-là et ils sont renvoyés sans certificat.

— Oui, dit Clarinda doucement. Non seulement vous m'avez sauvée, mais également l'honneur des Vernon.

— J'ai fait ce que j'ai pu, admit son compagnon.
— Et Sarah l'innocente, qu'est-elle devenue?
— Elle s'est noyée. L'action est donc éteinte, en ce qui la concerne. Cela clôt un chapitre qu'il est inutile de rouvrir.

Clarinda émit un soupir qui parut venir du plus profond d'elle-même.

— Merci, mylord. Je vous suis profondément et sincèrement reconnaissante.

— A présent, j'ai à vous entretenir d'une question tout à fait différente, lui dit Melburne. Vous sentez-vous assez forte pour m'écouter?

— Bien sûr. Je suis parfaitement remise. Je comprends très bien pourquoi vous avez tenu à ce que je reste inconsciente ces derniers jours, mais c'était inutile. J'aurais été assez courageuse pour assister à l'enterrement de mon oncle.

— C'était une épreuve à laquelle je ne souhaitais pas vous soumettre.

Il avait parlé d'un ton possessif qui intrigua la jeune fille. Elle leva vivement les yeux.

— On a donné lecture du testament de l'oncle Roderick? demanda-t-elle.

— Oui. Comme vous le savez, il vous a laissé tout ce qu'il possédait, le Prieuré et sa fortune, qui est considérable. Clarinda, vous êtes, à présent, une jeune fille très riche et très enviable.

Clarinda se leva et traversa la pièce jusqu'à la fenêtre. Elle resta à contempler le lac plusieurs minutes avant de dire :

— Je n'ai jamais voulu tout cet argent. J'avais

l'intention d'en rendre la plus grande partie à Nicholas. J'aurais gardé juste le nécessaire pour Rose et pour moi-même, afin d'avoir une petite maison sur le domaine. Je pensais que nous pourrions y vivre tranquillement.

— Je crains qu'à présent cela soit impossible.
— Pourquoi? Je peux distribuer l'argent et vous pouvez avoir le domaine. Il jouxte le vôtre et vous l'administrerez beaucoup mieux que je ne saurais le faire. C'est d'ailleurs ce que l'oncle Roderick voulait.
— Et vous croyez que j'accepterais un cadeau de cette valeur? Non, Clarinda, j'ai des projets tout à fait différents pour vous.

Elle fit demi-tour, le regarda :
— Vous avez des projets pour moi? Je pense, mylord, que vous avez oublié qu'à présent que mon oncle est mort l'entente que nous avions conclue a pris fin. Vous êtes libre. Libre de retourner à vos plaisirs à Londres. Quand je vous ai demandé votre aide, je n'imaginais pas que vous seriez mêlé à une aventure aussi effroyable. Je vous suis reconnaissante, plus que je ne saurais le dire, de ce que vous avez fait. Mais c'est fini. Merci, mais à présent nous pouvons nous dire adieu.
— Puis-je vous demander quelles sont vos intentions?
— Pour le moment, je vivrai au Prieuré.
— Seule?

Le mot claqua comme un coup de pistolet.
— Rose sera avec moi et les autres domestiques seront là.
— Vous savez aussi bien que moi, dit Melburne sèchement, que vous ne pouvez vivre au Prieuré sans chaperon. Non seulement vous êtes riche, Clarinda, mais extrêmement belle. Vous comprenez, j'imagine, que ces deux états ont leurs inconvénients.

— C'est ridicule! commença-t-elle avec chaleur. Mais elle rencontra le regard de Melburne et les mots moururent sur ses lèvres.

— ... Je me trouverai un chaperon, conclut-elle, presque soumise.

— Vous pensez à quelqu'un de précis?

— Non, admit-elle.

— Bien. En attendant que l'on trouve la personne qui convienne, j'ai une autre suggestion à faire.

— Laquelle?

— Que vous veniez avec moi à Londres. Je me suis déjà arrangé pour que ma grand-mère maternelle, la marquise douairière de Slade, vous chaperonne à Melburne House. Avec la situation qui est la vôtre à présent, il vous faut tenir votre rang dans la société. Vous aurez, Clarinda, la chance de voir un peu plus de monde que vous ne l'avez eue ces dernières années.

— Mais vous êtes fou! s'écria la jeune fille, un instant suffoquée. Pensez-vous réellement que vous pouvez disposer de moi, que j'accepterai le chaperonnage de votre grand-mère ou tout autre arrangement dont vous déciderez?

— Je m'attendais à votre réaction, répondit-il d'un ton neutre. Mais, malheureusement, Clarinda, vous n'avez pas le choix.

— Je... n'ai pas le choix? répéta-t-elle, stupéfaite.

— Non. Nos fiançailles qui ont permis à votre oncle de mourir heureux sont, je vous l'accorde, terminées. Mais votre oncle a ajouté une clause à son testament, à ma suggestion, je l'avoue, à savoir qu'en attendant votre majorité ou votre mariage, je serai votre tuteur.

La stupéfaction empêcha Clarinda de parler pendant quelques secondes. Puis, bégayant de colère, elle s'écria :

— V... vous avez demandé... à mon oncle... de vous nommer mon tu... tuteur? Comment avez-vous... pu... faire une chose pareille? Comment avez-vous osé m'humilier de la sorte?

— Je suis disposé à céder la place n'importe quand, répondit-il avec sévérité, soit à votre mari, soit à quelqu'un que j'estimerai devoir être un tuteur convenable, meilleur que moi peut-être. Nommez-le-moi et je me désiste immédiatement en sa faveur. Avez-vous quelqu'un à suggérer?

Clarinda se détourna vivement pour regarder de nouveau par la fenêtre.

— Je ne connais personne, dit-elle, furieuse. Mais je ne veux pas de vous.

— Cela me paraît évident et je vous assure, Clarinda, que je ne me mêlerais pas de vos affaires si je n'étais pas persuadé que l'on doit s'occuper de vous.

— Seulement parce que je suis riche, maintenant, répliqua-t-elle d'un ton cassant. Quand j'étais pauvre, personne ne se préoccupait de moi.

— Pour ma part, je vous ai trouvée bigrement encombrante depuis que je vous connais.

Au ton railleur de sa voix, Clarinda se sentit rougir.

— C'est grossier et ingrat de ma part, dit-elle, intimidée. Puis-je... vous demander... d'oublier ce que je viens de dire.

— Certainement, si vous consentez à m'écouter. Malheureusement, Clarinda, quelle que soit l'antipathie que je vous inspire, vous n'avez d'autre solution, pour le moment, que d'accepter ce que je vous propose.

Presque comme s'il l'y forçait, elle vint reprendre sa place sur le canapé.

— Je vous emmène à Londres, expliqua Melburne, parce que je considère de votre intérêt de voir s'élargir votre horizon. Il faut que vous rencontriez des jeunes filles de votre âge, des hommes qui vous trouveront certainement très séduisante.

Il y avait dans sa voix quelque chose de sec, d'un peu sarcastique qui la fit lui lancer un coup d'œil aigu.

— ... Ma grand-mère vous aidera à acheter les robes nécessaires à faire vos débuts.

— Mais ne suis-je pas en deuil? l'interrompit-elle.

— Votre oncle a prévu cela également dans son testament. Il a demandé expressément que personne ne porte ni n'observe le deuil pour lui.

— Ça, c'est votre travail! s'écria Clarinda. Vous saviez que si j'étais en deuil je ne pourrais pas aller à Londres.

— Au contraire, je pense que c'est en songeant à la dépense que cela entraînerait que votre oncle a ajouté cette clause.

Une fois encore, consciente de son incorrection, Clarinda rougit.

— Vous trouverez, j'imagine, continua Melburne, le monde très différent de la conception que vous en avez.

— J'en doute, répliqua Clarinda avec fougue. J'ai rencontré deux hommes du monde en votre présence et en celle de Nicholas et ils m'ont donné du « Bon ton », une idée rien moins que flatteuse.

Elle s'interrompit, comme si elle en attendait une réponse. Comme il ne dit rien, elle continua :

— Je sais qu'en tant que femme je devrais rêver à l'idée d'assister à des bals, des dîners. Mais je n'ai pas envie de rencontrer les gens qui s'amusent de cela. Je veux rester ici, à la campagne, où je ne serai pas déplacée, où des gentilshommes comme Votre Seigneurie ne me font pas me sentir mal à l'aise parce que ma robe est démodée et ma coiffure n'est pas du dernier style.

Elle parut, à nouveau, attendre un commentaire avant de poursuivre :

— Je veux vivre tranquillement sans trembler à l'idée de commettre une erreur ou faire la conversation poliment avec des gens avec qui je n'ai rien en commun.

Elle parlait avec chaleur, les mains crispées l'une sur l'autre dans son énervement. Puis, elle comprit que ses protestations n'avaient pas le moins du monde ébranlé lord Melburne.

— Si, au bout de quelques mois à Londres, vous me répétez la même chose, dit-il avec calme, alors nous réviserons nos plans pour l'avenir.

— Vous croyez donc pouvoir faire ce que vous voulez avec moi? fit-elle, furieuse. N'ai-je donc pas un mot à dire? Après tout c'est mon argent qui servira à payer toutes ces stupidités!

— Alors, espérons que votre argent vous apprendra à vous conduire comme une femme sensée et non pas comme une écolière déséquilibrée, répliqua-t-il.

Elle eut l'impression qu'il la giflait et, parce qu'il l'avait fait sortir de ses gonds, elle se mit à crier :

— Je vous hais, vous entendez? Je préférerais avoir n'importe qui comme tuteur que vous! Je vous hais, je vous méprise! Jamais je n'oublierai, jamais je ne vous pardonnerai ce que vous avez fait à mon amie!

— A votre amie? demanda Melburne.

Une étincelle soudaine brilla dans ses yeux, comme s'il réalisait qu'il la poussait à lui révéler ce qu'il voulait savoir depuis si longtemps.

— Oui, à mon amie, Jessica Tansley! cria-t-elle. Et, maintenant, pouvez-vous prétendre que je n'ai pas raison d'avoir peur de venir à Londres pour y rencontrer des hommes du monde comme vous!

— Jessica Tansley, répéta Melburne. C'est

étrange, mais, sur ma vie, je ne me souviens pas avoir jamais entendu ce nom-là.

— Comment pouvez-vous dire une chose pareille? dit-elle, suffoquée d'indignation. Comment osez-vous proférer un tel mensonge et chercher à me tromper. Vous êtes ignoble, absolument ignoble et c'est pourquoi je vous déteste.

Elle fit volte-face et sortit en courant de la pièce, décidée à ne pas lui laisser voir ses larmes, larmes de faiblesse autant que de rage.

Lord Melburne resta debout longtemps là où elle l'avait laissé, répétant tout bas le nom qu'elle lui avait jeté à la figure « Jessica Tansley ». Mais c'est à haute voix qu'il dit :

— Je le jure, je n'ai jamais entendu parler de cette femme!

En haut, Clarinda pleura dans sa chambre pendant plusieurs minutes. Puis, résolue, elle s'essuya les yeux et envoya chercher Rose.

— Oh! Mademoiselle! s'écria celle-ci en entrant dans la pièce. Sa Seigneurie vous a-t-elle dit que l'on partait pour Londres cet après-midi même? Jamais je n'ai été aussi contente. Mademoiselle n'est pas contente?

— Non, je ne le suis pas, répliqua Clarinda d'un ton sec. Je veux rester ici, à la campagne.

— Oh! mais, Mademoiselle se serait sentie toute triste au Prieuré. On aurait dit qu'une ombre planait sur la maison avant qu'on parte. A voir le maître et monsieur Nicholas morts comme ça tous les deux, ça m'a donné comme la chair de poule. J'ai envie de voir Londres. Et le valet de Sa Seigneurie m'a promis de me sortir un soir pour me montrer...

— Avez-vous fait les bagages?

— Il n'y a pas grand-chose, mademoiselle, répondit Rose avec netteté. Et Mme Foster, la dame qui chaperonnait Mademoiselle depuis notre arrivée ici, dit que ce n'est pas la peine d'emporter beaucoup avec nous puisque la grand-mère de Sa Seigneurie voudra acheter une nouvelle garde-robe. Mme la marquise est une dame âgée, mais, à ce qu'il paraît, elle a une très forte personnalité.

— J'ai peur, Rose... j'ai peur! s'écria Clarinda.

— Mademoiselle qui n'a jamais eu peur de rien avant. Sir Roderick le répétait à qui voulait l'entendre, il n'avait jamais connu quelqu'un de plus courageux que Mademoiselle.

— Je peux affronter ce que je comprends, mais ce n'est pas du tout la même chose que d'entrer dans un monde nouveau où tout est étrange, où je commettrai des erreurs à chaque pas.

— Oh! certainement pas, surtout avec Mme la marquise pour s'occuper de Mademoiselle, assura Rose. D'autre part, tout le monde ici jure que Mademoiselle est la plus jolie dame qu'ils aient jamais vue. A quoi ça sert de se cacher à la campagne pour se montrer seulement à une bande de bouseux. Mademoiselle pourra le faire quand elle sera vieille et laide.

Clarinda se mit à rire :

— A qui penses-tu, Rose, à moi ou à toi?

— Pour dire la vérité, je pensais à nous deux. Je ne suis plus jeune comme je l'étais et ce sera peut-être ma seule chance d'aller quelque part et de rencontrer quelqu'un. Mademoiselle sait-elle qu'il y a plus de trente domestiques mâles dans cette maison? Trente, mademoiselle! Ça donne le choix!

Clarinda se remit à rire.

— Peut-être suis-je sotte, Rose, dit-elle. C'est tout simplement que je ne veux pas faire ce que demande Sa Seigneurie.

— Même pas après qu'Elle vous a sauvée? Ça me paraît un rien ingrat! Si quelqu'un a été merveilleux cette nuit-là, c'est bien Sa Seigneurie!

Elle m'a dit de rester avec Mademoiselle toute la nuit. Bates et le laquais de Sa Seigneurie étaient postés derrière la porte avec des fusils. Ils avaient ordre de tirer sur tous ceux qui seraient entrés dans la maison. Et ils l'auraient fait!

Ses yeux brillaient comme si l'idée d'un carnage n'aurait pas été pour lui déplaire.

— Quand sir Roderick est mort, le lendemain, continua-t-elle, ça aurait été la pagaille si Sa Seigneurie ne s'était pas occupée de tout. On aurait dit un général qui ordonnait à chacun de faire ceci ou cela. Je vous le jure, mademoiselle, vous auriez été fière de voir que tout était arrangé sans histoires.

Clarinda ne répondit pas et Rose poursuivit :

— Ça ne ressemble pas à Mademoiselle d'être ingrate et malpolie.

— Et c'est ce que je suis avec lord Melburne, reconnut Clarinda. Rose, pourquoi me bouleverse-t-il autant?

— A mon avis, c'est parce que Mademoiselle n'a pas rencontré beaucoup de gentilshommes. Seulement, monsieur Nicholas, et il ne compte pas. Et, bien sûr, Mr Wilsdon, qui était trop jeune. Quand vous serez à Londres, vous aurez beaucoup de succès, vous verrez!

— Mais je ne veux pas avoir du succès, répondit Clarinda — mais ses propres paroles ne lui parurent pas convaincantes à elle-même.

Ils se mirent en route aussitôt après le déjeuner. Clarinda devait faire le voyage dans la berline de lord Melburne. Elle était légère et bien suspendue, mais elle était fermée. Elle avait espéré que Melburne lui demanderait de faire le chemin avec lui dans son phaéton. Mais elle avait été si désagréable avec lui qu'il n'avait sans doute pas envie de sa présence. C'est un peu désemparée qu'elle se retrouva seule.

Ils avaient pris un repas léger dans la salle à manger ovale, mais le commandant Foster et sa femme étaient présents et Clarinda n'eut pas l'occasion de s'adresser à Melburne sans témoins. Elle lui devait des excuses, elle voulait également lui poser des questions sur sa grand-mère, mais elle ne le put pas.

En se penchant pour faire un signe d'adieu aux Foster, elle aperçut le phaéton de Melburne qui déjà disparaissait.

« Il aurait pu me prendre avec lui », soupira-t-elle tout en admettant à contrecœur que c'était entièrement sa faute s'il n'avait pas voulu de sa compagnie.

Elle aurait été surprise d'apprendre que la marquise douairière de Slade lava la tête de son petit-fils à ce sujet quand il arriva à Melburne House, à Berkeley Square, au moins une demi-heure en avance sur Clarinda.

— Tu ne vas pas me dire, Buck, que tu as laissé cette pauvre fille faire le trajet de Londres toute seule? dit la douairière, assise très droite, le menton haut levé.

Elle donnait l'impression d'une redoutable vieille dame tant que l'on n'avait pas vu l'étincelle qui brillait dans ses yeux et compris qu'elle avait un humour irrésistible qui avait le don de faire rire son petit-fils et une perspicacité qui faisait trembler les femmes de sa famille.

— Clarinda, répondit Melburne, était furieuse contre moi et je n'ai pas eu le courage de supporter deux heures de discussion et d'entendre les raisons pour lesquelles elle ne veut pas venir à Londres.

— Elle n'a pas envie de venir? s'étonna la vieille dame.

— Pas du tout. Elle déteste le monde sans l'avoir jamais vu et sans en rien connaître.

— Aurait-elle une cervelle d'oiseau?

— Je ne le crois pas. Elle a administré le Prieuré qui, comme vous le savez, grand-maman, est une très vaste propriété, pratiquement seule pendant toute l'année dernière. Et, Foster me l'a dit, tout est parfaitement en ordre. Elle a également tenu les comptes ce qui prouve qu'elle a, pour le moins, le sens des mathématiques.

— Oh! ne va pas me dire qu'elle appartient à cette espèce terrifiante de femmes avec un cerveau de calculateur! s'exclama la douairière. Je te le jure, Buck, si tu m'as infligé une intellectuelle au visage ingrat, je quitte cette maison ce soir même.

— Vous ne pourrez pas dire de Clarinda qu'elle a un visage ingrat. C'est l'une des filles les plus ravissantes que j'aie jamais rencontrées. Elle est d'une simplicité absolue. Elle possède un courage stupéfiant pour une femme et elle me voue une haine implacable.

— Parles-tu sérieusement? Tu prétends qu'il existe une fille qui ne te trouve pas irrésistible?

— Attendez d'avoir vu Clarinda, répondit Melburne avec un sourire.

— Alors pourquoi, mais pourquoi donc joues-tu les nourrices auprès de cette petite si tu ne l'intéresses pas et si elle ne t'intéresse pas?

— Admettons que ce soit par sens du devoir, grand-maman. Une qualité dont vous m'avez souvent accusé de manquer.

— J'avoue que tu m'étonnes parfois, Buck.

— J'en suis ravi, répondit-il affectueusement. Quant à vous, grand-maman, vous ne manquez jamais de me surprendre. Personne d'autre que vous n'aurait répondu, aussi rapidement à mon appel à l'aide et ne serait venu, ignorant à quoi s'attendre mais prête à n'importe quelle aventure à laquelle je pourrais vous mêler.

— Je ne vois pas ce qu'il y a de surprenant à cela, répliqua sa grand-mère. La vie n'a rien de drôle dans le Kent à écouter les gens parler du matin au soir de leurs cerisiers ou à entendre ta tante Mathilda se plaindre continuellement de son asthme. S'il est une chose que je ne peux pas supporter, ce sont les femmes malades.

— Oui, j'imagine. Maintenant que Melburne House est à votre disposition, grand-maman, voudriez-vous donner un bal pour Clarinda?

— Je veux d'abord jeter un coup d'œil sur cette petite, répondit la vieille dame, prudente. Je n'ai nulle envie de parader avec une créature sans grâce, même si tu me le demandes à genoux!

— Je vous l'assure, je n'aurai pas à me jeter à vos genoux. Comme je vous l'ai dit, Clarinda est fort riche, cela vous facilitera la tâche.

— Ce qui veut dire que nous serons assaillis par tous les coureurs de dot de Londres, commenta la marquise d'un ton sec. Je méprise ces créatures qui épousent une femme pour son argent.

— Vous saurez parfaitement les tenir à distance, je n'en doute pas, répondit Melburne en riant.

— Je croyais que c'était ton travail en tant que tuteur, répliqua sa grand-mère. Ne cherche pas à m'en faire accroire, Buck, tu sais parfaitement que je n'accepterais pas de voisin immédiat pour toi sans ton accord.

— Grand-maman, vous avez l'esprit trop vif pour ne pas être dangereuse. Pour être honnête, j'avoue y avoir pensé.

— J'imagine que tu n'envisages pas d'épouser cette enfant toi-même? demanda la douairière avec un coup d'œil malicieux. J'y songe depuis longtemps, cela te ferait du bien de faire une fin. Cette coquine aux cheveux noirs qui se dit ta cousine, Romayne Ramsey, partage cette idée.

Melburne ne put s'empêcher de sourire :

— Y a-t-il vraiment quelque chose qui vous échappe, grand-maman? Je vous l'assure, après la fureur manifestée par Clarinda parce que j'ai eu l'audace de proposer d'être son tuteur, j'aurais beaucoup trop peur, même si je le souhaitais, de lui suggérer une autre forme de relations.

— En tout cas, il y a une chose certaine, déclara la vieille dame. Si cette gamine est insensible à tes charmes tellement sollicités, si elle ne cherche pas à te mettre le grappin dessus comme toutes ces petites dindes qui te courent après, alors, c'est une fille exceptionnelle.

— Oh! tout à fait exceptionnelle, vous vous en rendrez compte vous-même.

A cet instant, la porte s'ouvrit et le maître d'hôtel annonça :

— Mlle Clarinda Vernon.

8

— Vous avez indiscutablement beaucoup de succès! constata la marquise douairière.

Accompagnée de Clarinda, elle pénétrait dans le hall de Melburne House où les attendait une profusion de fleurs.

Il y en avait partout, en bouquets et en corbeilles sur toutes les tables et même le long des murs. Leur parfum embaumait l'air et les cartes attachées portaient presque toutes une couronne.

— Elles sont ravissantes! s'écria Clarinda. Mais j'ai surtout l'impression qu'elles vous sont davantage destinées à vous, madame, et à votre petit-fils, plutôt qu'à moi.

La vieille dame sourit :

— Je le répète, vous avez beaucoup de succès. Le bal vous a plu, hier soir?

— C'était merveilleux! Jamais je n'aurais cru que l'on donnerait quelque chose d'aussi magnifique pour moi. Je serais de la dernière ingratitude si je n'étais pas ravie.

La vieille dame se dirigea vers l'escalier.

— Je vais m'étendre, dit-elle. Vous seriez sage de vous reposer également, Clarinda. N'oubliez pas, ce soir nous dînons à Carlton House.

— Je n'ai pas oublié. Mais, malgré l'heure à laquelle je me suis couchée, je ne me sens pas du tout fatiguée. J'avoue m'être levée honteusement tard, ce matin.

— Vous devenez tout à fait dans le vent. Vous oubliez très facilement vos habitudes de la campagne.

— Je commence à m'en rendre compte, admit Clarinda avec un sourire.

Elles gravirent lentement l'escalier, les rhumatismes de la marquise lui interdisant toute hâte. Elle fit halte sur le palier pour demander à la jeune fille :

— Combien de demandes en mariage avez-vous reçues hier?

— Deux seulement et toutes les deux d'hommes que, j'en suis sûre, ma fortune intéresse beaucoup plus que moi.

— Je crois deviner de qui il s'agit. Que leur avez-vous répondu?

— Oh! j'ai une réponse passe-partout à présent. Je leur ai dit que j'étais très honorée et je leur ai suggéré de s'adresser à mon tuteur. (Elle eut un petit rire :) Il saura leur répondre avec fermeté.

— C'est le rôle d'un tuteur et, à ce sujet, vous avez donné beaucoup de travail à mon petit-fils ces dernières semaines. A ce qu'il paraît, Mr Frederick Harley le relance chaque jour, le suppliant de l'autoriser à vous faire la cour.

— Mais c'est un horrible petit bonhomme! s'écria Clarinda. Comment ose-t-il seulement penser que je puisse jamais songer à lui comme mari?

— Les hommes en âge de se marier ont une conception très personnelle du mariage. Mais, dites-moi, que vous a raconté le duc de Kingston, hier soir?

— Il ne m'a pas demandé ma main, si c'est à cela que vous pensez, madame. J'ai dansé avec lui deux fois, peut-être trois, à la réflexion, et j'ai trouvé qu'il avait une très haute opinion de soi.

— Avec raison, remarqua la douairière en continuant son ascension.

— Pourquoi? demanda Clarinda.

— C'est, sans exception, le plus beau parti du pays. Sa mère était princesse royale, ce qui lui donne un statut spécial, non seulement à Buckingham Palace, mais dans toutes les cours d'Europe. De plus, le duc est le propriétaire terrien le plus riche d'Angleterre. Il possède une douzaine de maisons magnifiques et il n'est pas déplaisant à regarder.

— Il est très gros et plutôt arrogant, répondit Clarinda d'une petite voix.

— S'il vous demandait votre main, quel triomphe ce serait! Bien sûr, mon petit, je n'ai pas grand espoir. Toutes les mères ambitieuses ont jeté leur dévolu sur le duc depuis qu'il est sorti d'Oxford et pourtant, à trente-cinq ans, il est toujours célibataire.

— Peut-être attend-il de tomber amoureux, suggéra Clarinda.

Cela eut pour effet de faire rire la vieille dame.

— Il y a beaucoup plus de chances pour qu'il attende de trouver une princesse lui convenant, répondit-elle. Comme vous le dites, le duc a une excellente opinion de soi. Mais pourtant j'aimerais l'amener à vos pieds rien que pour voir l'expression d'envie et de haine de toutes les femmes de la bonne société ayant une fille à marier.

— Elles n'ont pas à se tracasser, dit Clarinda en souriant. Je suis à peu près certaine que le duc m'a invitée à danser par politesse pure.

— Peut-être êtes-vous un peu trop modeste, remarqua la douairière avec une certaine sécheresse. De l'avis de tous les présents, vous étiez la plus jolie débutante non seulement de cette saison mais de toutes les autres.

— C'est dû seulement à la si belle robe que vous m'avez donnée. Si l'on m'avait vue dans celles que je portais à la maison l'on n'aurait pas été aussi enthousiaste.

La marquise ne dit plus rien jusqu'en haut de l'escalier. Là, elle eut pour la jeune fille un regard appréciateur.

Habillée à la dernière mode, sa robe de mousseline moulant son corps mince et formant coupe autour de ses petits seins, Clarinda était incroyablement ravissante.

— Croyez-vous, demanda-t-elle à voix contenue, sans regarder la vieille dame, que Sa Seigneurie s'est amusée au bal?

— Je pense que mon petit-fils a tenu son rôle de maître de maison très convenablement. Ne vous a-t-il pas félicitée pour votre toilette?

La légère rougeur de la jeune fille n'échappa pas à l'œil vif de la marquise.

— Il m'a complimentée... de façon courtoise tout en attendant ses invités, admit-elle. Mais il ne m'a pas invitée à danser.

— J'ai toujours entendu dire que mon petit-fils déteste se donner en spectacle sur une piste de danse, expliqua la vieille dame.

— Il a dansé avec lady Romayne, répliqua Clarinda.

— S'il l'a fait, ce n'est pas lui qui le lui a demandé, j'en suis sûre! S'il est quelqu'un d'exigeant, d'entreprenant, c'est bien cette femme prétentieuse et tant prisée! De mon temps, les femmes attendaient qu'on leur coure après, elles ne donnaient pas l'impression à un homme d'être un renard poursuivi par une meute.

Clarinda éclata de rire, incapable de résister au sens de l'humour de sa compagne.

— Elle était très belle, dit-elle.

— C'est une question d'opinion, répliqua la douairière brusquement. Allez vous reposer, mon enfant. Je vous veux en beauté ce soir pour votre première visite à Carlton House.

Clarinda lui obéit et gagna sa chambre, mais elle ne sonna pas immédiatement Rose. Elle resta à se contempler dans son miroir, notant la façon dont ses cheveux d'or roux encadraient son visage, examinant la blancheur de sa peau contre le bleu de sa robe.

Il lui paraissait impossible qu'il pût s'agir de Clarinda Vernon, cette jeune fille qui avait eu honte de ses robes informes, qui était restée des années sans en avoir une nouvelle et qui avait dû rapiécer et raccommoder tous les vêtements qu'elle possédait.

A présent sa penderie était pleine de toilettes nouvelles, toutes très coûteuses et à la dernière mode.

Bien qu'elle fût ravie de les posséder, Clarinda ne pouvait s'empêcher de se souvenir du martyre enduré pendant sa première semaine, à Londres. Des heures durant, elle avait dû rester debout pendant qu'on épinglait des étoffes sur elle.

Elle avait été de boutique en boutique pendant que la douairière achetait, en dépit de ses protestations, une avalanche de bonnets, de réticules, de châles, de pelisses, de gants et d'écharpes.

Mais, elle était forcée de l'admettre, le résultat était sensationnel. A sa première apparition dans le monde, on avait loué sa beauté.

Bien qu'elle tentât de se montrer cynique en se répétant que l'on était charmant avec elle du seul fait de sa fortune, elle s'avouait que toute cette façade brillante de la haute société avait quelque chose de fascinant et de très distrayant.

On ne lui laissait du reste pas le temps pour l'introspection. Quand elle ne faisait pas d'emplettes ou qu'elle ne prenait pas de leçons de danse, elle était chaque jour invitée, avec la marquise douairière, à des déjeuners, des dîners, des thés, des soirées musicales ou dansantes — à moins que ce ne soient des visiteurs qui viennent présenter leurs respects à la vieille dame et admirer Clarinda.

— Quand on me fait des compliments, avait-elle dit à la marquise peu de temps après son arrivée, je ne peux m'empêcher de penser que l'on se moque de moi. Je ne suis pas habituée à la flatterie.

— Il vous faut apprendre à accepter un compliment gracieusement.

— Je m'y efforce, mais parfois j'ai envie de rire. Quand des jeunes gens se lancent dans de grandes tirades sur l'arc de mes sourcils ou sur la forme de mon nez, c'est plus fort que moi, je les trouve idiots.

— Vous vous y ferez, avait dit la marquise avec sagesse et, au bout d'un mois, Clarinda devait bien admettre qu'elle avait eu raison.

Elle commença à trouver très facile d'accepter les madrigaux qu'on lui murmurait à l'oreille à chaque réception. Elle s'habituait à la lueur que la blancheur de ses épaules faisait briller dans les regards masculins. Elle était devenue très habile dans l'art d'éviter une demande en mariage, sauf de la part de ceux qui étaient trop persistants ou trop peu subtils pour comprendre à demi-mot.

Mais il était une chose qui ne cessait de la surprendre. Elle voyait à peine lord Melburne. Elle avait du mal à croire qu'ils vivaient sous le même toit. Il était son hôte, plus encore, son tuteur, mais elle n'avait pratiquement aucun contact avec lui.

Quand ils se rencontraient, c'était toujours en présence de tiers. Pendant les repas, sa grand-mère était là, ou bien ils dînaient à l'extérieur. Même quand il les accompagnait chez des amis, ils n'étaient, chose extraordinaire, jamais assis l'un à côté de l'autre et il ne lui demandait jamais de danser.

Elle était venue à Londres furieuse contre lui et elle avait cru qu'elle continuerait, exaspérée par son attitude de propriétaire, à se heurter à lui en un duel de mots cinglants.

Tout au contraire, et c'en était même décevant, elle n'avait jamais l'occasion de discuter avec lui.

Il se montrait toujours courtois à sa façon détachée, indifférente. Elle devait lui être reconnaissante du confort dont elle jouissait à Melburne House, mais, elle en était sûre, il s'arrangeait pour qu'ils ne soient jamais seuls.

De temps à autre, il priait sa grand-mère de lui transmettre un message. C'est de cette façon qu'elle apprit que si quelqu'un ne lui convenant pas la demandait en mariage, il lui suffirait de dire à l'intéressé de s'adresser à son tuteur; lord Melburne, dans ce cas, se chargerait de faire perdre à l'intéressé tout espoir d'obtenir sa main.

Clarinda avait découvert que la seule façon de communiquer de ces sujets avec lui était de lui envoyer un mot.

Régulièrement, le matin, avant qu'elle commence sa « tournée » avec la douairière, elle traçait quelques lignes sur une feuille de papier.

« Lord Wilmot compte venir vous voir aujourd'hui. Je ne souhaite pas donner suite à sa demande. »

ou bien :

« Le capitaine Charles Cuddington demandera peut-être à Votre Seigneurie l'autorisation de me voir seule. Faites en sorte qu'il n'en soit rien, s'il vous plaît. »

Jamais Melburne ne répondait, mais Clarinda découvrait que la porte de la maison était désormais interdite aux jeunes gens qui lui déplaisaient et qu'ils ne tentaient même plus de l'approcher quand ils la rencontraient à d'autres réceptions.

Lord Melburne s'acquittait avec conscience de ses devoirs de tuteur, mais il n'avait évidemment aucune envie d'entretenir de relations personnelles avec elle.

Avant son départ pour Londres, c'était exactement ce qu'elle souhaitait. Et pourtant, à présent, son attitude indifférente la piquait sans qu'elle veuille l'admettre.

Quand elle fut habillée et prête pour le dîner à Carlton House, Rose ne put cacher son admiration.

— Ce que Mademoiselle est jolie! s'écria-t-elle. Encore plus qu'hier. Je voudrais que Mademoiselle ait pu entendre toutes les gentilles choses que l'on a dites d'elle.

Clarinda jeta un coup d'œil à son image, dans la glace. Sa robe, cette fois, était verte, de ce vert tendre des premiers bourgeons et, l'espace d'un instant, à la regarder avec ses minuscules brillants qui rappelaient des gouttes d'eau, elle trouva qu'elle la faisait ressembler à une nymphe sortant du lac, à Melburne.

Puis elle se souvint qu'elle portait une robe verte également le soir où Nicholas l'avait enlevée. Elle ne put réprimer un léger frisson. Le

141

vert était-il une couleur néfaste? Elle repoussa cette idée, se traita de sotte.

— Je suis très fière de vous, mon enfant, lui déclara la marquise douairière quand elles descendirent.

Lord Melburne les attendait dans le hall. Il était extrêmement séduisant dans son habit de satin bleu orné de ses nombreuses décorations.

Clarinda le regarda, espérant surprendre une lueur admirative dans ses yeux. Elle avait suffisamment d'expérience à présent pour reconnaître cette expression.

Mais il semblait uniquement préoccupé d'une poussière qu'il s'employait à chasser de sa manche et ce fut sa grand-mère qu'il regarda beaucoup plus que sa pupille.

— Ne nous attardons pas, dit-il. Vous savez à quel point le Prince tient à ce que ses dîners commencent à l'heure, surtout quand une grande réception doit suivre.

— Nous avons tout le temps, le rassura la douairière. Je suis impatiente d'entendre l'avis de Clarinda sur Carlton House.

— C'est vrai, c'est sa première visite là-bas. J'avais oublié. J'espère qu'elle n'en attend pas trop... ou elle sera déçue.

— Mais tout m'enthousiasme! s'écria la jeune fille, étonnée qu'il parle d'elle comme si elle n'était pas là.

— Vous trouverez qu'aux réceptions de Prinny il fait toujours une chaleur intolérable et que l'on s'y écrase, déclara Melburne d'un ton las. Si je pouvais les éviter, je le ferais.

— Vous ne venez pas seulement à cause de moi, j'espère, dit Clarinda avec timidité.

— Oh! non. Le Prince a insisté pour que je vienne. Il aime être entouré de ses amis quand il reçoit.

Sa réponse avait été plutôt dédaigneuse et Clarinda se tut.

Carlton House était encore plus impressionnante qu'elle se l'était imaginé. Dès l'entrée, elle se sentit béer d'admiration comme une petite paysanne devant les colonnes de porphyre du hall, les soies chinoises du salon, les bustes, les statues, les vases.

Elle fut si abasourdie par les murs d'argent et les colonnes de granit rouge et jaune de la salle à manger qu'elle éprouva, tout d'abord, du mal à converser avec ses voisins de table.

Le dîner fut long et très soigné. Les innombrables mets français étaient servis dans de la vaisselle d'argent massif.

Mais d'autres merveilles l'attendaient encore, au-dehors. Pour ceux qui n'étaient pas conviés au dîner, on avait dressé des buffets somptueux. Des tables étaient disposées dans le jardin où cascadaient des fontaines miniatures dans lequelles s'ébattaient des poissons rouges. Des lanternes chinoises illuminaient le velours des gazons.

Pour Clarinda, les invités offraient aussi un spectacle nouveau, encore plus coloré que la célèbre collection de tableaux de leur hôte. Les femmes avec leur robe de satin, de gaze ou de mousseline à la taille haute, dessinée pour révéler beaucoup plus que pour dissimuler, étaient, avec leur diadème et leur collier de pierres précieuses, tout aussi éclatantes que les hommes dans leur culotte blanche et leur habit de satin orné de décorations somptueuses.

Jamais, dans ses rêves les plus fous, Clarinda n'aurait imaginé que quelque chose pût être aussi beau, aussi gai et aussi bruyant. Elle ne pouvait rester une minute à côté de la marquise douairière sans qu'on vînt l'inviter à danser.

Il faisait extrêmement chaud et les milliers de bougies allumées ajoutaient à la chaleur. Lord

Melburne s'échappa du cercle des intimes du Prince pour trouver un endroit tranquille à côté d'une fenêtre et y jouer aux cartes avec trois amis. Il fut donc assez surpris de voir une petite silhouette à côté de lui et d'entendre une voix faible lui dire :

— Pouvez-vous me ramener à la maison, s'il vous plaît?

Il la regarda avec étonnement, puis se leva.

— Vous ramener, Clarinda! s'écria-t-il. Mais il n'est même pas 1 heure. Jamais on ne quitte Carlton House avant l'aube!

— Je voudrais rentrer, s'il vous plaît, insista Clarinda. Mais je ne parviens pas à trouver votre grand-mère.

Lord Melburne regarda avec attention le petit visage levé vers le sien et posa ses cartes sur la table.

— Je regrette, messieurs, dit-il à ses compagnons. Mais ma pupille a besoin de moi.

— J'aurais aimé que ce fût de moi, remarqua l'un d'eux — mais déjà Clarinda s'éloignait.

Melburne la suivit.

— Que se passe-t-il? demanda-t-il quand ils furent hors de portée d'oreilles.

— Je... je ne puis vous le dire ici, répondit-elle. Mais, je vous en prie, ne dites rien à votre grand-mère. Il faut absolument que je parte. Il le faut.

Melburne ne fut pas long à trouver sa grand-mère dans l'un des salons avec quelques amies. Il l'attira à part et lui dit que Clarinda souhaitait rentrer. Quelques minutes plus tard, ils roulaient vers Berkeley Square.

— Vous devez être malade pour vouloir rentrer si tôt, fit remarquer la vieille dame. Mais je suis ravie de ne plus avoir à supporter cette chaleur et le bruit assourdissant de l'orchestre.

— J'ai mal à la tête, admit Clarinda.

— Cela ne me surprend pas, vous vous êtes couchée tard hier soir. Deux grandes réceptions l'une sur l'autre c'est beaucoup trop pour tout le monde.

La vieille dame poussa un soupir quand ils atteignirent Melburne House.

— ... J'avoue être enchantée de pouvoir me coucher de bonne heure, dit-elle. Venez, Clarinda! Demandez à Rose de vous apporter un verre de lait pour vous aider à dormir.

— Puis-je plutôt avoir simplement un verre de limonade? demanda la jeune fille avec un regard implorant à Melburne.

— Venez le prendre dans la bibliothèque, suggéra-t-il. Je ne la retiendrai pas longtemps, grand-maman, je vous le promets.

— Plus tôt cette enfant sera au lit mieux ce sera, répliqua la vieille dame.

Elle continua son chemin vers l'escalier et Clarinda accompagna Melburne jusqu'à la bibliothèque.

La vaste pièce semblait froide après la chaleur excessive de Carlton House et Melburne ordonna au valet de pied d'allumer le feu. Puis il versa un verre de limonade à Clarinda.

Elle le prit, le posa sur une petite table à côté du canapé et attendit que le valet ait quitté la pièce pour dire d'une voix un peu tremblante :

— J'ai fait... quelque chose de très mal. Vous allez être très fâchés contre moi, votre grand-mère et vous.

— Vous ne vous asseyez pas?

Clarinda dédaigna le canapé qu'il lui indiquait et se laissa tomber sur le tapis, devant le feu. Il s'assit, quant à lui, dans une bergère et la regarda.

Les flammes courtes du feu scintillaient dans ses cheveux, donnant l'impression de petites langues de feu dansant autour de sa tête penchée. Sa robe était étalée autour d'elle et la lueur des bougies rehaussait la blancheur de ses épaules.

— Qu'avez-vous fait? demanda Melburne, la voix douce.

— J'ai... insulté le duc de Kingston. J'ai eu tort... jamais je n'aurais dû agir de façon aussi incorrecte... mais je vous avais prévenu... vous ne pourrez jamais faire de moi une mondaine.

— De quelle façon l'avez-vous insulté?

— J'ose à peine vous le dire. Aujourd'hui même, votre grand-mère me disait quel haut personnage il est. Elle est très impressionnée par lui et ravie qu'il m'ait invitée à danser, hier soir. A présent je l'ai offensé. Et il dira peut-être au Prince à quel point... je me suis mal conduite. J'en suis sûre... jamais plus je ne serai invitée à Carlton House.

— Cela vous ennuierait-il beaucoup?

— A la réflexion, je ne le crois pas. Mais cela navrerait votre grand-mère qui... s'est montrée si gentille avec moi et cela... peut vous gêner.

— Qu'avez-vous fait? demanda-t-il de nouveau.

Puis, avant que Clarinda ait eu le temps de répondre, il ajouta :

— Commencez par le début. Le duc vous a-t-il invitée à danser?

Clarinda inclina la tête.

— Oui, répondit-elle. J'ai dansé avec plusieurs messieurs et je voyais le duc, debout au fond de la pièce, qui me surveillait. Puis il s'est approché et a déclaré que cette danse lui était réservée. En fait je l'avais promise à quelqu'un d'autre.

— Je suis sûr que Sa Grâce s'est montrée très persuasive, remarqua Melburne, sarcastique.

— Non pas persuasif, arrogant, corrigea Clarinda. A le voir, il exerçait un droit en dansant avec moi.

— Donc, vous avez dansé avec lui.

— Il m'était difficile de faire autrement. Il m'a entraînée presque de force sur la piste. Il faisait extrêmement chaud et il y avait foule. J'ai été heureuse quand la musique s'est arrêtée.

— Alors, vous êtes passés dans le jardin, remarqua Melburne comme s'il connaissait l'inévitable fin de l'histoire.

De nouveau, Clarinda inclina la tête. Elle regardait les flammes, la nuque penchée. Il y eut un silence et, au bout d'un moment Melburne insista :

— Que s'est-il passé?

Extrêmement embarrassée, Clarinda eut du mal à répondre.

— Il a essayé... de m'embrasser. J'ai... protesté... Il n'a pas voulu m'entendre et je me suis enfuie.

Elle s'interrompit quelques secondes avant de reprendre.

— Il... il m'a poursuivie... je ne sais pas pourquoi, j'ai été stupide, mais j'avais peur. Il est si grand... j'ai cru qu'il allait m'attraper... puis, en courant, j'ai heurté l'un des buffets, ceux dressés dans le jardin. Il n'y avait pas beaucoup de monde... j'ai pensé qu'il pouvait me saisir, m'entraîner et...

— Qu'avez-vous fait?

— Je me suis emparée d'un saladier empli de salade de fruits et je lui en ai jeté le contenu à la figure, répondit Clarinda, très malheureuse.

Le silence qui suivit ne dura pas. Lord Melburne, la tête renversée en arrière, éclata de rire.

— Avec vous, Clarinda, c'est toujours l'inattendu! s'écria-t-il. Si seulement j'avais pu voir sa tête!

Pour la première fois, Clarinda osa le regarder :

— Vous... n'êtes pas fâché?

— Pas le moins du monde. Il le méritait.

— Mais... votre grand-mère?

— Je doute qu'elle l'apprenne jamais, à moins que vous le lui disiez. Personne n'aime être ridicule et le duc est très conscient de sa dignité.

— Mais, en admettant qu'il en parle au Prince ?

— Il ne le fera pas. Je suis absolument convaincu, Clarinda, qu'il n'en soufflera mot à personne. Il aurait l'air trop idiot. Personne n'est à son avantage couvert de salade de fruits !

Clarinda poussa un profond soupir :

— J'espère que vous avez raison. J'ai eu... tellement honte de moi. C'est mon sale caractère. Vous le savez, je dis et je fais n'importe quoi... quand je suis en colère.

— En effet, approuva Melburne.

Il avait appuyé sur les mots et elle rougit. Il resta plusieurs secondes à la regarder avant de lui demander :

— ... Avez-vous eu d'autres aventures cette nuit ?

— Lord Carloss m'a demandé ma main, dit-elle à voix basse. Je lui ai dit de venir vous voir demain.

— Johnny Carloss ! C'est un garçon très bien, sportif et fort riche. Votre fortune ne l'intéresse certainement pas. Vous plaît-il ?

— Non, répondit Clarinda.

— Pourquoi cela ?

— Il manque de maturité.

Melburne ne put cacher sa surprise :

— Pardon ?

— Je dis, répéta Clarinda, qu'il manque de maturité.

— Connaissez-vous le sens de ce mot ? John Carloss a vingt-sept ans au moins. Quant à vous, vous avez, je crois, tout juste dix-neuf ans ?

— Je suis navrée de vous paraître présomptueuse. Mais ce monsieur m'a avoué ne jamais lire un livre d'un bout de l'année à l'autre. Vous le dites sportif, et je suis sûre qu'il mène parfaitement ses chevaux, mais il ne saurait même pas quoi faire si l'un d'eux se claquait un boulet.

» Il n'a jamais étudié le croisement de ses chevaux de course, il sait seulement quand ils perdent ou quand ils gagnent. Bien qu'il fréquente Newmarket, il ignorait, jusqu'à ce que je le lui apprenne, que les courses de chevaux ont commencé sous le règne de Charles II.

— Et vous croyez que ces connaissances sont importantes chez un mari? demanda Melburne, le regard brillant.

— Certainement, des gens mariés peuvent avoir des conversations intelligentes de temps en temps.

— Ma grand-mère craignait que vous soyez une intellectuelle. Je commence à croire qu'elle n'avait pas tort.

— Ce n'est pas ma faute si j'ai été élevée comme ça! répondit Clarinda avec fougue.

— Serait-ce indiscret de vous demander où vous avez fait vos études? voulut savoir Melburne.

— Mon père, ou plutôt Laurence Vernon dont je porte le nom, était très érudit.

— Je l'ignorais.

— Il ne pensait qu'à ses livres, c'est pourquoi nous étions si pauvres. Il tenait énormément à ce que j'aie une instruction très poussée. A l'âge de douze ans, j'avais déjà étudié la plupart des classiques et j'étais en mesure de réciter par cœur les grandes tirades des pièces de Shakespeare. A quinze ans, à la mort de papa, j'étais devenue très forte en grec et en latin.

— Une instruction de garçon, en somme.

— Exactement, reconnut la jeune fille. Et, comme il n'avait pas de fils, papa m'avait appris aussi à monter à cheval et à tirer.

— A tirer! s'écria Melburne.

Elle le regarda, l'œil rieur.

— J'ai souvent pensé que j'aimerais me mesurer à Votre Seigneurie dans la chasse à la bécassine au Prieuré.

— J'accepte le défi, répondit-il sans hésiter, et

nous aurons une revanche au passage des canards sauvages sur Melburne.

— J'ai souvent été tirer les perdrix avec sir Roderick, dit Clarinda. La dernière fois j'ai eu quinze couples alors qu'il...

Elle s'interrompit brusquement :

— ... Il vaut mieux que je me taise. En me vantant, je risque de faire tourner la chance.

Lord Melburne se mit à rire.

— Dans ce domaine, au moins, vous pourriez vous entendre avec beaucoup de ceux qui vous ont demandée en mariage, dit-il. Mais vous me parliez de votre instruction... que s'est-il passé après vos quinze ans?

— Oncle Roderick n'avait absolument pas les mêmes sujets d'intérêt que papa. Je crois connaître toutes les campagnes de Marlborough dans leurs moindres détails. Tout ce qui touchait aux guerres le passionnait et je lui ai lu pratiquement tout ce que l'on pouvait trouver à ce sujet écrit en français. Nous avons également étudié l'histoire de France et, bien sûr, tout ce que nous avons pu glaner sur Napoléon lui-même.

Elle émit un soupir d'exaspération avant d'ajouter :

— ... Sans doute trouverez-vous regrettable que je sache parler allemand et que je puisse suivre les opéras italiens sans interprète?

— Ma grand-mère serait horrifiée.

— Ce n'est pas juste. Elle est pourtant fière de vous.

— Que voulez-vous dire par là?

— Elle ne voit aucun inconvénient à ce que vous ayez un cerveau, répondit-elle, froissée.

— Comment savez-vous que j'en ai un?

— Vous êtes diplômé d'Oxford, répliqua-t-elle. Et, l'autre soir, le général sir David Dundas, mon voisin de table, m'a dit être convaincu que si vous n'aviez pas quitté l'armée, votre génie de la tactique aurait fait de vous un général.

— Sir David me flatte!

— Ne vous est-il jamais venu à l'idée, dit brusquement la jeune fille, que si vous vous ennuyez si vite avec toutes les ravissantes dames auxquelles la rumeur publique vous associe, c'est parce qu'elles ont la tête vide?

— Qui prétend que je m'ennuie? demanda Melburne d'un ton sec.

Clarinda se mit à rire :

— C'est le secret de Polichinelle! Pourquoi, à l'office, fait-on des paris sur le temps que durera votre dernière « petite poule »! C'est le domestique chargé du nettoyage des couteaux qui a gagné la dernière fois parce qu'il a été le seul à penser que cela ne durerait pas plus d'un mois.

Melburne poussa un véritable rugissement :

— Clarinda! Comment osez-vous répéter des bavardages de domestiques! Vous ne devriez pas connaître l'expression « petite poule » et encore moins l'employer.

— Mais il est parfaitement exact que vous vous ennuyez. Et je ne le sais pas seulement par des bavardages de domestiques. L'autre soir, à l'Opéra vous savez que certaines loges ne sont séparées que par un rideau, j'ai entendu deux messieurs qui parlaient. J'ai entendu l'un d'eux dire —

» — Celle qui m'intéresse c'est la troisième en partant de la droite, la petite brune aux yeux verts.

» L'autre a répondu :

» — Il faudra vous dépêcher, Harry, j'ai vu Buck Melburne lui parler, hier soir.

» — Sacré nom d'un chien! s'est écrié l'autre. Il me coiffe toujours au poteau. Il m'a raflé Liane sous le nez. Il faut absolument que je lui rende la pareille.

» — Il n'est jamais intéressé longtemps au même

numéro, a répondu son compagnon. Et, quant à moi qui ai les poches moins bien garnies que Buck ou vous, je trouve ça bien pratique. Ces petites poulettes sont tellement désemparées s'être remises en circulation aussi vite, quand Buck en a assez d'elles, que les pauvres types dans mon genre peuvent les récolter au prix de gros.

— Clarinda! demanda Melburne d'un ton encore plus sévère. Votre remarquable instruction a-t-elle inclus une bonne fessée?

— Papa m'a toujours dit, répondit Clarinda, que l'homme qui employait la force brutale à la place de la raison n'était qu'un crétin.

— Crétin ou pas, si vous me poussez à bout vous le regretterez.

Elle lui lança un coup d'œil, vit ses mâchoires serrées, la flamme de colère dans ses yeux et capitula.

— Vous m'avez déjà secouée d'importance, mylord. Je n'ai nulle envie d'une autre expérience de ce genre.

Puis, brusquement, au souvenir de ce qui s'était passé après qu'il l'eut secouée, elle rougit.

— Alors, dans ce cas n'écoutez plus ce genre de conversation, conseilla-t-il d'une voix tremblante de rage.

— Qu'y puis-je? Voulez-vous dire que je n'aurais pas dû vous les répéter?

— Non! Ce n'est pas du tout ce que j'ai voulu dire. Je veux que vous soyez franche avec moi. Il me déplairait terriblement que vous me mentiez. Mais, je ne sais pourquoi, Clarinda, j'ai l'impression que vous ne le feriez pas.

— Bien sûr que non, je ne le ferais pas. Pourquoi le ferais-je?

— Je me le demande. J'ai confiance en vous. Mais que diable, vous ne devriez pas prêter l'oreille à ces histoires de demi-mondaines. Vous êtes une débutante.

— Tout à fait contre mon gré, vous le savez parfaitement. Mais, assez parlé de moi, c'est de vous et de la raison de votre ennui dont il était question.

— Je ne veux pas discuter avec vous de sujets dont vous avez entendu parler par des commérages, répondit Melburne, cassant.

La jeune fille insista cependant :

— Mais vous n'allez pas me dire que vous ne vous ennuyez pas très souvent. Cela ne me surprend pas d'ailleurs. Vous aviez raison sur un point : je trouve la haute société beaucoup plus amusante et fascinante que je ne m'y attendais. Mais je suis convaincue que la majorité de ceux qui en font partie est remarquablement stupide.

— A vous entendre, vous êtes aussi sage et aussi vieille que Mathusalem, remarqua Melburne avec, malgré lui, une lueur amusée dans le regard.

— Parfois, j'ai l'impression de l'être, avoua Clarinda. L'autre soir je regardais un jeune homme qui jouait. Il avait gagné une petite fortune et il n'avait pas une chance sur mille pour continuer à gagner. Eh bien, il est pourtant resté à la table de jeux, il a continué à jouer jusqu'à ce qu'il ait tout perdu. Ne trouvez-vous pas cela d'une bêtise rare?

— Vous m'inquiétez, Clarinda. Si vous continuez à être aussi critique, comment voulez-vous que ma grand-mère ou moi nous vous trouvions un mari susceptible de vous plaire?

Ce n'est qu'au bout de quelques instants que Clarinda répondit d'une toute petite voix :

— Vous ne voudriez tout de même pas me faire épouser quelqu'un que je n'aimerais pas?

— Evidemment pas! Jamais je ne vous contraindrai à accepter quelqu'un qui ne vous conviendrait pas.

— Alors, laissez-moi vous dire que quel que soit le rang d'un homme, jamais je ne l'épouserai si je ne l'aime pas.

— Savez-vous ce que c'est qu'aimer?
— Non. Et vous?

Elle le regarda, une lueur de malice dans les yeux comme si, de nouveau, elle cherchait à le provoquer, délibérément. Mais son regard gris avait une telle expression qu'elle se tut brusquement.

Ils restèrent à se regarder, la lueur du feu jouant sur leurs visages, et il parut à Clarinda que quelque chose d'inconnu jusque-là passait entre eux. Quelque chose qui éveilla une étrange impression au plus profond de son cœur. C'était merveilleusement angoissant, au point qu'elle avait du mal à respirer.

— Clarinda, dit-il très doucement. Ne croyez-vous pas que pourrions être amis?

Quelques secondes encore, elle continua à le regarder, ses yeux bleu sombre, énormes dans son petit visage en forme de cœur, les flammes jouant dans ses cheveux, les lèvres entrouvertes. Puis, avec ce qui lui parut être un effort, elle détourna le regard.

— Non! Non! s'écria-t-elle. Il y a quelque chose qui m'en empêche... qui m'en empêchera toujours... et vous savez de quoi il s'agit.

— Jessica Tansley, dit-il d'une voix presque inaudible.

— Oui... Jessica, murmura-t-elle.

Puis, avant qu'il ait pu faire un geste, elle s'était levée et elle avait quitté la pièce, fuyant comme un faon effarouché.

9

— Je croyais que nous devions aller nous promener au Parc, cet après-midi, fit remarquer Clarinda à la marquise douairière au moment où elles quittaient, en voiture, Berkeley Square.

— C'était mon intention. Mais j'ai reçu, ce matin, un mot de la duchesse de Devonshire nous invitant à prendre le thé cet après-midi. Un mot si pressant que j'ai jugé qu'il serait discourtois de ne pas l'accepter.

— Je suis ravie que vous l'ayez fait. Je suis impatiente de voir Devonshire House.

— C'est réellement une page d'histoire. Les Devonshire ont joué un tel rôle dans les affaires de ce pays pendant tant de générations que leur maison est devenue le centre d'attraction de tous les événements politiques ou sociaux de quelque importance.

— J'ai remarqué la duchesse à Carlton House. Elle est très belle.

— Et joueuse invétérée, répliqua la marquise d'une voix sèche.

— Je me demande ce qui pousse les gens à jouer avec une telle ardeur, remarqua Clarinda presque pour elle-même. Au fond, je sais, c'est parce qu'ils s'ennuient ajouta-t-elle.

Cela lui ramena à l'esprit lord Melburne et leur conversation de la veille. Il avait été d'une indulgence étonnante. Elle s'était attendue à ce qu'il la semonce mais, tout au contraire, il s'était montré compréhensif et même amusé.

Cependant, Clarinda formait des vœux pour que la marquise ne sache rien. Elle ne trouverait certainement rien de drôle à la façon cavalière dont elle avait traité le duc de Kingston.

D'autre part, songeait-elle avec une certaine nervosité, si elle entendait que le duc avait tenté de l'embrasser, elle y puiserait immédiatement un espoir supplémentaire de voir ses ambitions couronnées.

— Qui d'autre, à votre avis, assistera au thé de la duchesse? demanda-t-elle.

— Je n'en ai pas la moindre idée. Espérez-vous y rencontrer quelqu'un de particulier?

La vieille dame avait répondu avec un coup d'œil vif à sa compagne et celle-ci lutta contre l'envie de lui dire qu'elle ne désirait voir personne en particulier, mais qu'elle souhaitait par-dessus tout ne pas voir le duc de Kingston.

La distance était très courte qui séparait Melburne House de la magnifique résidence des Devonshire, à Piccadilly. Les chevaux franchirent la vaste grille de fer forgé et doré et vinrent se ranger sous le dais de la porte d'entrée.

— Il n'y a pas encore beaucoup de monde, remarqua la douairière avec un regard aux voitures déjà rangées dans la cour.

Clarinda ne répondit pas. Dès leur entrée dans le hall elle avait été frappée d'admiration par l'immense escalier que, à mi-étage, un palier, occupé par une gigantesque statue de marbre, divisait en deux.

Partout, des portraits plus grands que nature des Devonshire, tous, hommes ou femmes, extrêmement beaux.

La duchesse recevait ses amis au premier étage dans un salon meublé de façon exquise et qui donnait sur les jardins.

Avec ses cheveux roux, son teint rose et blanc, ses traits fins, Georgia, duchesse de Devonshire, était encore plus jolie au naturel que sur les nombreux portraits qui l'avaient déjà immortalisée.

Les deux mains tendues, elle s'avança vers la marquise avec grâce et embrassa la vieille dame.

— Je suis ravie que vous ayez pu venir! s'écria-t-elle. Et j'avais hâte de faire la connaissance de la débutante la plus célèbre de la saison, la pupille de votre petit-fils.

Elle tendit une main à Clarinda qui lui fit une profonde révérence.

— Venez et racontez-moi l'effet que cela vous fait d'être une vedette.

De toutes les femmes qu'elle avait déjà vues, aucune n'avait des yeux aussi expressifs.

Elle entraîna la jeune fille, la présenta à ses invités. Puis, se tournant vers un jeune homme de haute stature et de belle mine qu'elle avait présenté comme le « neveu de mon mari », elle lui dit :

— George, emmenez Mlle Vernon voir le jardin. J'en suis convaincue, elle préférera voir les fleurs, qui sont très jolies cette année, à écouter les bavardages scandaleux auxquels nous autres vieilles gens allons nous livrer.

Clarinda ne put s'empêcher de sourire en entendant la duchesse se qualifier de « vieille ». Elle était si vivante avec son sourire lumineux et ses gestes vifs qu'on ne pouvait la prendre que pour une jeune fille.

Mais, trop timide pour exprimer ses sentiments, docile, elle suivit le jeune homme.

— Vous plaisez-vous à Londres? demanda celui-ci, courtois.

— Beaucoup, mais je ne voudrais pas vivre en ville d'un bout de l'année à l'autre. La liberté que l'on connaît à la campagne me manquerait trop, le plaisir de galoper à cheval sans crainte de manquer aux convenances, comme dans le parc ici, la paix des champs, des bois.

— Dans ce cas, vous êtes vraiment très particulière, dit-il. La plupart des femmes sont assoiffées de bals, de réceptions, de tout ce tourbillon qu'offre Londres. Personnellement, je suis tout à fait d'accord avec vous... Un peu, c'est largement assez.

Ils se mirent à rire comme s'il avait dit quelque chose de particulièrement drôle.

Puis, regardant autour d'elle les parterres de fleurs, les ifs taillés, les pelouses tondues comme du velours, les grands chênes, Clarinda s'écria :

— Mais on se croirait à la campagne ici !

Tout en parlant elle s'était dégantée pour toucher le satin d'une rose blanche.

— C'est, de fait, une oasis, au sein d'une ville de plus en plus importante chaque année. J'ai la désagréable impression que, bientôt, il n'y aura plus de place pour les jardins et qu'il faudra parcourir des kilomètres pour en trouver.

— Ce serait tragique que de belles demeures comme Devonshire House soient appelées à disparaître. Elles ont une noblesse, une élégance qui n'appartiennent qu'à elles.

— Je vois avec plaisir que vous sentez ces choses. Me permettez-vous, mademoiselle, de...

Clarinda ne sut jamais ce qu'il voulait lui dire, car, au même moment, elle entendit un bruit de pas derrière eux. Elle se retourna puis s'immobilisa, anxieuse. Le duc de Kingston était là, plus grand, plus impressionnant que jamais.

Il était habillé avec beaucoup de soin, mais son visage était un peu rouge, comme s'il avait marché très vite. Il s'inclina devant la jeune fille et posa une main sur l'épaule de son compagnon.

— Votre tante vous réclame, mon cher, dit-il. Elle m'a chargé de vous dire qu'elle avait besoin de vous immédiatement.

— Je remercie Votre Grâce. Je la rejoins tout de suite.

Le jeune homme salua Clarinda et ses yeux lui dirent la déception qui était la sienne de ne pouvoir poursuivre leur entretien.

— Votre serviteur, mademoiselle, dit-il.

Puis, il s'éloigna, la laissant seule avec le duc.

« Tout cela a été arrangé », se dit-elle en le regardant pleine d'appréhension.

— Je crois vous devoir des excuses, monsieur le duc, commença-t-elle.

Mais, avant qu'elle ait pu poursuivre, il s'empara de sa main dégantée.

— Vous avez du caractère, dit-il d'une voix vibrante. Et j'aime les femmes qui ont du caractère. Je devrais être furieux contre vous pour le tour que vous m'avez joué à Carlton House, hier soir. Mais vous m'avez captivé dès le premier instant où je vous ai vue et, maintenant, je ne peux faire autrement que de vous aimer.

— Je vous en prie, balbutia Clarinda en tentant de libérer sa main.

— Vous êtes fascinante. Je ne peux pas vous embrasser ici, car cet endroit manque d'intimité, mais je vais m'entendre avec la marquise douairière pour qu'elle vous amène à dîner chez moi, ce soir.

— Ce... ce n'est pas possible. Nous avons certainement d'autres engagements! s'écria Clarinda qui se sentait entraînée dans une sorte de tourbillon.

Le duc eut un large sourire :

— Nous avons énormément de plans à préparer, vous et moi. J'ai déjà parlé au Prince qui m'a déclaré que le 2 juillet lui conviendrait avant qu'il parte pour Brighthelmstone. Pouvez-vous être prête à cette date? Je vous l'assure, je serai un fiancé très impatient.

— Je... je ne comprends pas de quoi vous parlez, protesta Clarinda désespérée.

— Je vous parle de notre mariage. Ce sera un grand événement. La Reine sera là, ainsi que le Roi si la santé de Sa Majesté le permet. Et, naturellement, le Prince sera mon témoin.

Suffoquée, elle eut du mal à trouver la force de répondre.

— Notre mariage? Je crains qu'il vous faille

en parler tout d'abord à mon tuteur... à lord Melburne.

— Vous respectez les conventions, ma chère, approuva le duc. Et je ne vous en aime que davantage. C'est une qualité que j'apprécie chez ma femme. Mais, je sais les respecter également. J'ai déjà parlé à lord Melburne qui a donné son autorisation pour notre mariage.

— Il... il... vous a... donné... son autorisation?

— Mais bien sûr! Aucun obstacle ne se dresse devant nous. Il ne nous reste qu'à régler les derniers détails. Je vous le répète je suis impatient, très impatient de vous tenir dans mes bras.

La stupeur étranglait la jeune fille.

— Je... je ne peux pas... croire, balbutia-t-elle.

— Que je vous aime? fit-il en lui coupant la parole. Mais c'est l'exacte vérité. Je suis tombé amoureux de vous au premier regard.

— Mais... je ne peux pas...

Il ne l'entendit même pas.

— Maintenant que vous avez promis de m'épouser, continua-t-il, je retourne à Berkeley Square pour prévenir votre tuteur que la cérémonie aura lieu le 2 juillet, qu'il faut que vous soyez prête. D'ailleurs, même si Son Altesse Royale n'avait pas approuvé cette date, je ne puis attendre davantage.

Il porta à ses lèvres la main de Clarinda qu'il n'avait pas lâchée et elle sentit sur sa peau sa bouche chaude, possessive et avide.

Avec une petit cri d'animal effarouché, la jeune fille lui arracha sa main et s'enfuit à travers la pelouse.

Il la suivit des yeux avec un sourire.

— Si jeune et si pure, dit-il tout haut. Ce sera un plaisir de la conquérir.

Puis il retourna lentement vers la maison, l'air très content de soi.

Clarinda atteignit la porte et constata que la

voiture des Melburne n'était plus là. Elle comprit que le cocher, ne les attendant pas si tôt, donnait de l'exercice à ses chevaux. Elle refusa l'offre d'un laquais qui lui proposait d'appeler une voiture de louage.

— J'irai à pied, décida-t-elle.

Ignorant l'expression de stupeur du domestique, elle traversa la cour, en sortit.

A peine fut-elle dans Berkeley Street qu'elle se mit à courir. Ramassant le bas de sa robe, indifférente aux regards curieux des passants, elle courut à toutes jambes jusqu'à Berkeley Square.

Il lui fallut à peine cinq minutes pour atteindre Melburne House. Elle passa en coup de vent devant le valet qui lui ouvrit la porte, aperçut le majordome, debout dans le hall d'entrée, qui la regarda avec surprise. Hors d'haleine, elle lui demanda :

— Sa Seigneurie est-elle là?

— Je crois que Sa Seigneurie se trouve dans la bibliothèque, mademoiselle, répondit-il.

Sans attendre qu'un laquais la précède pour l'annoncer, elle traversa le hall en courant, ouvrit à la volée la porte de la bibliothèque.

Elle la claqua derrière elle et resta appuyée contre le panneau, cherchant à reprendre son souffle.

Son bonnet glissé en arrière ne tenait plus que par ses rubans noués sous son menton. Ses cheveux défaits par le vent de sa course tombaient en boucles sur son front. Elle avait les joues rouges. Les dentelles de son corsage se soulevaient et s'abaissaient à une cadence très rapide.

Melburne était assis à son bureau et écrivait. Il regarda la jeune fille, les sourcils arqués de surprise. Puis il se leva, lentement. Mais avant qu'il ait pu ouvrir la bouche pour prononcer un mot, Clarinda se mit à crier :

— Vous m'avez menti! Vous n'avez pas tenu

votre promesse! Jamais je ne vous aurais cru... aussi... méprisable... après tout ce que vous m'avez dit hier soir! Mais vous mentiez et, maintenant, il va venir! Il est déjà en route! Mais, je vous le jure... vous pourrez me dire tout ce que vous voudrez! Jamais je ne l'épouserai!

Hors d'haleine, elle se tut et lord Melburne, qui l'avait écoutée, très étonné, lui demanda lentement d'un ton parfaitement neutre :

— Puis-je connaître la raison de cet incompréhensible galimatias?

— Il vient vous voir, répéta Clarinda. Il a tout préparé... pour le 2 juillet... mais je ne veux pas l'épouser. Vous m'entendez? Je ne veux pas l'épouser. Même si vous me traîniez jusqu'à l'autel, je dirais « non », je vous le jure.

— Voulez-vous avoir la bonté de m'expliquer qui doit arriver?

— Comme si vous ne le saviez pas! criat-elle, furieuse. C'est le duc de Kingston et il sera là d'une minute à l'autre!

Lord Melburne, digne, sans hâte, traversa la pièce pour aller tirer le cordon de sonnette. Presque immédiatement la porte s'ouvrit dans le dos de Clarinda.

— Si quelqu'un demande à me voir, dit Melburne à son majordome, répondez que je ne suis pas là, que vous ne m'attendez pas avant 6 heures.

Le domestique enregistra l'ordre et disparut.

— Vous êtes complètement échevelée, Clarinda, constata Melburne avec froideur. Peut-être souhaitez-vous mettre un peu d'ordre dans votre toilette avant que nous poursuivions notre conversation?

D'un coup sec, elle arracha les rubans de son bonnet, puis elle le jeta par terre indifférente à sa valeur.

— Non! répondit-elle, tremblante de colère. Je

me moque de mon apparence. Je veux seulement savoir pourquoi, quelques heures seulement après me l'avoir faite, vous avez rompu votre promesse? Pourquoi essayez-vous de me marier avec un homme qui, non seulement ne me plaît pas, mais qui me fait peur?

Elle avait retrouvé son souffle, mais elle parlait encore d'un ton saccadé et lord Melburne prit un verre sur un plateau et l'emplit de limonade.

— Si nous nous asseyions et discutions de cela de façon courtoise? proposa-t-il d'un ton calme.

— Je ne veux pas l'épouser... Je ne le veux pas, répéta Clarinda, les dents serrées.

Puis elle prit le verre tendu et le vida d'un trait.

— Serait-il indiscret, demanda Melburne, une étincelle dans le regard, de vous demander pourquoi vous êtes si essoufflée? Seriez-vous venue en courant de Devonshire House?

— Il me fallait arriver avant le duc.

— J'ai toujours été d'avis qu'il surestimait les performances de ses chevaux, dit-il d'un ton sec, mais en souriant.

— Ne vous moquez pas de moi! s'écria Clarinda, furieuse. Vous m'avez raconté des histoires en me promettant que jamais vous ne me contraindriez à épouser quelqu'un et, à présent, vous avez donné au duc la permission de m'épouser.

— Je n'ai rien fait de la sorte.

Clarinda le regarda, incrédule :

— Mais il m'a dit que vous... enfin exactement le contraire.

— Je lui ai donné l'autorisation de vous demander en mariage, la corrigea-t-il. Cela, je ne pouvais pas le lui refuser, Clarinda. C'est, vous le savez, un excellent parti et il n'est pas en mon pouvoir d'empêcher, sans raison, quelqu'un de vous demander votre main. Vous êtes cependant parfaitement libre d'accepter ou de repousser les propositions que l'on vous fait.

— Mais il m'a dit..., commença-t-elle.

— Le duc est très infatué de lui-même. Il ne lui serait jamais venu à l'idée qu'une femme, à plus forte raison une femme, toutes proportions gardées, d'aussi peu d'importance que vous, Clarinda, puisse le refuser.

— Alors je ne... suis pas forcée de l'épouser? demanda-t-elle d'une toute petite voix.

— Absolument pas, en ce qui me concerne.

— Alors... vous le... lui direz? Car, je le sais, il ne voudra pas m'écouter.

— Si vous me donnez pouvoir de refuser la demande du duc, je le ferai, bien que —, j'en suis persuadé —, il aura beaucoup de mal à y croire.

Clarinda posa le verre qu'elle tenait, sur une table, et lissa ses cheveux.

— Je n'aurais pas dû... partir en courant... de Devonshire House, dit-elle, humblement. Votre grand-mère va être très fâchée contre moi. Mais, j'avais si peur.

— ... et vous étiez tellement furieuse contre moi, compléta son vis-à-vis.

— J'ai cru que vous m'aviez trahie.

— Vous avez vraiment cru que je vous aurais fait épouser cette outre gonflée et prétentieuse? s'écria Melburne.

Elle le regarda, les yeux agrandis :

— J'ai pensé que, comme votre grand-mère, vous vouliez me faire faire un grand mariage.

— Je veux que vous soyez heureuse, mais je ne ferais pas mon devoir de tuteur, Clarinda, si je ne taisais les avantages d'une telle union.

Il parut à la jeune fille que, déjà, il regrettait la façon spontanée dont il avait parlé du duc. Il arpenta la pièce en long et en large avant de poursuivre :

— Savez-vous vraiment ce que vous refusez en dehors de l'homme lui-même? Vous auriez une position unique dans la haute société, Clarinda. Vous occuperiez la place la plus proche du trône qu'une personne de la bourgeoisie peut occuper. Vous seriez immensément riche, enviée, fêtée, admirée où que vous alliez. Il n'est pas de jeune fille dans le pays tout entier qui ne sauterait sur l'occasion d'épouser le duc de Kingston.

— Mais... je ne l'aime pas, répondit Clarinda, à voix basse.

— Et vous estimez que cela compte plus que tout?

Il la regardait avec attention, de ce regard pénétrant qui lui donnait toujours l'impression qu'il cherchait à lire dans son cœur.

— Je ne supporterais pas qu'il... me touche, répondit-elle en frissonnant.

— Alors, je refuserai, pour vous, la flatteuse proposition de Sa Grâce, dit-il avec décision. Ne vous tracassez pas, Clarinda. Je vous le promets, il ne vous importunera plus.

— Mais... votre grand-mère?

— Je m'arrangerai aussi avec elle. Elle veut également votre bonheur. Malheureusement, comme beaucoup de personnes de sa génération, un mariage, pour elle, doit être davantage une union avantageuse du point de vue matériel que celle apportant la joie d'aimer et d'être aimé.

Clarinda poussa un profond soupir tant était grand son soulagement. Puis elle le regarda avec un petit sourire et, très doucement :

— Je suis navrée, dit-elle.

— De quoi? s'étonna-t-il.

— D'avoir été aussi mal élevée. A ce qu'il paraît, je passe mon temps à vous demander de m'excuser, quand nous sommes seuls.

— Peut-être avez-vous été provoquée.

— C'est généreux de votre part.

Le silence tomba et, parce qu'elle savait qu'il la regardait, elle se sentit très gênée. Nerveuse, elle tenta de discipliner un peu ses boucles, de remettre de l'ordre dans les dentelles de son corsage.

Elle était extrêmement consciente du silence qui s'était établi, un silence lourd de sens, mais qu'elle comprenait mal. Et poussée par son embarras, elle se mit à parler, très vite, sans le regarder.

— Je pensais à vous hier soir.

— A moi?

— Je pensais à ce dont nous avions parlé. Principalement à votre ennui.

— Ma parole, vous en faites un problème personnel.

— Je me disais, continua-t-elle, que s'il me faut cacher le fait que j'ai une certaine instruction, vous, pour votre part, n'avez pas de raison d'avoir honte de la vôtre. Et, il y a des tas de choses à faire qui vous occuperaient et vous intéresseraient en même temps.

— Pour le moment, vous ne me laissez pas beaucoup de temps libre, remarqua-t-il.

Elle fronça le sourcil :

— Je parle sérieusement, mylord.

— Navré, si je vous parais léger, mais je ne fais qu'énoncer l'exacte vérité.

— Je pensais à votre vie en général. Vous savez aussi bien que moi que si je prends de votre temps en ce moment, cela ne durera pas. Très bientôt, j'aurai quitté Londres et je serai retournée à la campagne. Alors, que ferez-vous?

— Ce que je faisais auparavant, j'imagine. Je m'amuserai.

— Mais vous ne vous amusez pas réellement. C'est cela qui me préoccupe.

— Je vous suis profondément reconnaissant de cette flatteuse attention, répondit-il avec une humilité feinte.

— Oh! ne soyez donc pas aussi irritant! s'écria-t-elle. Ne voyez-vous donc pas que j'essaye de vous aider? J'ai étudié votre problème et, si vous voulez m'entendre, je lui ai trouvé au moins une ou deux solutions.

Melburne s'assit dans un fauteuil en face d'elle, une lueur amusée au fond des yeux. Mais c'est d'un ton très sérieux qu'il lui parla :

— Encore une fois toutes mes excuses si je vous parais léger. Je suis, en fait, très curieux d'apprendre quel remède vous me prescrivez pour calmer une crise possible d'incommensurable ennui.

— J'ai réfléchi tout d'abord, répondit-elle, à tout ce que vous pourriez faire à Melburne.

Il leva les sourcils :

— A Melburne? Vous n'allez pas me suggérer de faire rebâtir la maison alors que mon père l'a déjà fait de façon aussi extravagante? Ou bien seriez-vous d'avis que Foster ne s'acquitte pas de ses devoirs de façon satisfaisante?

— Le commandant Foster est, j'en suis persuadée, un très bon régisseur. Mais il se contente de diriger votre domaine de la façon dont on le faisait du temps de votre père. Jamais il n'entreprendrait quelque chose de révolutionnaire sans votre permission et même, j'en suis convaincue, sans votre inspiration.

— Et quelles innovations suggérez-vous que je lui propose?

Il parut à Clarinda entendre une note presque hostile dans sa voix, comme s'il lui en voulait de critiquer sa propriété.

— Ce ne sont que mes propres idées, dit-elle, la voix tremblante. Je suis sûre que vous en auriez de bien meilleures.

— Et quelles sont-elles? demanda-t-il du ton de quelqu'un qui estime que le sujet de la discussion ne peut entraîner à rien de bon.

— Tout d'abord, répondit-elle sans le regarder, le grand bois, au nord-est, a besoin d'être mis en coupe avant d'être replanté. Les arbres sont trop vieux. Il serait facile d'établir une scierie sur place et de tracer une petite route rejoignant la grande. Les carrières de granit ne sont pas loin et les maisons de cette partie de votre domaine ont absolument besoin de réparations.

Il y eut un moment de silence avant que lord Melburne réagisse.

— Et quoi encore?

— Tous les gens d'importance auxquels j'ai parlé depuis que je suis à Londres, comme le général sir David Dundas, sont persuadés que la paix de Lunéville n'est qu'un prétexte pour donner à Bonaparte le temps de réarmer. Que la guerre reprenne et, une fois de plus, notre pays souffrira d'une pénurie de vivres. Si vous faisiez débroussailler le terrain à l'est de Coombes Bottom et assécher le marais vous pourriez mettre en culture près de mille hectares de terres.

— Comment diable savez-vous tout cela? Excusez mon langage, mais vous me surprenez.

— J'ai toujours été intéressée par Melburne et je ne pouvais m'empêcher d'établir une comparaison avec les améliorations que nous faisions chaque année et la routine observée chez vous. Nous pensions, oncle Roderick et moi, que vos méthodes sont un peu démodées.

— Vous m'avez effectivement donné là un sujet de réflexion, reconnut Melburne d'un ton sec. Autre chose encore?

Elle hésita :

— Peut-être cette idée... ne vous plaira-t-elle pas... Mais j'ai entendu dire, cette année et l'année dernière, que toutes les courses que vous avez gagnées l'ont été soit à Ascot, soit à Epsom. Ne vous est-il jamais venu à l'esprit qu'au lieu de garder vos chevaux à Newmarket qui est beaucoup plus loin de Londres que Melburne, il serait beaucoup plus facile et moins cher de les entraîner chez vous? De plus, à présent que vous possédez Dingles'Ride, vous avez un terrain tout prêt.

Pour la première fois depuis qu'elle parlait, elle regarda son compagnon en face et constata à son expression que cette dernière suggestion, au moins, l'intéressait.

— Vous m'avez donné beaucoup à réfléchir, Clarinda, dit-il au bout d'un moment.

— Je n'ai... pas tout à fait terminé, répondit-elle.

— Encore autre chose à faire, pour moi?

— Beaucoup plus, si vous le voulez. Vous êtes membre de la Chambre des Lords. N'avez-vous jamais songé à la nécessité d'un projet de loi pour empêcher les fillettes de treize ou quatorze ans de devenir des prostituées?

Melburne se raidit sur son siège.

— Qui vous a parlé de ces questions? demanda-t-il.

— Personne, répondit-elle. Mais j'ai des yeux pour voir. Je les ai remarquées à Picadilly, misérables petites créatures au visage peint qui cherchent à attirer l'attention des messieurs de passage.

— Une jeune femme « bien » n'a pas à voir ce genre de choses, déclara Melburne, péremptoire.

— Non, mais un homme « bien » le devrait, répliqua-t-elle. Il faudrait faire quelque chose à ce sujet, de même que je suis convaincue qu'il faudrait faire adopter une loi qui interdirait que l'on force des petits garçons d'à peine cinq ans à grimper dans les cheminées. J'en ai vu un l'autre jour. Il avait le corps et les jambes couverts de brûlures et le visage inondé de larmes. J'avais honte qu'un pays qui se dit civilisé autorise pareille cruauté.

Melburne se leva pour se diriger vers la fenêtre.
— Vous avez raison, Clarinda, dit-il au bout d'un moment. Evidemment, vous avez raison. Mais nous sommes tous devenus insensibles, ou plutôt la plupart d'entre nous ne réfléchissent pas. Cela vous ferait-il plaisir que je parle de ces questions à la Chambre des Lords?
— Peut-être ne peut-on rien faire, répondit la jeune fille. Mais je ne peux m'empêcher de me dire que des hommes intelligents, comme vous, devraient tenter d'influencer l'opinion publique, d'attirer l'attention sur certains de ces spectacles atroces que l'on voit partout, à Londres. Il y a un tel luxe, une telle richesse, à côté de cette misère qui m'horrifie depuis mon arrivée.
— Je croyais que vous vous amusiez, Clarinda.
— Mais oui. Ce qui ne m'empêche pas — et si elle le savait votre grand-mère le déplorerait — de réfléchir quand même.
— L'intellectuelle!
— Exactement.
Elle jeta un coup d'œil à la pendule, se leva :
— Votre grand-mère va être de retour d'une minute à l'autre et je sais que le duc lui aura raconté que je me suis enfuie parce qu'il nous voulait à dîner, ce soir. Quand vous lui aurez dit ce que vous avez à lui dire, elle sera peut-être fâchée contre moi et certainement très déçue. Essayerez-vous de lui faire comprendre?
— Je vous promets que je ferai de mon mieux. Ne vous tracassez pas, Clarinda. J'en suis certain, grand-maman, tout comme moi, ne veut qu'une chose, votre bonheur.
Sa voix avait une chaleur qui l'intimida soudain.
— Merci, mylord, dit-elle doucement. Et, une fois encore, pardonnez-moi...
Elle sortit de la pièce sans attendre sa réponse. Quand elle arriva au sommet de l'escalier, elle

s'y arrêta un instant, se couvrit le visage des deux mains, sentant une impression de soulagement, chaude comme un rayon de soleil, l'envahir. Elle savait à présent à quel point elle avait eu peur d'être forcée d'épouser le duc.

Puis, dans sa chambre, elle sonna Rose. Ce soir aurait lieu le dernier grand bal de la saison. Il y en aurait encore beaucoup d'autres, mais celui qu'offraient le duc et la duchesse de Hetherington dans leur hôtel de Park Lane serait, à l'exception de celui de Carlton House, la réception la plus importante à laquelle serait convié le Tout-Londres.

La marquise douairière avait choisi une robe de gaze blanche pour Clarinda. Les volants qui en ornaient l'ourlet étaient brodés de perles turquoise. On retrouvait les mêmes turquoises sur la dentelle des épaules et les petites chaussures blanches.

— J'ai un présent pour vous, lui dit la vieille dame lorsque, assez anxieuse, la jeune fille alla la voir dans sa chambre avant de descendre pour le dîner.

— Un présent pour moi, madame! s'écria-t-elle.

Elle s'était attendue à être accueillie par des reproches. Mais aux paroles de la marquise, elle comprit que son petit-fils avait arrangé les choses et qu'elle ne serait pas morigénée pour avoir refusé le duc.

— Un présent qui, je l'espère, vous plaira, poursuivit la vieille dame qui ouvrit un coffret posé sur sa coiffeuse et le tendit à Clarinda.

Contre un fond de velours noir, elle vit un collier de turquoises et de diamants, un bracelet assorti et deux petites boucles d'oreilles en forme de fleurs.

Elle poussa un cri d'admiration :

— Oh! Madame, est-ce vraiment pour moi?

— J'avais l'intention de vous le donner le soir de votre premier bal. Puis j'ai pensé que cela irait beaucoup mieux avec la robe que vous portez ce soir. Et j'ai attendu.

— Oh! merci! Merci! s'écria la jeune fille. C'est la plus jolie chose que j'aie jamais vue et ce sont mes premiers bijoux.

La vieille dame sourit :

— Je suis heureuse que cela vous fasse plaisir, mon enfant.

— Comment pourrai-je jamais vous remercier pour tout ce que vous avez fait pour moi! Vous avez été si bonne! Et je ne saurais vous dire à quel point j'ai été heureuse d'être avec vous. Parfois j'ai l'impression d'être de nouveau avec maman.

— Vous ne pourriez rien me dire de plus charmant. Merci, mon enfant. Maintenant, mettez vos bijoux et faites-vous encore plus ravissante que vous l'êtes déjà.

Clarinda respirait la joie et le bonheur en descendant saluer les amis que la marquise avait invités à dîner. Elle les connaissait déjà pour la plupart et, du fait de sa gaieté, il lui parut qu'elle n'avait pas assisté à réception plus gaie depuis son arrivée à Londres.

Le dîner terminé, tout le monde se casa dans les voitures qui attendaient. Clarinda, qui voyageait avec la marquise, entendit celle-ci pousser une exclamation étouffée en s'asseyant.

— Votre jambe vous fait encore souffrir, madame?

Elle acquiesça d'un signe de tête.

— Je suis restée debout trop longtemps toute cette semaine, dit-elle. Ne vous tracassez pas pour moi, Clarinda. Mais si je souffre trop, je m'éclipserai de bonne heure. Mon petit-fils vous ramènera à la maison.

— Je vous trouverai un fauteuil aussitôt arrivées, promit la jeune fille.

Hetherington House, dans Park Lane, était une

vieille demeure de beaucoup de charme. Contrairement aux autres hôtels qu'elle avait déjà vus, il n'y avait pas une salle de bal, mais quatre. Deux d'entre elles communiquaient, les deux autres disposaient de leur propre orchestre.

Il était très amusant de passer de l'une à l'autre et de changer de musique et de danse. C'était une nouveauté qui plaisait encore, même aux plus blasés.

Mais, et Clarinda ne tarda pas à s'en rendre compte, à Hetherington House, la difficulté consistait à retrouver son cavalier. La foule était telle dans les innombrables pièces et les couloirs en labyrinthe qu'on avait peine à se remuer.

La jeune fille remarqua cependant la décoration florale d'une beauté exceptionnelle. Et la salle du souper ornée comme une tente mauresque fut pour elle un spectacle totalement nouveau.

Son cavalier, le souper terminé, ne l'avait pas encore retrouvée et elle longeait un couloir quand elle rencontra lady Romayne Ramsey. Elle lui parut plus belle que jamais. Sa robe de mousseline rouge mettait sa jolie silhouette en valeur et ses cheveux très noirs formaient le fond idéal pour un énorme diadème de diamants et de rubis. Un collier de rubis luisait sur sa peau blanche et les feux des joyaux semblaient accentuer l'éclat de ses yeux.

— Oh, mademoiselle Vernon, je vous cherchais! s'exclama-t-elle à la vue de Clarinda.

— Moi? s'étonna la jeune fille.

Lady Romayne, elle le savait, n'éprouvait aucune sympathie pour elle car elle s'était fait un point d'honneur de l'ignorer depuis son arrivée à Melburne House.

— Mais oui. Il y a là un de vos vieux amis qui meurt d'envie de vous revoir. Il vous savait dans la salle du souper et m'a demandé si j'accepterais de vous amener à lui. Je partais à votre recherche.

— Je ne pense pas avoir de vieux amis ici, répondit Clarinda.

Pourquoi lady Romayne faisait-elle montre de tant d'empressement? Ce changement d'attitude soudain mettait la jeune fille mal à l'aise.

— A présent que vous êtes sacrée vedette, vous n'allez pas ignorer ceux que vous avez connus avant de venir à Londres, lui dit Romayne d'un ton de reproche. Cet ami m'a dit vous avoir rencontrée à la campagne.

L'étonnement embarrassé de Clarinda se dissipa soudain. Oh bien sûr, elle savait de qui il devait s'agir! C'était évidemment Julian! Julian Wilsdon était à Londres, en permission sans doute.

Une seconde, elle fut surprise qu'il ait demandé à lady Romayne de la trouver; mais peut-être était-il intimidé par tout le monde. Elle se souvint qu'il avait rencontré la jeune femme au Prieuré. Ils s'étaient entretenus ensemble quand elle avait, si sottement, prit la fuite.

Elle sourit.

— Je crois que j'ai compris de qui vous voulez parler, dit-elle.

— Je pensais bien que vous devineriez, répondit Romayne. Mais c'est censé être une surprise et ne me demandez pas si vous avez deviné juste. Venez avec moi. Je vous conduis à lui.

Elle prit Clarinda par la main, tout en parlant, et l'entraîna en direction d'un étroit passage qu'une étiquette désignait comme « Privé ». Lady Romayne devait être intime avec le maître et la maîtresse de maison pour avoir leur autorisation, dans une réception de cette importance, de se promener dans leurs appartements personnels.

Le couloir n'était pas éclairé mais la jeune femme semblait fort bien connaître son chemin. Arrivée au bout, elle ouvrit une porte et Clarinda aperçut un petit salon confortable, de ceux que l'on peut mettre à la disposition d'une gouvernante.

— Merci de m'avoir amenée ici, dit-elle à Romayne.

Puis elle pénétra dans la pièce.

Un instant, elle la crut inoccupée. Puis quelqu'un ferma la porte derrière elle et elle entendit la clef tourner dans la serrure.

Elle fit vivement demi-tour et resta muette d'horreur. Ce n'était pas Julian qui la regardait en souriant, mais sir Gerald Kegan.

10

Lady Romayne n'était pas une femme particulièrement stupide, mais elle était extrêmement vaniteuse.

Rien de surprenant à cela. Fêtée, acclamée depuis l'école, elle en était arrivée à croire que sa beauté était un talisman capable de lui procurer tout ce qu'elle souhaitait, n'importe où.

Déterminée à épouser lord Melburne, elle ne voulait pas admettre que son peu d'empressement à la demander en mariage était autre chose qu'une obstination puérile à vouloir conserver sa liberté de célibataire tant qu'il ne serait pas contraint de faire autrement.

Elle savait lui plaire physiquement et elle était convaincue qu'un jour ou l'autre il en arriverait à l'aimer aussi passionnément que tous les autres hommes qui se jetaient à ses pieds, se disputant ses faveurs.

Distant, Melburne l'attirait d'autant plus, et elle avait décidé que, tôt ou tard, il écouterait son cœur et lui demanderait de devenir sa femme.

Elle comprenait, dans une certaine mesure, sa

répugnance à être lié à une seule femme. Ses aventures amoureuses étaient connues de tous et elle ne se faisait aucune illusion quant aux difficultés qui l'attendraient pour le faire rester fidèle.

Mais, en même temps, elle se disait que tout cela était de peu d'importance. Quand ils seraient mariés, il aurait fort à faire à éloigner d'elle des soupirants indésirables et si, à l'occasion, il s'intéressait à une autre femme, elle n'en serait pas moins châtelaine de Melburne et celle qui porterait son nom.

Lady Romayne avait vécu trop longtemps dans le monde à la mode pour croire que l'amour était autre chose qu'un engouement des sens. Pour elle, le facteur le plus important du mariage c'était l'obtention d'une forme convenable de stabilité du point de vue social et matériel.

Buck Melburne était en mesure de lui donner tout ce dont elle avait envie. Elle avait une fortune personnelle, mais quoique étant la coqueluche des jeunes élégants de Saint James, elle ne se faisait pas d'illusions : leurs attentions diminueraient en même temps que sa beauté. Elle voulait s'assurer, avec un mari, une place inattaquable dans la société.

Elle avait, c'était exact, été remuée par l'annonce, faite par Nicholas Vernon, des fiançailles de Melburne avec une petite inconnue. Quand elle avait vu Clarinda elle avait aussitôt été convaincue qu'il devait y avoir quelque raison secrète à cette situation.

Personne ne parlant plus du mariage et lord Melburne devenant le tuteur de Clarinda, la jeune femme se dit que cet arrangement tenait au fait que les terres du Prieuré jouxtaient celles de Melburne et que l'intérêt manifesté par Buck pour cette petite paysanne pouvait être tout simplement mis sur le compte du devoir.

Mais elle avait été extrêmement vexée quand Clarinda, du jour au lendemain, avait été proclamée la plus ravissante débutante de la saison. Ses informateurs, et ils étaient nombreux, lui avaient dit le peu d'intérêt que Melburne manifestait à sa pupille. Il ne dansait jamais en public avec elle, ne l'emmenait jamais faire de promenade dans son phaéton, n'avait jamais avec elle ce genre de conversations intimes qui aurait aussitôt mis la puce à l'oreille de la jeune femme.

On le disait en outre intéressé par une nouvelle danseuse du corps de ballet; et il avait dîné deux fois en une seule semaine chez l'une de ses anciennes conquêtes. On parlait de la résurrection d'une affection que chacun avait déclarée morte.

« Non, se dit Romayne, Buck ne s'intéresse pas à cette gamine ennuyeuse. »

Mais le fait que Clarinda habitait chez lui, ce qui impliquait la présence de sa grand-mère, signifiait qu'il avait moins de temps qu'autrefois à passer avec elle.

La première chose à faire était que Clarinda se marie et qu'elle libère le terrain. Alors, elle, Romayne, se relancerait à l'attaque de Buck et elle obtiendrait la victoire, elle n'en doutait pas.

En laissant Clarinda dans le petit salon, à l'extrémité du couloir privé, elle se dit qu'elle rendait service à la jeune fille. Sir Gerald Kegan pouvait sembler déplaisant à beaucoup de femmes, mais il était, sans conteste, extrêmement riche; et s'il lui offrait de l'épouser, ce qui était vraisemblable, Clarinda serait bien avisée de l'accepter.

De toute façon, c'était à sir Gerald de persuader cette gamine qu'il serait un mari agréable. Beaucoup de débutantes de l'âge de Clarinda avaient un faible pour les hommes d'âge mûr.

C'est en souriant que Romayne quitta le petit couloir obscur et jeta un coup d'œil à la pancarte indiquant « Privé », appliquée au mur. Il était peu vraisemblable qu'on vienne les déranger et sir Gerald lui serait certainement reconnaissant d'avoir arrangé ce tête-à-tête qu'il avait paru ardemment désirer.

Elle avait entendu parler de sa générosité quand il s'agissait de récompenser un service rendu, et elle se demandait si elle pourrait l'amener à lui offrir une fort belle broche en diamants, en forme de papillon, qu'elle avait vue dans la vitrine d'un joaillier de Bond Street.

Lady Romayne était insatiable quand il s'agissait de bijoux; et ses amants, qu'elle voyait avec discrétion, le savaient mieux que n'importe qui.

« Oui, décida-t-elle. Je demanderai ce papillon à sir Gerald. »

Puis, au milieu de la foule qui se déversait dans le couloir, elle vit approcher une silhouette qui fit battre son cœur. Inutile de se demander pourquoi l'on disait lord Melburne irrésistible. Où qu'il soit, il tranchait sur tous ceux qui l'entouraient.

Ce soir, ce n'était pas seulement l'élégance de son habit de satin vert olive, ni les plis savants de sa cravate très blanche qui rendaient les autres ternes en sa présence, mais aussi son port de tête, la carrure de ses épaules et l'expression de son visage.

« Comment un homme peut-il être aussi séduisant? » se demanda Romayne.

Elle repoussa les gens qui la séparaient de lui pour s'en rapprocher. Puis, face à lui, elle le regarda, les yeux très doux, la bouche provocante.

— Où avez-vous été toute la soirée, Buck? demanda-t-elle d'une voix qui donnait aux mots les plus simples un sens secret. Je vous ai cherché partout... vous me manquiez.

— Je jouais aux cartes, Romayne, répondit-il. Permettez-moi de vous complimenter. Vous semblez en pleine forme.

— Venez danser avec moi.
— Navré de ne pouvoir vous faire ce plaisir. Mais je cherche Clarinda. En outre — j'en suis persuadé —, ce ne sont pas les cavaliers qui vous manquent.
— Je veux danser avec vous, protesta-t-elle. Nous nous sommes à peine vus ces temps derniers. Ou bien, si vous le préférez, allons bavarder dans le jardin. J'ai beaucoup à vous dire.
— Une autre fois, Romayne, répondit-il avec fermeté. J'ai un message de ma grand-mère qu'il me faut transmettre à ma pupille.
— Vous vous donnez beaucoup trop de mal à jouer les nourrices. Cela ne vous va pas du tout, déclara la jeune femme. Venez danser et ensuite je vous dirai où la trouver.
— Dites-le-moi d'abord et je réfléchirai à votre proposition, dit-il avec une nuance de sarcasme.
Elle fit la moue :
— Ah! vous voilà désagréable à présent. Pour vous punir je ne vous dirai pas où se cache votre pupille. Du reste, vous n'avez aucune raison de vous préoccuper d'elle. Je puis vous l'assurer, on se charge de la distraire.
— Qui est avec elle? demanda-t-il d'une voix coupante.
— Quelqu'un qui, j'en suis convaincue, va lui faire une demande en mariage. Si elle accepte, vous serez libre, Buck. Libre de me consacrer un peu plus de votre attention que vous ne l'avez fait de tout le mois. Je sais, cela a dû vous paraître odieux d'avoir la charge d'une gamine à peine sortie de l'enfance. Très bientôt, j'en suis persuadée, vos difficultés cesseront.
— Qui est avec Clarinda et où est-elle? répéta-t-il, impatienté.
— Je vous l'ai dit, on s'occupe d'elle de façon très agréable. Quelle est la femme qui n'aime pas

qu'un homme mette son cœur à ses pieds? Et, malgré tous vos efforts, vous ne la trouverez pas, aussi cessez d'être aussi ennuyeux, Buck. Venez me faire danser.

— Qui est avec elle?

Cette fois-ci il avait parlé sur un tel ton que la jeune femme protesta avec colère :

— Mais vous êtes ridicule, avec cette fille! Laissez-la donc tranquille. Elle s'amuse bien davantage que nous deux en ce moment.

Elle avait, en parlant, posé une main sur le bras de son compagnon.

— ... Parlons comme nous le faisions autrefois, dit-elle doucement, enjôleuse.

Contre toute attente, Melburne saisit la main posée sur son bras, une main étroite, aux doigts longs et fuselés.

Romayne avait déboutonné une partie de ses longs gants de chevreau blanc pour en libérer sa main. La lumière faisait étinceler son alliance sertie de diamants.

— Où est Clarinda? répéta Melburne.

Ils s'étaient un peu éloignés de la foule et se tenaient à l'entrée d'une antichambre que n'occupaient, à l'autre extrémité, que deux autres couples.

— Je ne vous le dirai pas, répondit-elle avec fougue. Vous m'exaspérez à la fin.

Puis elle poussa un cri :

— Mais vous me faites mal!...

Melburne lui tenait toujours la main et, lentement, inexorablement, il lui renversait l'index en arrière.

— Buck que faites-vous? C'est très douloureux!

— C'est bien mon intention, répondit-il avec calme. De deux choses l'une : ou vous me dites où se trouve Clarinda, ou je vous brise le doigt. Je ne plaisante pas. Cela sera extrêmement inconfortable pendant quelques semaines et, emmailloté de pansements, fort peu seyant.

— Vous êtes fou! lança-t-elle. Complètement fou!

— Non, simplement décidé, répliqua-t-il. Où est Clarinda?

Un instant, il parut qu'elle allait le défier, mais elle ne put retenir une exclamation de douleur quand il tordit son doigt un peu plus.

— Elle est... au bout du corridor... vers la salle du souper, fit-elle, haletante. Le premier couloir à droite... marqué « Privé »... la pièce du fond.

— Je vous remercie, fit-il, moqueur.

Puis, sans un autre mot, il lui tourna le dos et s'éloigna.

Elle resta à le regarder, le visage décomposé par la rage et frottant son doigt qu'elle croyait déjà enflé.

L'étonnement de Clarinda en voyant sir Gerald Kegan dans la pièce où lady Romayne l'avait amenée fit place à la terreur quand elle comprit qu'il avait fermé la porte à clef.

— Je... pense... qu'il s'agit d'une erreur, balbutia-t-elle. Je croyais... rencontrer Mr Julian Wilsdon ici.

— Ce n'est pas une erreur, répondit Kegan.

Et elle le trouva pire encore que le soir où Nicholas et lui l'avaient entraînée dans les Grottes. Il semblait encore plus vicieux, plus débauché.

— Pour ma part, je... je n'ai... aucune envie de parler avec vous, monsieur, dit-elle.

— Je veux bien davantage qu'un simple bavardage, répondit-il.

A l'expression de ses yeux et du sourire qui distendait ses lèvres épaisses, d'instinct, Clarinda recula d'un pas. Elle commençait à trembler, mais elle sentait qu'elle ne devait pas lui laisser voir sa peur.

— Nous... n'avons... rien à nous dire. Je ne souhaite... qu'oublier notre... notre dernière rencontre. Veuillez ouvrir cette porte... s'il vous plaît.

— Je n'ai nulle intention d'ouvrir cette porte avant d'avoir été indemnisé de ce dont j'ai été privé cette fameuse nuit aux Grottes.

— Je... ne comprends pas.

— Oh! mais si, vous comprenez. Vous étiez parfaitement consciente, j'en suis sûr, du fait que je n'allais pas laisser Nicholas Vernon vous violer après la célébration de la messe. Je m'étais arrangé avec Moll pour qu'elle verse dans son verre la drogue qui vous était destinée. J'aurais pris sa place dans le service et, à la fin, vous auriez été mienne, Clarinda.

— Mais... on m'a sauvée, bredouilla-t-elle.

— Oui, vous avez été sauvée et, par là, vous m'avez privé de mes droits. C'est ce que je réclame à présent.

Il avança vers elle et elle recula encore.

— Avez-vous perdu la raison? demanda-t-elle d'une voix tremblante. Vous ne pouvez pas vous conduire ainsi... dans une maison particulière... où l'on donne un bal... pour des centaines de personnes... Vous devez bien penser qu'il me suffit de crier pour que... quelqu'un vienne à mon secours.

— C'est très invraisemblable, répondit-il. Et si vous criez trop fort, ma chère, vous me contraindrez à quelque geste regrettable. Il me suffira de prendre entre mes doigts votre joli cou et de serrer doucement pour étouffer votre voix dans votre gorge. Personne ne pourra vous entendre.

Il souriait et ce sourire lui donna la nausée car elle comprenait que cette seule perspective l'excitait.

— C'est un procédé assez peu douloureux, continua-t-il. Je ne tiens pas à vous rendre inconsciente. Je n'aime pas faire l'amour à une femme inconsciente et je préfère également entendre ce qu'elle dit.

— Vous êtes complètement fou! cria la jeune fille.

— Oh! nullement, répliqua-t-il. Vous êtes Vénus, le sacrifice à Satan d'une vierge pure, intouchée. Je me suis promis d'être votre maître, votre instructeur dans les joies de l'amour et je ne veux pas être privé de ce plaisir.

— Comment osez-vous parler d'amour? demanda Clarinda, scandalisée. Ce que j'ai vu dans les Grottes m'a rendue malade de honte. Penser que des hommes, qui se disent bien élevés et civilisés, puissent se livrer à une telle débauche, s'abaisser au niveau de bêtes, me lève le cœur!

Il rit.

— Vous êtes ravissante quand vous êtes en colère, Clarinda, dit-il. Et vous avez beaucoup de courage. Vous l'avez démontré quand nous vous avons amenée aux Grottes. Il va vous falloir y faire appel encore une fois car j'ai l'intention de vous faire mienne et, ici, vous ne pourrez m'échapper.

Il y avait quelque chose d'infiniment menaçant dans son ton plaisant. Il n'avait pas bougé mais Clarinda eut l'impression qu'il s'était rapproché d'elle et qu'il tendait les bras.

Avec un effort surhumain, elle leva le menton et lui dit :

— Je vous demande, monsieur, de vous conduire... décemment. Je ne puis croire que ce que vous me dites n'est pas seulement dans le but de me faire peur... Aucun homme, tant soit peu honorable, ne voudrait... s'abaisser à insulter... une femme sans défense... Je vous le demande, laissez-moi partir et nous... oublierons cette conversation.

Il applaudit :

— Bravo! Vous êtes la plus vaillante des femmes que j'aie rencontrées jusqu'ici. Mais cela ne vous servira à rien car je vous désire et vous m'attirez plus que n'importe quelle Vénus.

Son regard se posa sur elle, la détailla :

— Quel dommage que la cérémonie n'ait pu avoir lieu comme prévu. Je vous l'accorde, Melburne a été astucieux en vous enlevant sous notre nez. Mais Melburne n'est pas ici et la porte est fermée. Venez, Clarinda, et admettez votre défaite. Vous ne pouvez m'échapper. Regardez-moi et vous verrez que je dis vrai.

Elle avait tellement peur qu'elle lui obéit. Et elle se trouva regarder dans des yeux noirs où semblait brûler une flamme étrange, des yeux qui la contemplaient de telle façon qu'elle eut l'impression, soudain, d'être nue.

Brusquement, il lui parut que ces yeux s'agrandissaient, se dilataient.

— Approchez-vous de moi, Clarinda, dit-il doucement. Venez.

Sa voix était à peine plus qu'un murmure, mais elle eut l'impression de la sentir vibrer dans tout son corps.

Puis, d'un seul coup, elle comprit ce qui se passait. Elle avançait vers lui, lui obéissait, commandée par son regard dont elle ne pouvait détacher le sien. Il l'hypnotisait. Elle s'en rendait compte et découvrait, affolée, qu'elle ne pouvait lui résister. Et puis, comme elle se sentait sombrer, elle se mit à prier :

— Mon Dieu, aidez-moi... Mon Dieu...

C'était cette même prière qu'elle avait répétée, sans cesse, dans les Grottes. Elle avait été entendue, alors... Lord Melburne était venu la sauver.

— Mon Dieu, aidez-moi. Mon Dieu...

Fût-ce cette prière qui la délivra du magnétisme diabolique de Kegan ? Quoi qu'il en soit, elle réussit à détourner les yeux, libérée.

Immédiatement, elle traversa la pièce en courant et mit le canapé entre eux. Elle resta là, les doigts crispés sur le dossier, tremblant d'une terreur qui la secouait tout entière.

Sir Gerald se mit à rire, du rire d'un homme mis en joie et très excité sexuellement, d'un homme qui sait qu'il a, à portée de la main, l'objet de son désir.

Il s'approcha d'elle avec lenteur, sans la quitter des yeux. Elle comprit l'avoir enflammé davantage encore en lui résistant et sut qu'il serait vain de faire appel à sa pitié. Elle ne pouvait que tenter de lui échapper, de se débattre.

Il était tout près du canapé, à présent, et Clarinda s'apprêta à le fuir.

— Venez, Clarinda, dit-il. Vous ne pourrez m'échapper longtemps. Ce n'est qu'une question de temps, mais je vous tiendrai dans mes bras. Vous êtes un petit oiseau dans un filet. Vous pouvez vous débattre, mais vous ne pouvez vous envoler.

— Laissez-moi! cria-t-elle.

— Croyez-vous que je pourrai jamais vous oublier en Vénus? La blancheur de votre peau sous la transparence de votre robe! Vous avez un corps délicieux, ma chère. Et la douceur de votre bouche doit être délectable. Je vous veux, Clarinda, et ce que je veux, je le prends.

Il ébaucha un mouvement comme pour passer derrière le canapé et changea de direction au moment où elle tentait de se sauver. Il lui suffit d'étendre le bras pour l'attraper.

Il l'attira brutalement contre lui et elle poussa un cri. Puis sa bouche écrasa ses lèvres, étouffant ses cris, lui donnant une sensation d'écœurement inimaginable.

Elle eut l'impression que ses lèvres épaisses, brutales, possessives l'entraînaient au fond d'un puits de fange dont plus jamais elle ne pourrait se purifier. Avec la sienne, il retenait sa bouche totalement captive et elle ne pouvait même pas se débattre sous son étreinte.

Puis elle le sentit la pousser un peu vers la droite avant de la renverser sur le sofa. Elle poussa un cri aigu en tombant sur les coussins, et, la seconde d'après, il l'écrasait de tout son poids.

Elle hurla et, une fois encore, ses lèvres la firent taire. Elle tenta désespérément de le repousser.

Dans son dégoût horrifié, elle eut vaguement conscience que le désir qu'il avait d'elle retenait toute son attention. Il ne songeait plus qu'à une seule chose, le satisfaire.

Elle sentit ses mains s'emparer de ses seins, arracher l'étoffe fragile de son corsage. Puis, alors qu'elle pensait mourir d'horreur, elle entendit le bruit d'un choc violent.

Kegan, l'espace d'une seconde, parut s'immobiliser, mais sa bouche resta collée à la sienne. Le bruit se répéta et, cette fois-ci, la porte s'ouvrit, le panneau volant en éclats.

Kegan leva la tête et, comme lord Melburne traversait la pièce, il se souleva de dessus le corps de la jeune fille.

Un instant, les deux hommes se firent face et le poing de Melburne s'écrasa sur le visage de l'autre avec la précision et la force de quelqu'un qui a appris à boxer avec les maîtres de l'art.

Sir Gerald chancela et Melburne le frappa à nouveau. Cette fois-ci, il tomba sur le canapé.

— De quel droit osez-vous me toucher? s'écriat-il, furieux. Si vous voulez vous battre, Melburne...

— Je me bats avec des gentilshommes, pas avec des ordures, répondit Melburne dont le poing se détendit à nouveau.

Kegan était puissant et n'était pas un lâche. Il tenta de se redresser. Mais, avant qu'il y fût parvenu, Melburne l'atteignait en pleine figure, du droit et du gauche.

Sir Gerald tituba contre la cheminée. Ramassant un lourd tisonnier, il se précipita sur son adversaire l'arme brandie, le visage contorsionné par la rage. D'un saut léger de côté, Melburne évita le choc et, cueillant l'autre au menton d'un uppercut du droit, le souleva presque du sol.

Puis il le boxa du gauche, le frappant sans relâche, droite, gauche, droite, gauche, le forçant à reculer jusqu'au mur où il s'écroula, jambes écartées, la tête penchée sur une épaule.

Il saignait du nez, de la bouche, et ses yeux étaient à demi clos.

Melburne le regarda, les poings serrés, la rage déformant ses traits :

— Debout, ignoble porc! Je n'en ai pas encore fini avec toi!

Mais l'autre était dans l'incapacité de bouger. Melburne jeta un coup d'œil autour de lui. Une table supportait un grand vase de roses. Arrachant les roses, il les jeta sur la table et vida l'eau du vase sur la tête de Kegan.

Un instant il put croire que cette douche serait sans effet. Puis, lentement, l'homme à terre ouvrit les yeux.

— Pouvez-vous m'entendre? demanda Melburne. Alors, écoutez-moi bien. Si vous n'avez pas quitté ce pays dans les quarante-huit heures pour ne jamais y revenir, je vous fais arrêter. J'ai la preuve irréfutable que vous avez financé l'installation des grottes du Club des Satanistes du domaine des Vernon. Je n'ai pas agi jusqu'ici car je ne voulais pas que la publication de vos immondes pratiques puissent compromettre Mlle Vernon. Mais il serait inutile de citer son nom à présent et je puis faire usage des preuves que j'ai recueillies.

Lord Melburne marqua une pause avant de reprendre avec lenteur, appuyant sur chaque mot :

— Vous serez également accusé de complicité

dans le meurtre d'un enfant d'un mois dont la mère jure qu'il a été sacrifié dans ces grottes. Le cadavre de ce bébé a été découvert enterré dans un champ, à la sortie même des grottes, et sera l'une des pièces à conviction du dossier qui a été préparé contre vous. Vous connaissez la punition qui vous attend si vous êtes reconnu coupable, ce que vous serez.

Du haut de sa taille Melburne regarda Kegan avec un mélange de colère et de dégoût.

— Vous méritez d'être pendu, dit-il. Mais je vous donne une chance. Vous avez quarante-huit heures pour quitter l'Angleterre à tout jamais. Si vous y revenez, un mandat d'arrêt vous y attendra.

Il se tut, comme s'il attendait une réponse, mais l'autre ferma ses paupières enflées et glissa complètement par terre où il resta presque totalement allongé.

C'est alors que Melburne se tourna vers Clarinda. Elle était assise sur le canapé, les yeux dilatés par l'effroi. Mais elle ne pleurait pas. Elle avait les mains jointes, crispées sur sa robe déchirée, et il lui parut qu'elle avait peur de bouger, qu'elle était prisonnière d'un cauchemar dont elle ne pouvait s'éveiller.

Il lui prit la main, la fit se lever.

— Venez, Clarinda, dit-il. Je vous ramène à la maison.

— Ou... oui, murmura-t-elle dans un souffle. Emmenez-moi.

Il remarqua alors que sa robe déchirée ne pouvait être cachée et chercha autour de lui. Un petit châle brodé avec une longue frange se trouvait sur le dossier d'une chaise. Il le saisit, le plia en triangle et le posa sur les épaules de la jeune fille.

Elle ne dit rien, mais, d'une main qui tremblait, elle le croisa sur sa poitrine. Alors il lui prit le bras, la guida hors de la pièce, le long du petit couloir obscur et du couloir où des gens continuaient d'aller et de venir.

Ils avancèrent vivement et Melburne ignora tous ceux qui tentèrent de lui parler. Ils atteignirent la porte d'entrée et il demanda qu'on fît avancer sa voiture.

Celle-ci roulait déjà quand Clarinda émit une sorte de murmure inarticulé et serra de toutes ses forces la main qu'elle tenait.

— J'ai peur, dit-elle.

Sa voix exprimait une terreur au delà des larmes et les doigts de lord Melburne se serrèrent sur les siens.

— Nous parlerons une fois arrivés à la maison, dit-il d'un ton apaisant. Vous avez eu un choc, Clarinda, mais c'est terminé. Jamais plus cet individu ne vous importunera, je vous le promets.

Elle ne répondit pas et le reste du trajet se fit en silence. La distance était relativement courte de Park Lane à Berkeley Square et les chevaux la parcoururent en très peu de temps.

Il aida Clarinda à descendre de la voiture, et, la tenant par le bras, il l'entraîna, à travers le hall, jusqu'à la bibliothèque. Il refusa l'aide des domestiques et emplit, à l'intention de la jeune fille, un petit verre d'eau-de-vie.

— Je... n'en... ai pas besoin, dit-elle.

Mais elle vit à son expression qu'il était déterminé à la faire boire et, sans discuter, elle porta le verre à ses lèvres. Elle sentit le liquide lui brûler la gorge, crut étouffer mais fut délivrée tout soudain du bloc de glace que la terreur avait placé, comme une pierre, sur son cœur.

— Cela suffit... merci, dit-elle en lui rendant le verre à demi plein.

— Je suis désolé, Clarinda, que cela ait pu se produire, dit-il. Mais Kegan quittera le pays. Il ne voudra pas risquer d'être arrêté.

— Vous... ne... comprenez pas, répondit-elle, les mains crispées.

— Qu'est-ce que je ne comprends pas? demanda-t-il avec douceur.

Elle parut avoir du mal à trouver les mots nécessaires pour lui répondre. Dans son visage livide, ses yeux bleus foncés semblaient des abîmes de peur. Elle avait passé le seuil des larmes, aux prises avec une terreur qu'il avait lue sur le visage d'hommes au feu pour la première fois : leurs regards avaient eu la même expression que celui de Clarinda quand ils avaient vu un de leurs camarades mourir à côté d'eux.

Il sentit qu'il devait dire quelque chose pour la rassurer, la réconforter, effacer cette expression hagarde, désespérée :

— Vous êtes en sécurité, Clarinda. Vous ne le reverrez jamais. Vous pouvez me croire. Je jure que je vous protégerai contre lui.

— Mais vous... ne pouvez pas... me protéger... contre tous les autres.

Il ne comprit pas aussitôt ce qu'elle voulait dire.

— Les autres? interrogea-t-il.

— Les hommes masqués... dans les Grottes, dit-elle. Ne comprenez-vous pas... j'étais Vénus... le sacrifice qu'on leur avait promis... c'est ce qu'il voulait de moi, ce soir. La Vénus dont il avait été privé.

Pour la première fois, elle eut un petit sanglot :

— ... Ils attendent tous... Jamais... jamais, je ne pourrai leur échapper... Où que j'aille, j'aurai peur... car je ne sais pas qui ils sont... Jamais je ne les ai vus...·sans leur masque.

Melburne prit une profonde inspiration. Puis il s'assit sur le canapé à côté de Clarinda et lui prit les deux mains.

— Ecoutez-moi, Clarinda, lui dit-il. Je sais à présent de quoi vous avez peur et je comprends. Mais heureusement, il y a un remède à votre peur... un remède très simple.

Elle le regarda et il lut une soudaine lueur d'espoir dans ses yeux.

— Si tous ces hommes sont comme Kegan, ce dont je doute, poursuivit-il, ce qu'ils recherchent et désirent, c'est Vénus la vierge pure, intouchée, à sacrifier à Satan. Une fois que vous serez mariée, vous ne les intéresserez plus. Vous serez protégée non seulement par votre mari, mais par le fait que vous ne serez plus en mesure de tenir le rôle de Vénus. Vous me comprenez?

Elle eut un profond soupir et il sentit ses doigts se crisper sur les siens. Puis, d'une voix presque enfantine, mais délivrée de la terreur sans nom qui l'avait habitée, elle lui dit :

— Mais... je n'ai... pas de mari.

— C'est là un état de choses auquel il est très facile de remédier, dit-il.

Il sentit ses doigts s'amollir entre les siens et il comprit qu'après l'épreuve subie elle était à la limite de la résistance.

— Allez vous coucher, Clarinda, dit-il avec douceur. Vous êtes en sécurité ici, vous le savez. Ma chambre n'est pas très loin de la vôtre. Je laisserai ma porte ouverte pour le cas où vous auriez peur et où vous appelleriez. Mais personne ne viendra vous déranger. Vous ne risquez absolument rien cette nuit. Demain nous reparlerons de cela et nous dresserons un plan.

— Je ne veux pas... aller à un autre bal, s'écria-t-elle. Je ne veux aller nulle part où... où je risque de rencontrer des hommes... comme lui.

— Devons-nous partir pour la campagne? lui demanda-t-il.

— Pour le Prieuré?

Au son de sa voix, il comprit que la seule pensée du Prieuré la terrorisait également.

— Pour Melburne, répondit-il.

— Nous le pourrions... vraiment? demanda-t-elle — et la vie sembla revenir sur son visage y amenant une légère touche de couleur.

— Rien ne nous en empêche. Je parlerai à ma grand-mère demain matin et nous pourrons y être avant le déjeuner. Cela vous plaîrait-il?

— Oh!... si seulement nous pouvions... y aller cette nuit, murmura-t-elle.

— Ce serait, je pense, peu charitable pour ma grand-mère, fit-il remarquer. Je vous cherchais tout à l'heure, au bal, pour vous dire qu'elle était rentrée de bonne heure. Ses rhumatismes la faisaient souffrir. Je ne voudrais pas la déranger à présent si elle dort.

— Non... non... c'était de l'égoïsme de ma part de ne pas y avoir pensé.

— Voudriez-vous que Rose dorme dans votre chambre?

Elle secoua la tête :

— Non. Je... je suis ridicule... je ne veux pas que Rose sache ce qui s'est passé... je ne veux parler de cela... à personne.

— Il n'y a aucune raison pour que nous le fassions, dit-il. Laissez-moi vous aider à monter dans votre chambre.

— Non, non. Je ne... je ne suis pas malade. Je suis seulement un peu bête mais...

Elle le regarda, pitoyable :

— Vous laisserez votre porte ouverte?

— Je vous ai donné ma parole. Et vous savez très bien que personne n'osera venir vous faire peur tant que je serai ici.

Il l'accompagna jusqu'à la porte.

— Bonne nuit, Clarinda, dit-il très doucement. Dormez bien et ne craignez rien. Les choses vous paraîtront moins terribles demain et nous trouverons une solution ensemble, je vous le promets.

Elle lui adressa un petit sourire courageux et lui fit une révérence très brève. Puis, d'un geste inattendu, elle lui prit la main.

Les jointures de ses doigts étaient tuméfiées et saignaient tant avait été violente la force des coups portés à Kegan. Elle y appuya les lèvres puis, comme il la regardait, les yeux très sombres soudain, elle ouvrit la porte et se glissa à l'extérieur.

La marquise douairière prenait son petit déjeuner dans sa chambre, le lendemain matin à 7 heures, lorsque l'on heurta à sa porte.

Elle leva la tête, irritée. Elle n'aimait pas qu'on la dérange à ce moment de la journée. Ses rhumatismes ne la torturaient jamais tant qu'au réveil et, depuis longtemps, elle avait décidé de ne voir personne avant que ses douleurs s'atténuent et lui permettent de considérer le monde, en général, avec davantage d'optimisme.

— Entrez, dit-elle sans aménité.

Quand la porte s'ouvrit, elle fut étonnée de ne pas voir paraître un domestique, comme elle s'y attendait, mais son petit-fils, habillé avec cette élégance qui lui plaisait toujours.

Elle remarqua, cependant, qu'il avait l'air fatigué et que de profonds cernes marquaient ses yeux comme s'il n'avait pas dormi de la nuit. Elle en fut d'autant plus surprise qu'elle l'avait entendu revenir de bonne heure, avec Clarinda.

— Bonjour, grand-maman, lui dit-il.

— Tu es matinal, Buck ! Je ne m'attendais pas à ce que tu honores mon petit déjeuner de ta présence.

— J'ai déjà pris le mien, répondit-il. Je sais que vous n'aimez pas être dérangée au chant du coq. Mais j'ai à vous parler.

— Il doit s'agir d'un sujet bien important pour t'arracher au confort de ton lit à une heure pareille.

A moins que tu ailles assister à un combat de boxe ou à une course de chevaux.

— Ni l'un ni l'autre. Nous partons vers 10 h 30 pour Melburne et j'ai pensé, grand-maman, qu'il faudrait vous laisser le temps de vous préparer.

La douairière sourit :

— Et c'est cela que tu appelles « le temps de me préparer »? Pourquoi cette décision soudaine?

Il détourna le regard et elle comprit qu'il cherchait ses mots.

— Quelque chose s'est produit la nuit dernière qui a bouleversé Clarinda, répondit-il. Elle ne veut plus, pour le moment, assister à d'autres bals, ou d'autres réceptions. Il faut prendre une décision et cela sera fait à la campagne.

— Je suppose qu'elle s'est décidée à accepter l'un de ses soupirants qui ont envahi la maison ces dernières semaines. S'agirait-il du duc?

Lord Melburne secoua la tête :

— Non, grand-maman. Navré de vous décevoir, mais ce ne sera pas le duc.

— Dans ce cas, je ne chercherai pas à deviner. Je pense que tu as de bonnes raisons de l'éloigner alors qu'elle connaît un succès étonnant. On en parle non seulement comme de la plus jolie débutante vue depuis des années, mais aussi comme de la jeune fille la plus charmante et la mieux élevée... si l'on excepte bien entendu son comportement extraordinaire d'hier après-midi à Devonshire House.

— Le duc s'est montré beaucoup trop entreprenant, expliqua-t-il.

— Il est bien dommage... commença la vieille dame.

Mais un regard à son petit-fils la fit taire.

Elle ne lui avait pas vu cette expression depuis la mort de sa mère qu'il adorait. Il avait cette même ligne amère et sombre autour de la bouche qui lui donna envie de le prendre dans ses bras et de le serrer contre elle.

— Que se passe-t-il, Buck? demanda-t-elle, avec douceur.

— J'espère, dit-il d'un ton délibérément neutre, être en mesure de régler les affaires de Clarinda les jours qui viennent, puis je pars pour l'étranger.

— Pour l'étranger? répéta la vieille dame d'une voix soudain aiguë. Pourquoi, au nom du ciel, ferais-tu une chose pareille?

— J'ai très envie de revoir Paris, répondit-il. Et peut-être Rome.

— Fadaises que tout cela! s'écria sa grand-mère. Tu sais parfaitement que je ne vais pas avaler des sornettes pareilles. Quelle est ta véritable raison?

— Ne cherchez pas à être trop perspicace, grand-maman, pria-t-il. Ne tentez pas d'aller trop au fond des choses. C'est tout simplement que je ne désire pas rester ici une fois l'avenir de Clarinda assuré.

— Eh bien! espérons que tu sauras l'assurer au mieux pour elle, répliqua la marquise. Cela me fait toujours de la peine de voir une enfant aussi charmante que Clarinda si désespérément amoureuse.

— Amoureuse! s'écria-t-il. Qui a dit que Clarinda était amoureuse?

— C'est l'évidence même! répondit-elle d'un ton bref. Me feras-tu croire, mon pauvre Buck, qu'une jeune fille qui n'est pas amoureuse s'obstinerait à refuser des partis comme le duc de Kingston et passerait la moitié de la nuit à pleurer dans son oreiller?

— Clarinda a pleuré? s'étonna-t-il. Je sais qu'hier soir elle a été bouleversée...

— Je n'ai aucune idée de ce qu'a fait Clarinda hier soir. Mais je sais par Rose que son oreiller est trempé de larmes tous les matins, et qu'elle pleure désespérément quand elle est seule. Les femmes pleurent, Buck, lorsqu'un homme a pris leur cœur.

— Mais pour qui pleurerait-elle? insista-t-il au comble de la surprise.

— Je pensais que tu serais le mieux placé pour avoir la réponse à cette question, lui répondit-elle d'un ton de reproche. Il ne peut évidemment pas s'agir de l'un de ces messieurs qui l'ont demandée en mariage. Si certains d'entre eux t'ont supplié de les aider, je t'assure que le double au moins s'est roulé à mes pieds pour que je tente de la convaincre de les écouter.

— Qu'ils aillent au diable! Mais, Seigneur, de qui peut-il s'agir?

Il avait parlé d'un ton irrité comme si ce mystère lui portait sur les nerfs.

— Je veux bien excuser ton langage, dit la douairière avec froideur, car cela implique que le bonheur de Clarinda te tient réellement à cœur. Rose est persuadée qu'il s'agit d'un homme que la petite a connu à la campagne.

— Mais c'est impossible! Les seuls hommes qu'elle connaissait étaient Julian Wilsdon qui n'est qu'un gamin, à peine plus âgé qu'elle; Nicholas Vernon qui est mort et...

Il s'interrompit brusquement, l'air totalement stupéfait, comme frappé par une idée soudaine, si extraordinaire, si étonnante qu'il en resta immobile, changé en pierre.

La douairière ne dit rien. Elle le regardait de ses yeux malicieux jusqu'à ce que soudain il se lève, comme galvanisé. Elle comprit que leur conversation avait pris fin.

— Votre serviteur, grand-maman. J'espère que vous pourrez être prête pour 10 h 30. Clarinda fera le voyage avec vous dans votre voiture. Je conduirai mon phaéton.

— Je serai prête. J'espère que ce départ hâtif, que je désapprouve, servira au moins à résoudre le problème posé par les larmes de Clarinda.

— Je l'espère vivement, moi aussi, répondit son petit-fils.

Elle remarqua une lueur soudaine dans ses yeux, comme une flamme dansante qui formait un étrange contraste avec la solennité de sa voix.

Le pli sombre, autour de sa bouche, avait disparu.

Il quitta la chambre, referma la porte derrière lui.

Restée seule, la douairière émit un petit gloussement, comme mise en joie par une plaisanterie connue d'elle seule.

11

Clarinda galopait au long de Dingles'Ride et éprouvait une joie réelle à faire du cheval à nouveau, surtout avec une bête des écuries de lord Melburne.

Elle avait quitté discrètement la maison après le déjeuner. Elle désirait être seule et ne dire à personne où elle allait. Elle voulait se rendre au Prieuré et, bien que certaine que ni la marquise ni son petit-fils n'auraient voulu l'accompagner, elle éprouvait cependant un léger sentiment de culpabilité de ne rien leur avoir dit.

Elle avait passé une nuit presque blanche, se retournant sans cesse dans son lit, revivant, malgré elle, les moments d'horreur et d'humiliation connus quand elle s'était sentie prisonnière du poids de Kegan.

A présent, il lui semblait entendre, comme s'il avait été à ses côtés, la voix de lord Melburne lui disant que le seul moyen d'être en sécurité, d'échapper aux hommes masqués qui l'avaient vue en Vénus, c'était de se marier.

Elle ralentit sa course et se rappela l'impression

éprouvée le matin où elle avait cherché à échapper à Melburne et qu'il l'avait rattrapée. Elle le haïssait, mais le seul fait de le défier avait quelque chose de stimulant.

Tout en songeant, elle coupa à travers bois en direction du beau jardin entourant le Prieuré.

Elle retrouva l'odeur fraîche de la verdure qui lui avait tant manqué à Londres, les arbres au feuillage dense, les haies couvertes d'églantines en fleur et de chèvrefeuille odorant.

Mais elle se souvenait de ses sentiments quand elle s'était éloignée de lord Melburne après qu'il l'eut vaincue à la course.

Sa haine était totale, amère. Celle vouée à un homme qu'elle avait méprisé pendant plus de quatre ans pour la façon dont il avait traité son amie Jessica Tansley. Ses sentiments alors, étaient simples, d'une seule pièce.

C'était après qu'il l'eut sauvée qu'elle avait trouvé difficile de continuer à le haïr. Peut-être même cela avait-il commencé plus tôt, quand il l'avait secouée et embrassée avec violence pour l'avoir vue dans les bras de Julian Wilsdon.

Jamais elle n'avait pu oublier le contact de ses lèvres — tout d'abord dures, presque cruelles, puis tout soudain persuasives, possessives, comme décidées à lui arracher le cœur de la poitrine.

Elle se souvenait à présent de sa décision de rester glacée, immobile entre ses bras. Mais, troublée au fond d'elle-même par ses baisers, elle l'avait accablé d'insultes par peur, non pas tant de lui, mais d'elle-même.

Elle étouffa un petit sanglot.

— Mon Dieu, dit-elle tout haut. Pourquoi faut-il que cela m'arrive, à moi?

Elle avait pleuré la nuit précédente dans son lit, comme elle avait pleuré tant d'autres nuits auparavant. Non pas seulement parce qu'elle se sentait désarmée, vulnérable et apeurée, mais parce qu'elle savait que, malgré son succès dans le monde, jamais elle ne trouverait le bonheur avec aucun des hommes qui lui avaient demandé de l'épouser.

Comment pourrait-elle se marier alors que son cœur était pris irrévocablement et sans espoir par un homme pour lequel, elle se le répétait, elle n'éprouvait aucun respect, mais qui, en plus, ne l'aimait pas?

Elle aimait lord Melburne avant leur départ pour Londres. Mais quand il avait fait en sorte de l'ignorer, s'arrangeant pour ne jamais rester seul avec elle, ne lui demandant jamais de danser à aucun des bals auxquels ils étaient conviés, elle avait éprouvé une impression de vide douloureux qu'aucune manifestation d'adulation d'autres hommes n'était parvenue à combler.

Elle avait lutté contre ce qu'elle jugeait être une trahison à l'égard de son amie, s'accusant, nuit après nuit, de manque de loyauté, d'hypocrisie, de faiblesse, de lâcheté.

Pourtant, malgré les insultes, les reproches qu'elle s'adressait, il lui suffisait de voir la haute silhouette de lord Melburne venir vers elle à une réception, de l'apercevoir montant l'escalier à Melburne House, de le regarder assis au bout de la table, pendant les repas, pour que son cœur se retourne dans sa poitrine.

Elle se sentait parcourue d'une excitation étrange qui la rendait haletante et qui n'était pas autre chose que de l'amour.

« Ne me laissez pas l'aimer, mon Dieu, ne me laissez pas l'aimer », avait-elle prié, sachant déjà, tout en prononçant ces mots dans l'obscurité de sa chambre, qu'il était trop tard.

Elle savait, à présent, qu'elle l'avait aimé quand il était venu à son secours dans les Grottes. Elle l'aimait quand il l'avait tenue, secouée par les sanglots, dans ses bras puissants. Elle l'aimait quand elle le suppliait de ne pas la laisser seule, quand il l'avait portée jusque dans sa chambre.

Cependant, il lui fallait, maintenant, épouser quelqu'un d'autre. Il lui fallait choisir un mari parmi ses nombreux prétendants alors que son cœur appartenait à un homme qu'elle n'intéressait absolument pas.

Peut-être, songeait-elle avec désespoir, que, si elle avait agi autrement, il aurait été attiré par elle. Puis elle se souvint soudain que toutes les femmes auxquelles il s'était intéressé étaient brunes. Il y avait lady Romayne avec ses cheveux aile-de-corbeau, et puis Liane qui, d'après Rose, était française et très brune.

Il y en avait beaucoup d'autres. De jolies femmes qu'elle avait compris être d'anciennes conquêtes de lord Melburne rien qu'à la façon dont elles la regardaient et parce que la marquise douairière le lui avait laissé entendre. Elles étaient toutes brunes.

La nuit précédente, Clarinda ne s'était endormie que totalement épuisée, aux premières lueurs de l'aube. Elle avait, aussitôt, été assaillie par un affreux cauchemar. Elle était prisonnière des bras de sir Gerald Kegan et, autour d'eux, se trouvait une foule d'hommes masqués qui riaient de sa détresse.

Elle s'était réveillée avec un cri d'effroi, tremblant de tout son corps. Le rêve était encore si vivant en elle, qu'elle avait sauté de son lit et ouvert la porte.

Les bougies avaient presque totalement fondu dans leurs supports d'argent mais, tout au bout du palier sur lequel donnaient les chambres principales, elle put voir celle de lord Melburne. Sa porte était entrouverte. La pièce était éclairée à l'intérieur. Il ne dormait donc pas et veillait sur elle, comme il le lui avait promis.

Elle sentit ses craintes s'évanouir. Elle referma sa porte tout doucement et regagna son lit pour penser à lui, se dire qu'elle l'aimait follement et sans espoir. Puis, pour la seconde fois de la nuit, elle fondit en larmes.

Si la marquise douairière remarqua sa pâleur et ses yeux cernés, elle ne fit aucun commentaire.

Clarinda apprit que son petit-fils était parti avant elles. Elle aurait aimé faire le trajet avec lui et sentir le vent sur son visage tout en sachant que, même s'il n'avait pas besoin d'elle, il était cependant à côté d'elle.

« Je l'aime », murmura-t-elle brûlée par le désir d'atteindre Melburne et de le revoir.

A présent, à cheval en direction du Prieuré, la jeune fille se demandait si elle pourrait jamais être délivrée de la douleur que faisait naître en elle le seul fait de penser à lui. C'était comme un coup de couteau. Mais, en même temps, cette souffrance lui procurait une sorte d'extase, car la douleur, si atroce fût-elle, semblait intensifier son amour.

Clarinda était à ce point plongée dans ses pensées qu'elle était arrivée en vue du Prieuré avant de s'en rendre compte. La longue maison, de style élisabéthain, à demi enfouie dans les arbres, ses pignons de brique rouge avaient une beauté familière qui lui fit comprendre qu'elle était chez elle.

Pourtant, elle se surprit à tirer sur les rênes. Elle éprouva soudain l'envie irrésistible de faire demi-tour, de retourner à Melburne, de ne pas entrer dans cette maison où elle avait vécu pendant quatre ans.

Elle comprenait à présent à quel point sa vie au Prieuré avait été étriquée. C'était lord Melburne qui l'avait forcée à aller à Londres, qui avait insisté

...qu'elle élargisse son horizon, qu'elle rencontre des gens, qu'elle puisse avoir la chance de briller dans le monde.

Il avait eu raison. Mais n'avait-il pas toujours raison! Londres lui avait plu, elle s'y était amusée malgré l'indifférence qu'il lui avait manifestée dès leur arrivée à Berkeley Square.

Mais elle n'aurait pas été humaine si elle n'avait pas été heureuse de découvrir qu'elle était belle; que des hommes perdaient leur cœur pour elle et que même les femmes la complimentaient.

Mais, à présent, elle le savait, il lui fallait voir les choses en face. La vie serait impossible tant qu'elle n'aurait pas choisi de mari! Elle ne pourrait jamais vivre en paix dans l'obscurité du Prieuré, de crainte que l'un des hommes masqués, sachant qui elle était, ne vienne la chercher.

Elle ne pouvait retourner à Londres et assister au moindre bal parce que, chaque fois que quelqu'un viendrait l'inviter à danser, elle se demanderait s'il s'agissait de l'un de ceux qui l'avaient vue, en Vénus, dans les Grottes. Lord Melburne lui-même ne pouvait la protéger contre une terreur de ce genre.

Clarinda atteignit la grande allée et remonta vers la maison sous la voûte des grands chênes.

Tout, songeait-elle avec amertume, lui rappelait lord Melburne. Même en ce lieu! La première fois qu'elle l'avait vu, il conduisait son phaéton, beau comme un dieu insolent.

« J'aurais dû comprendre que j'allais l'aimer », se reprocha-t-elle avec un sanglot.

Si seulement elle avait oublié sa haine et l'avait salué aimablement, toute l'histoire de leurs relations si orageuses aurait pu être différente.

« Pourquoi n'ai-je pas accepté son amitié quand il me l'a proposée? »

Si elle lui avait répondu que le souvenir de Jessica Tansley l'en empêchait, c'était tout simplement que par crainte qu'en s'entretenant amicalement avec lui il ne devine qu'elle l'aimait. Ç'aurait été là une humiliation qu'elle n'aurait jamais pu endurer. Jamais elle n'aurait accepté de lui laisser comprendre qu'elle avait succombé à son charme comme tant d'autres femmes. Il était l'irrésistible Buck Melburne, l'homme qui attirait les femmes au point où elles renonçaient à toute dignité, se comportaient comme lady Romayne avec ses airs provocants, ses mains toujours prêtes à le toucher.

Clarinda se sentit frissonner et se secoua.

« Je ne veux pas penser à lui. Non, je ne le veux pas! »

Mais, quoi qu'elle fît, son visage était toujours devant ses yeux. Elle parvint devant la lourde porte de chêne cloutée de fer du Prieuré, porte qui datait de la construction de la maison. A sa grande surprise, elle la trouva ouverte.

Le vieux Ned, le palefrenier, se précipita pour tenir son cheval et Bates, le maître d'hôtel, s'encadra sur le seuil.

— Nous souhaitons la bienvenue à Mademoiselle, dit-il.

— M'attendiez-vous? fit-elle étonnée.

— Mais oui, mademoiselle. Sa Seigneurie s'est arrêtée, ce matin, en se rendant à Melburne, et nous a dit qu'on verrait Mademoiselle dans la journée. Cela fait vraiment plaisir de revoir Mademoiselle, et, qu'elle me pardonne, plus belle que jamais.

Clarinda réalisa en souriant que Bates ne l'avait jamais vue habillée et coiffée avec élégance.

— Je suis ravie d'être ici! répondit-elle. Tout va bien?

— Tout, mademoiselle. Nous avons fait mettre des fleurs dans les vases, pour que la maison ne semble pas trop vide.

— Je vous remercie, Bates.

Elle traversa le hall pour gagner le salon. Elle avait oublié à quel point il était petit et bas de plafond. Inconsciemment, elle le comparait à celui de Melburne. Elle remarqua également l'usure des tapis et des meubles. Si elle revenait habiter ici, il faudrait faire renouveler presque tout le mobilier de la maison. A cette pensée, sa gorge se serra.

Comment pourrait-elle vivre seule ici? Ou même avec un mari? Et qui serait-il?

Du salon, elle passa dans la bibliothèque où son oncle se tenait le plus clair de son temps. Elle se revoyait lui lire à haute voix les livres qu'il aimait et les longues soirées où, fatigué et malade, il s'endormait dans son fauteuil et où elle continuait sa lecture, pour elle-même. Elle n'avait pas eu conscience de la solitude qui était la sienne, ignorante qu'elle était d'une autre vie en dehors de la quiétude du Prieuré.

— Que vais-je faire, à présent? s'interrogea-t-elle, tout haut.

Elle s'approcha de la fenêtre pour regarder la roseraie, et pour se rappeler de quelle façon Julian avait posé sa joue contre la sienne parce qu'il était malheureux et comment elle s'était enfuie parce que lord Melburne les avait vus.

— Que vais-je faire? se répéta-t-elle.

Elle entendit la porte s'ouvrir derrière elle, et crut que Bates lui apportait un rafraîchissement. Puis elle l'entendit annoncer.

— Lady Mc Dougall, mademoiselle.

Clarinda, très surprise, se retourna et, après un regard étonné à une apparition vêtue de taffetas bleu, coiffée d'un chapeau emplumé, elle poussa une exclamation :

— Jessica! Que fais-tu ici?

— J'ai pensé que tu serais surprise de me voir, répondit l'apparition. Mais je passais devant la grille, en retournant à Londres, et je me suis dit que je ne pouvais pas ne pas entrer te dire bonjour.

— C'est, en effet, une surprise! s'écria Clarinda en embrassant son amie.

Celle-ci était toujours jolie avec ses cheveux noirs et ses yeux en amande. Mais elle s'était beaucoup arrondie et n'avait plus la fraîcheur de l'extrême jeunesse.

— Tu es mariée?

Jessica, d'un mouvement élégant, prit place sur le sofa.

— Oui, depuis plus de trois ans, répondit-elle. J'aurais dû te l'écrire. C'est de la négligence de ma part... Mais mon mari — sir Fingall Mc Dougall — habite l'Ecosse. Nous nous sommes mariés très vite car il voulait retourner dans le Nord. Aussi n'ai-je pas eu le temps de t'inviter. Je suppose que tu n'as pas lu le faire-part dans le *Ladies Journal?*

Clarinda ne put s'empêcher de sourire.

— Non, en effet! Mon oncle Roderick n'a jamais rien eu d'aussi frivole à la maison, répondit-elle.

— J'ai appris, par les parents auxquels j'ai rendu visite, que ton oncle était mort, dit Jessica. Je suis navrée, mon chou, cela a dû être affreux pour toi. Mais tu es extrêmement élégante! Tu vis ici?

— Non, pas pour le moment, répondit Clarinda.

Puis, sans regarder son amie, elle ajouta, avec une légère hésitation :

— Je réside à Melburne. Tu le sais... les deux domaines se touchent... L'oncle Roderick a demandé à... lord Melburne... d'être mon tuteur.

— Ton tuteur! s'écria Jessica. Mon Dieu, Clarinda, quelle chance tu as. Mais c'est prodigieux! J'avais une admiration folle pour lord Melburne. Il était si beau, tellement hors du commun. J'ai toujours eu terriblement envie de faire sa connaissance.

Immobile, Clarinda retint sa respiration :

205

— Je ne pense pas... que tu m'aies bien entendue Jessica. C'est... lord Melburne... qui est mon tuteur.

— Mais je t'ai parfaitement comprise, répliqua la jeune femme en souriant. L'irrésistible Buck Melburne! Je mourais d'envie de faire sa connaissance quand j'étais débutante.

Clarinda respira à fond :

— Mais Jessica... tu m'as raconté qu'il... t'avait fait la cour... que tu l'as supplié de t'épouser et... qu'il a refusé. Tu m'as tout raconté en détail. Tu m'as dit à quel point tu l'aimais et... que... qu'il... t'avait violée!

Jessica, la tête renversée en arrière, éclata de rire :

— Et tu as cru toutes ces sornettes! Pauvre petite Clarinda! Je m'en souviens à présent, je te racontais des histoires invraisemblables que tu écoutais, les yeux grands ouverts, croyant chaque mot. Chaque fois que je rencontrais un homme séduisant, je m'inventais une aventure. C'était le cas pour lord Melburne, à ceci près que nous n'avons jamais été présentés. Mais je l'ai vu, dans des bals, et je l'ai trouvé beau comme un dieu.

— Tu veux dire... que tout ce que tu m'as raconté... était faux? demanda la jeune fille hébétée.

— Bien sûr, que c'était faux! s'écria Jessica. Comment as-tu pu croire des bêtises pareilles? Si tu m'as crue, j'ai dû être convaincante. J'ai toujours été persuadée que, si j'avais appartenu à un autre milieu, j'aurais fait fortune au théâtre.

— Oui... j'en suis certaine, murmura Clarinda.

Elle s'était levée, tout en parlant, et resta, un instant, cramponnée au dossier de son siège.

— C'est tout de même amusant que tu sois la pupille de lord Melburne, remarqua Jessica, pensive. Enfin, tout ce que je peux dire c'est que tu as beaucoup de chance d'évoluer dans ce milieu. Si je n'étais pas aussi pressée de regagner Londres, je te demanderais de me présenter ton tuteur.

Mais je ferai sa connaissance très bientôt, j'ai déjà promis de venir assister à son mariage.
— Son... mariage? répéta Clarinda.
— Oui. En passant à Londres, j'ai passé une nuit chez lady Romayne Ramsey. C'est une parente de mon mari. Depuis longtemps, m'a-t-elle dit, lord Melburne et elle sont fiancés. Ils doivent se marier à la fin de l'été. Je te verrai, alors, Clarinda, et nous aurons tout le temps de bavarder. Pour le moment, je ne peux pas m'attarder.
— Tu dois... partir? demanda Clarinda, à peine consciente de ce qu'elle disait.
— Oui, on donne une réception en mon honneur à Londres, ce soir, et je suis impatiente d'y être.
— Mais ne veux-tu pas rester un peu... le temps de prendre un rafraîchissement?
La voix de la jeune fille, assourdie, semblait venir de très loin.
— Non, merci, ma chérie. J'ai déjeuné avec des amis il y a à peine une heure et je dois absolument me remettre en route.
Une étreinte affectueuse, un froissement de soie, un parfum exotique, le velouté d'une joue poudrée, un envol vers la porte accompagné d'un bavardage ininterrompu : ses enfants, son mari, son voyage en Ecosse, ses amis de Londres.
Puis elle monta en voiture, s'éloigna, disparut.
Clarinda la regarda partir, comme dans un rêve. Par la suite, elle ne put se souvenir avoir quitté le Prieuré. Elle se retrouva seulement chevauchant en direction de Melburne, incapable de penser avec cohérence.
Elle atteignit la maison, laissa son cheval à l'écurie et monta directement au premier étage, par une porte de côté :
Dans sa chambre, elle sonna Rose.
— Mademoiselle a-t-elle fait une bonne promenade? commença celle-ci. (Puis, à la vue de sa maî-

tresse, elle s'écria :) Que s'est-il passé, mademoiselle? On dirait que vous avez vu un fantôme!
— Je suis... très bien, répondit la jeune fille.
— Je vais chercher un peu d'alcool. Il est arrivé quelque chose, Mademoiselle était déjà assez pâle ce matin, mais maintenant c'est encore pis. Il faut que Mademoiselle s'étende! Se repose! C'était trop, ces sorties tous les soirs à Londres... Et maintenant cette promenade au Prieuré... Il s'y est passé des choses que, moi, je préfère oublier.

Clarinda l'entendait à peine. Elle protesta seulement quand Rose voulut qu'elle s'étende.
— Je dois descendre, dit-elle. Il faut que je voie lord Melburne.

Elle avait parlé d'un ton tellement décidé que la femme de chambre n'insista pas. Elle prit l'une des plus jolies robes de sa maîtresse dans la penderie, l'aida à la mettre et la coiffa comme elle avait appris à le faire, à Londres.

Clarinda resta placide comme une poupée entre ses mains. Quand Rose eut terminé son travail, elle se détourna du miroir qu'elle avait fixé sans rien voir et se leva.

Elle se dirigea vers l'escalier, le cœur battant à coups précipités, les mains glacées.

D'instinct, elle alla droit à la bibliothèque, pensant que Melburne devait s'y trouver. Il y était, en effet, assis au grand bureau placé au centre de la pièce.

Elle s'arrêta un moment sur le seuil. Puis, d'une voix qui semblait calme à ses propres oreilles :
— Si cela ne vous dérange pas, dit-elle, je désirerais vous parler.
— Je vous en prie, Clarinda, répondit-il.

Il sabla le papier sur lequel il écrivait et se leva :
— Comme cela se trouve, j'étais sur le point de vous envoyer chercher. J'ai quelque chose à vous dire, Clarinda. Je renonce à être votre tuteur.

— Vous renoncez? s'écria-t-elle.
— Oui. Je ne souhaite pas continuer à exercer ces fonctions, répondit-il.

Elle ressentit le coup de poignard d'une douleur intolérable. Il voulait se libérer de la responsabilité assumée. Rien de surprenant, s'il devait se marier. Il ne voulait pas se compliquer la vie plus longtemps avec ses affaires.

Puis, s'apercevant qu'elle n'avait pas parlé et sentant peut-être son agitation, il ajouta :

— Excusez-moi, Clarinda, vous vouliez me dire quelque chose et je ne vous ai pas laissée parler.

Elle pénétra un peu plus avant dans la pièce pour se rapprocher de la cheminée, se tordant les doigts, regardant sans les voir les longues rangées de livres, le vase plein de fleurs de serre, sur une table, devant eux.

— Vous avez quelque chose à me dire? insista-t-il.
— Ou... oui, murmura-t-elle.
— Ne voulez-vous pas commencer? Si nous nous asseyions, ce serait plus confortable.
— Je... pré... je préfère rester debout, répondit-elle. J'ai... j'ai des excuses à vous faire...

Un léger rictus lui déforma la lèvre :

— Encore?
— Cette fois-ci... c'est pis... que tout...
— Pis?
— Bien... bien pis.
— Qu'a-t-il bien pu se passer? Vous m'intriguez. Nous ne sommes à Melburne que depuis quelques heures.
— J'ai été au... au Prieuré.
— Cela vous a bouleversée? s'enquit-il, la voix brève.
— Non, pas le Prieuré, répondit-elle. Mais Jessica Tansley... elle est venue, en passant.

Melburne, elle s'en rendit compte, s'était raidi :

— Jessica Tansley !
— Elle s'appelle à présent... lady Mc Dougall... Elle passait...

Un silence s'établit, terrifiant pour la jeune fille. Elle le savait, lord Melburne attendait qu'elle poursuive. Mais elle ne trouvait pas ses mots. Brusquement, ils lui jaillirent des lèvres :

— Elle m'a appris qu'elle ne vous avait jamais rencontré !

— Je vous l'avais déjà dit, répliqua-t-il.

— Je... je ne vous ai pas cru. Comment pouvais-je deviner... qu'elle avait tout inventé ? Elle pleurait... elle m'avait dit vous avoir supplié... se jetant à vos genoux... vous conjurant de l'épouser et vous... vous n'aviez fait que rire. Elle était si convaincante que je l'ai crue... oui, je l'ai crue...

— Et puis-je vous demander ce que j'étais censé avoir fait ?

— Elle... m'a dit... que vous... l'aviez violée, répondit Clarinda dans un murmure.

— Et vous l'avez crue. Comment avez-vous pu penser une telle chose de moi ? Comment avez-vous osé m'insulter de la sorte ! Me croyez-vous sans honneur, capable de séduire une jeune fille ou de prendre de force une femme ? Je ne suis pas Kegan. Rien d'étonnant à ce que vous m'ayez haï, Clarinda... si c'était là le genre de comportement dont vous me jugiez capable.

— Elle était... si... convaincante, murmura Clarinda, au supplice.

— Et vous allez me dire que nous nous sommes querellés, combattus, que vous n'avez cessé d'être odieuse avec moi, tout cela parce qu'une péronnelle à l'imagination délirante vous a abreuvée de stupidités ? demanda-t-il sévèrement.

— Je pensais être... loyale envers mon amie. J'avais été... bouleversée par... ce... qu'elle m'avait raconté, répondit-elle, la voix tremblante.

Elle eut un petit sanglot et se dirigea vers la fenêtre.

— J'aimerais bien rencontrer Mlle Jessica Tansley, ou lady je ne sais pas quoi, remarqua lord Melburne, la voix dure.

— Vous le ferez. Elle m'a dit... qu'elle viendrait assister à votre mariage.

Il eut une exclamation :

— Mon mariage!

— Oui. Elle est... apparentée à lady Romayne... elle a passé une nuit chez elle, à Londres.

Un long silence s'établit. Clarinda joignait les mains si fort que le sang circulait à peine dans ses doigts.

— Laissez-moi préciser quelque chose avant d'être à nouveau pris au piège de l'imagination débordante de votre amie, dit-il, le ton grave. Je ne vais pas épouser lady Romayne Ramsey. Ecoutez-moi bien, Clarinda, de façon qu'il n'y ait pas d'erreur. Je n'ai jamais demandé à lady Romayne de m'épouser et je n'ai pas l'intention de le faire.

L'espace d'une seconde, Clarinda eut l'impression que la terrible sensation de tenaille autour de son cœur se relâchait. C'était un peu comme si le soleil apparaissait et que disparaissait l'obscurité qui l'enveloppait depuis sa visite au Prieuré.

Elle regardait toujours par la fenêtre afin que lord Melburne ne vît pas son visage. Elle l'entendit ajouter :

— Mais je veux être franc avec vous, Clarinda. Je souhaite cependant me marier. Le plus tôt possible.

Le soleil avait de nouveau disparu. Il paraissait impossible qu'en plein jour il puisse faire si sombre dans une pièce.

« Ainsi, il y a quelqu'un d'autre. »

C'était pour cela qu'il ne lui accordait aucune

attention, à Londres. Il était amoureux d'une autre femme, tout le temps.

Une femme qu'elle n'avait pas rencontrée, dont elle ne soupçonnait même pas l'existence.

A présent, elle ne comprenait que trop bien pourquoi il ne s'occupait d'elle que dans l'exercice de ses fonctions de tuteur, pourquoi elle ne l'intéressait même pas suffisamment pour qu'il l'invitât à danser, ou à faire une promenade. Il aimait, peut-être avec la force qu'elle mettait à aimer elle-même, et c'était la fin de tout.

Elle lutta contre l'envie de pleurer sa peine, de courir à lui, de lui demander de la serrer encore une fois dans ses bras, comme il l'avait fait, la nuit où il l'avait ramenée des Grottes... Ou même de ne tenir que sa main dans la sienne, comme lorsqu'ils étaient revenus de Hetherington House à Berkeley Square.

Elle s'était accrochée à lui, ce soir-là, sentant la force et la chaleur de ses doigts, sachant qu'une fois encore il l'avait sauvée de la pire des souillures, sachant qu'au milieu de sa terreur elle n'avait cessé de croire qu'il la sauverait à nouveau. Il s'était battu pour son honneur. Elle voyait son visage, défiguré par la colère, quand il avait assommé Kegan, puis quand il avait continué à le frapper. Elle avait cru, alors, qu'il agissait pour elle. A présent, elle le savait, elle n'était autre, à ses yeux, qu'une femme outragée.

La colère de lord Melburne n'avait rien eu de personnel. Ce n'était qu'une manifestation chevaleresque qui ne l'avait pas surprise de sa part et qui aurait dû la faire douter de l'histoire de Jessica dès l'instant où elle l'avait rencontré.

« Quand il sera marié, je ne le verrai plus jamais », songeait-elle avec désespoir.

Mais, parce qu'il lui restait encore de l'orgueil, ce même orgueil qui l'avait empêchée de pleurer et de tenter de s'échapper quand Nicholas l'avait enlevée, elle put relever la tête et dire d'une voix un peu tremblante, mais parfaitement claire :

— Je tiens... à vous féliciter. J'espère que... vous serez très heureux.

Elle ne mentait pas. Elle l'aimait tant qu'elle le voulait heureux même si cela signifiait qu'elle serait seule et malheureuse le reste de sa vie.

— Je vous remercie, répondit-il avec calme.

Elle crut qu'il allait en dire davantage. Mais, par crainte d'éclater en sanglots ou de se jeter dans ses bras, elle se hâta d'ajouter d'une toute petite voix :

— Si Votre Seigneurie se marie... que vais-je devenir... sans tuteur.

— J'y ai pensé en écrivant ma démission. Comme je vous l'ai déjà dit hier soir, Clarinda, il est nécessaire que vous vous mariiez immédiatement.

— Mais... il n'y a personne... que je veuille... épouser, répondit-elle vivement.

— Personne?

Elle secoua la tête. Elle lui tournait le dos, mais sentit qu'il s'était rapproché d'elle et elle l'entendit lui dire :

— Et, pourtant, vous aimez quelqu'un.

— Comment le savez-vous...? commença-t-elle. Je veux dire... c'est inexact.

— Clarinda, tournez-vous et regardez-moi.

A nouveau, elle secoua la tête :

— N... non.

— Regardez-moi, Clarinda, insista-t-il avec autorité. Vous ne voulez tout de même pas que je vous y force?

Elle s'obstina quelques secondes encore. Puis, de peur qu'il ne la touche et qu'elle ne perde le contrôle d'elle-même, elle lui fit face. Il était plus proche d'elle qu'elle ne l'avait cru. Elle leva les yeux vers lui et lut dans son regard une expression qui la fit trembler, soudain. Vivement, elle baissa les paupières, ses cils noirs tranchant sur la pâleur de ses joues.

— Un jour, Clarinda, dit-il, très lentement, vous m'avez promis de ne jamais me mentir. Je vous le demande : aimez-vous quelqu'un?

— Ou... oui.

Il entendit à peine sa réponse.

— Alors, cela facilite les choses. Ce monsieur si comblé, qui que ce soit, deviendra votre époux et, de ce fait, votre tuteur naturel.

— Je... ne peux pas l'épouser, murmura-t-elle.

— Voulez-vous dire qu'il ne vous l'a pas encore demandé? Rien de plus facile. Vous me dites de qui il s'agit et, s'il ne figure pas sur la longue liste de ceux que vous avez déjà refusés, je lui parlerai. Je suis sûr de pouvoir vous aider à vous marier et être heureuse, dans les plus brefs délais.

— Non... non! s'écria-t-elle. Vous... vous ne comprenez pas!

— Qu'est-ce donc que je ne comprends pas? demanda-t-il du ton de quelqu'un qui s'adresse à un enfant difficile.

— Il... il... Je ne l'intéresse pas du tout.

— Vous en êtes certaine?

— Absolument.

— J'aimerais en être convaincu moi-même. Vous avez vécu, en si peu de temps, des histoires tellement compliquées, Clarinda, que je ne peux me fier à votre instinct. Prenez, par exemple, la façon dont vous m'avez méjugé ou plutôt celle avec laquelle vous avez accepté les mensonges de Jessica Tansley. Dites-moi le nom de ce garçon qui ne connaît pas son bonheur. J'en suis sûr, il se jettera à vos genoux sans aucune difficulté.

— Non... non, supplia-t-elle en lui tournant le dos, de nouveau. Je vous en prie, n'insistez pas... je ne peux pas en parler... Tout ira très bien... je me trouverai un tuteur et quelqu'un... pour me chaperonner. Je ne... veux pas me marier. Je... resterai au Prieuré... c'était mon intention à la mort de mon oncle.

— Vous pensez y être heureuse?

— Ne vous préoccupez pas de moi. Je... j'arrangerai quelque chose.

— Cela ne me paraît pas satisfaisant du tout, remarqua-t-il avec lenteur. Voyez-vous, Clarinda, j'ai pris une part active à vos problèmes toutes ces dernières semaines. Je ne puis vous laisser seule et sans protection. Aussi, avant de m'occuper de mes propres affaires, je dois vous trouver un mari.

— Je ne... veux pas de mari, protesta-t-elle la voix entrecoupée. Il n'y a personne que je puisse épouser... personne que j'aie rencontré à Londres. Je vous en prie, n'y pensez plus.

— Je peux me tromper, fit-il, toujours avec la même lenteur, mais j'ai cru comprendre que celui que vous aimez, vous l'avez connu à la campagne.

Un instant, Clarinda se raidit.

— Qu'est-ce qui vous fait croire cela? demanda-t-elle enfin, sentant qu'il attendait une réponse.

— Je pense connaître tous les hommes qui vous ont fait la cour, à Londres, répondit-il. Et, cependant, il en est un qui vous a fait pleurer, toutes les nuits. Qui est-ce, Clarinda?

— Ce n'est pas vrai... qui vous a raconté des choses pareilles? s'écria-t-elle.

Puis elle ferma les yeux.

Soudain, au contact de ses mains sur ses épaules, elle poussa un petit cri. Doucement, il la contraignit à lui faire face.

— Pourquoi continuer à mentir? demanda-t-il. Regardez-moi, Clarinda.

Elle tenta de lui résister puis elle ouvrit ses yeux pleins de larmes et les leva vers les siens.

— Mon pauvre malheureux petit amour, dit-il. Je suis une brute de te taquiner de la sorte mais tu m'as tellement fait souffrir depuis des semaines que j'ai voulu te punir un peu.

Pendant plusieurs secondes elle ne put que le regarder fixement, aveuglée par les larmes, croyant rêver.

— Crois-tu réellement que je pourrais épouser quelqu'un d'autre? lui demanda-t-il. Ou te laisser épouser un autre que moi?

— Qu'est-ce... qu'est-ce que vous dites?

Elle éprouvait une sensation étrange, qui la faisait trembler, mais ce n'était pas de peur.

— J'essaye de te dire, mon amour, que je t'aime et que tu m'as rendu presque fou. Il n'est pas permis de soumettre quelqu'un à la torture à laquelle tu m'as soumis, m'obligeant à regarder tous les hommes qui te rencontraient te tourner autour, te faire la cour, t'offrir leur cœur alors que je n'osais même pas te regarder.

— Vous m'ignoriez, murmura-t-elle. Vous... ne me parliez jamais... Jamais vous ne m'avez invitée à danser.

— Ne comprends-tu pas, petite sotte adorée, que si je t'avais seulement touchée, je t'aurais prise dans mes bras et je t'aurais embrassée comme je l'ai fait une fois! J'ai souffert le martyre à te voir si belle et à savoir que tu n'étais pas pour moi.

Ses doigts se crispèrent sur ses épaules à lui faire mal :

— Comment as-tu pu ériger cette barrière entre nous? Chaque nuit, j'ai fait les cent pas dans ma chambre en me répétant : « Jessica Tansley? Jessica Tansley? » Je me disais qu'elle avait dû signifier quelque chose pour moi autrefois. Mais ma mémoire ne me rappelait rien. Elle se dressait comme un ange vengeur entre moi et mon espoir de bonheur. Clarinda, comment as-tu pu être assez écervelée pour la croire?

— Pardonnez-moi... je vous en prie, pardonnez-moi.

Elle le regardait. Son souffle passait, un peu saccadé, entre ses lèvres entrouvertes. Elle était si ravissante qu'il poussa une exclamation, mi-grognement mi-cri de triomphe, et la serra contre lui, très fort.

Puis il l'embrassa passionnément, désespérément, comme un homme qui pensait avoir perdu ce qui comptait le plus au monde pour lui.

Quand, longtemps après, il leva la tête, ce fut pour la regarder. Son visage rosi rayonnait d'un éclat qu'il ne lui avait jamais vu.

— Je t'aime, lui dit-il, la voix un peu rauque. Oh! mon Dieu, comme je t'aime! Et dire que la nuit dernière, quand tu m'as quitté, j'étais décidé à partir pour l'étranger.

— A l'étranger! s'écria-t-elle. Mais pourquoi?

— Parce que je ne pouvais supporter plus longtemps d'être à côté de toi et de ne pas te tenir, comme ça, de ne pas t'embrasser et de ne pas pouvoir te demander de m'épouser. Ne peux-tu comprendre, Clarinda, ce que j'ai éprouvé? Te vouloir et penser que mon amour était vain! Penser que tu disais la vérité en disant que tu me haïssais!

— Je crois que j'ai cessé de vous détester dès que j'ai appris à vous connaître. Et puis... je vous ai aimé... je vous ai aimé... si fort que j'avais peur de moi.

— Et pourtant tu restais loyale à cette menteuse idiote?

— Je croyais que vous ne m'aimiez pas, répondit-elle. J'ai pensé que j'allais me retrouver comme toutes les autres femmes qui vous aiment, qui vous trouvent irrésistible et... qui vous ennuient.

Elle frissonna, le regarda bien en face :

— Imaginez que j'en arrive à vous ennuyer, moi aussi?

Il la serra contre lui avec une telle force qu'elle poussa un cri de douleur.

— Ne pense jamais une chose pareille! dit-il avec rage. Il est impossible que nous nous ennuyions mutuellement et je vais te dire pourquoi.

Il lui embrassa le front avant de poursuivre :

— Tout d'abord, ma chérie, parce que, n'en déplaise à ma grand-mère, tu as un petit cerveau remarquable. Nous aurons de quoi parler, discuter, et même peut-être nous quereller pour le reste de nos vies.

Il lui baisa les paupières :

— Deuxièmement, mon adorée, tu m'as déjà dressé un programme qui me tiendra occupé pendant des années. Par ta faute, j'ai l'intention de faire de la politique et si, en tant que femme de politicien, tu te plains d'avoir trop à faire tu n'auras à t'en prendre qu'à toi.

Il l'embrassa sur les lèvres avant de lui laisser le temps de répondre et, tout contre sa bouche, il ajouta :

— Enfin, ma bien-aimée, je t'adore comme je n'ai jamais adoré personne. Jamais je n'aurais cru que l'amour puisse être ainsi. Je n'ai jamais éprouvé pour une seule femme ce que j'éprouve pour toi. Chaque homme doit avoir dans son cœur un piédestal sur lequel il place la femme idéale. Tu y es, Clarinda, et tu y resteras toujours. Mon amour, mon guide, mon inspiratrice et, plus que tout, ma femme!

Il chercha ses lèvres, les embrassa avec douceur, respectueusement presque. Puis, très doucement, il demanda :

— Est-ce que tu veux de moi, Clarinda?

— Vous le savez, murmura-t-elle. Vous savez que tout ce que je veux c'est votre amour... parce que, Buck, je vous aime. Rien d'autre ne compte. Je ne peux pas penser à autre chose. Je sais seulement que mon cœur vous appartient... que je veux vous épouser... être à vous.

— Quand veux-tu m'épouser? Ce soir?

— Mais... comment pourrions-nous? balbutia-t-elle.

— Très facilement, répondit-il. Ce matin, ma grand-mère m'a dit quelque chose qui m'a fait espérer que tu ne me détestais pas autant que je le craignais. Aussi, avant de quitter Londres, ai-je obtenu une licence spéciale.

— Oh!... c'est merveilleux!

— Alors, nous pouvons nous marier ce soir, dans la chapelle?

— Je veux, plus que tout au monde, être votre femme... et à l'abri, répondit-elle.

— Tu le seras toujours entre mes bras, ma chérie, dit-il. Tu n'auras jamais plus rien à craindre, de jour ou de nuit. Tu seras tout près de moi. Qu'un homme ose seulement te regarder et je le tuerai. Tu m'appartiens, entends-tu? Tu es à moi!

Ses bras se refermèrent sur elle et ses lèvres, passionnées, possessives, capturèrent les siennes.

Le monde entier parut inondé de soleil, de musique. Ils étaient au paradis, joints, unis par un amour qui resterait leur pour toujours.

Quand il leva la tête, il s'aperçut que, pour la première fois, les paupières de la jeune fille étaient alourdies de la passion qu'il avait éveillée en elle et, au fond de ses yeux, brillait une flamme allumée par le feu qui le consumait.

— Oh! chéri, murmura-t-elle, haletante. Ce n'est pas très original, mais je te trouve irrésistible.

— N'est-ce pas merveilleux? dit-il d'une voix assourdie par le désir, mais dans laquelle le rire n'était pas loin. Parce que, mon aimée, je te trouve absolument irrésistible, toi aussi.

Barbara Cartland

Sa réputation n'est plus à faire. Les Editions J'ai Lu ont publiés une centaine de ses romans, dont voici une sélection.

Demandez à votre libraire le catalogue semestriel gratuit.

Mon beau capitaine (1167**)
Renoncera-t-elle au couvent par amour ?

Seras-tu lady, Gardénia ? (1177***)
L'homme qu'elle aime veut l'entretenir, non l'épouser.

La première étreinte (1189**)
Saura-t-elle rester pure dans le demi-monde ?

Printemps à Rome (1203**)
Il n'est pas facile d'être l'infirmière de sir Marcus.

Que notre bonheur dure (1204**)
Elle doit se marier à la place de sa demi-sœur.

L'épouse apprivoisée (1214**)
Le soir de ses noces, elle tente de se noyer.

La belle et le léopard (1215**)
Pour Wivina, « l'abominable léopard » sera-t-il un sauveur ou un bourreau ?

Pour l'amour de Lucinda (1227**)
Elle épouse par supercherie le fiancé de sa sœur.

Les larmes de l'amour (1228**)
Canuela aime celui qui a ruiné son père.

Le cavalier masqué (1238**)
Lorsqu'elle rencontre l'amour, elle a épousé un autre homme.

La nymphe de Montmartre (1239**)
L'ingénue est prise pour une courtisane.

Le prince et le pékinois (1263**)
Le prince Xenos adore Angelina, mais il doit épouser une princesse.

Les amours au paradis (1297**)
A Bali, un amour exotique et irréel se mêle aux intrigues du gouverneur.

Le maître de Singapour (1309**)
Défigurée, que peut attendre Dorinda de ce voyage à Singapour ?

La course aux maris (1310**)
Laissée sans fortune, Adrina doit sauver ses jeunes sœurs de la misère.

La revanche de lord Ravenscar (1321**)
Par dépit, il épouse la fille la plus laide de Londres.

Un baiser de Paris (1322***)
Qu'arrivera-t-il si l'homme qu'elle aime découvre sa double vie ?

L'imprévisible destin de Christine (1334***)
Actrice déjà oubliée, Christine croit sa vie finie ; elle ne fait que commencer.

Il ne nous reste que l'amour (1347**)
Pandora a cru trouver refuge auprès de son cousin, libertin entouré de cocottes et d'actrices.

L'amour fou de Zivana (1348**)
Dans la Chine de 1900, au cours de la révolte des boxers, l'aventure inouïe de la jolie Zivana.

L'amour joue et gagne (1360**)
Au bord de la ruine, il ne lui reste qu'une chance : trouver un riche mari pour sa pupille Christina.

La fleur de Cornouailles (1361**)
Pour élever ses neveux, Tamara doit demander l'aide de celui qu'elle hait.

Une couronne pour un cœur (1372***)
Comment refuser d'épouser un prince, même s'il n'a rien d'un prince charmant ?

Renaître à l'amour (1373***)
Anne a épousé le timide lord Melton

mais elle n'a rien appris de l'amour.
Les deux cousines (1384★★★)
L'homme qu'elle aime est aussi celui qu'elle hait le plus au monde.
Vanessa retrouvée (1385★★)
Une nuit, dans une auberge, une inconnue se réfugie dans la chambre d'un jeune homme.
Rencontre à Lahore (1401★★)
Ensemble, ils connaîtront le froid, la faim et la peur.
Brelan de dames (1402★★★)
Comment choisir entre trois femmes, également ravissantes ?
L'amour démasqué (1414★★)
Elle affronte un homme cynique et misogyne.
Evelyne et la panthère noire (1415★★★)
Pour elle, cet homme ressemble à une panthère noire.
Un baiser pour le roi (1426★★)
Le roi a passé la nuit auprès d'elle en tout bien tout honneur.
La maison des colombes (1427★★★)
Un homme pourchassé surgit dans sa chambre.
Lune de miel au Rajasthan (1440★★)
Pour de l'argent il épouse une inconnue.
La duchesse a disparu (1441★★)
Et si l'homme qu'elle aime avait tué son épouse ?
Fortuna et son démon (1454★★)
Elle est l'enjeu d'une impitoyable machination.
Pirate d'amour (1455★★)
Bertilla devient missionnaire au cœur de la jungle malaise.
Un amour qui ne meurt jamais (1468★★)
Latonia passe pour frivole. L'est-elle vraiment ?
L'énigmatique marquis (1469★★)
Couvert de dettes, il peut encore vendre sa sœur.

Les romans préférés de Barbara Cartland

Le Cheik (1135★★)
par E.M. Hull
Prisonnière dans le désert, Diana doit céder à son ravisseur.
Candide Evangéline (1157★★)
par E. Glyn
Naïve et pure, elle se rêve femme fatale.
La lune au trésor (1179★★)
par J. Farnol
Il est des nuits magiques où tout devient possible.
Mystérieuse Alathéa (1205★★)
par E. Glyn
Qui se cache derrière le masque figé d'Alathéa ?
Le fils du Cheik (1216★★)
par E.M. Hull
Il est brutal, mais si beau !
Ardente Amaryllis (1240★★)
par E. Glyn
Peut-on trouver le bonheur auprès d'un homme diminué ?
L'apprenti gentleman (1311★★)
par J. Farnol
Comment réunir les gens qui s'aiment, sauver les jeunes filles en détresse et découvrir l'amour ?
Ramazan le rajah (1336★★)
par Vere Lockwood
Une jeune Anglaise est enlevée par un séduisant prince hindou.
Le valet de carreau (1362★★)
par E.M. Dell
L'affrontement passionné de deux êtres que la vie avait séparés.
Sauvage Kamala (1386★★)
par E. Glyn
Après une grave maladie, Kamala oublie tout de l'homme qu'elle vient d'épouser.
Le pont des amours (1456★★)
par Berta Ruck
Elle cherche une fiancée pour celui qu'elle aime.

Littérature sentimentale

Demandez à votre libraire le catalogue semestriel gratuit.

ARLEN Leslie
 Les Borodine (inédits)
1 - Amour et honneur (1226★★★★)
Au siège de Port-Arthur, un journaliste américain tombe amoureux d'Ilona, jeune princesse russe.
2 - Guerre et passion (1314★★★★)
Dans ce monde en flammes, les héros s'aiment et se déchirent.
3 - Rêves et destin (1364★★★★)
La vengeance des nouveaux maîtres de la Russie va poursuivre les Borodine au delà des frontières de leurs pays natal.
4 - Espoir et gloire (1425★★★★)
Dans l'Allemagne nazie, la guerre surprend certains des Borodine.

CARRIÈRE Jean-Claude
Lettres d'amour (1138★★★★)
Les plus belles pages inspirées par l'amour.

DELLY
Mitsi (890★★★)
Blessée dans son honneur, Mitsi pourra-t-elle pardonner à celui qu'elle aime ?
L'infidèle (1004★)
La fidélité à une épouse morte peut-elle interdire l'amour ?
Les deux crimes de Thècle (1015★★)
Au château de Mieulles les haines s'exacerbent jusqu'au drame.
Le fruit mûr (1053★)
Ecrasé par sa mère et sa sœur, pourra-t-il s'épanouir et rencontrer l'amour ?
Une misère dorée (1102★★★)
Une radieuse jeune fille aux prises avec des haines ancestrales dans un manoir autrichien.
La douloureuse victoire (1124★★)
Peut-on aimer une femme, alors que Dieu est tout amour ?
La lune d'or
 (2 t. 1136★★★ et 1137★★★)
Dans la pampa, des hommes luttent pour punir les crimes d'un mauvais génie.
L'héritage de Cendrillon (1182★★★)
La méchanceté d'une femme va réduire Magdalena à l'état de Cendrillon.
Comme un conte de fées (1254★★)
Un pays enchanté où la vie avec le rêve se confond.

HEAVEN Constance
Le château sous la lune (995★★★)
A Vienne, Lisa redécouvre l'amour tandis que naît une révolution.
Marietta (1125★★★)
Dans ce château d'Ecosse, la mort rôde...
La reine et le gitan (1169★★★★)
Les amours tumultueuses d'Elisabeth Ire d'Angleterre.
Le maître de Ravensley (1242★★★★)
Alyne, aux cheveux d'or clair, est revendiquée par le nouveau maître de Ravensley.

HEYER Georgette
Pour l'amour de Cressy (1352★★★★)
Il est risqué, pour un jumeau, de se faire passer pour son frère auprès de sa fiancée.

HOLT Victoria
La nuit de la septième lune
(1160★★★★)
Helena a vécu un rêve, au réveil il ne reste qu'un cauchemar.
Ma rivale, la reine (1363★★★★)
L'amour va dresser contre Elisabeth Ire sa nièce et dame d'honneur, la belle Lettice.

JAGGER Brenda
Les chemins de Maison Haute
(2 t. 1436★★★★ et 1437★★★★)
Mariée de force à seize ans, elle lutte pour son bonheur.

KAYE M.M.
Pavillons lointains
(2 t. 1307★★★★ et 1308★★★★)
Au temps des Maharadjahs, Juli, princesse indienne, et Ash, le jeune Anglais élevé comme un Hindou, luttent pour leur amour.

KONSALIK Heinz G.
Amours sur le Don (497★★★★)
Un journaliste allemand est aimé par la belle Helena, agent du K.G.B., et par Nioucha, la sauvage fille cosaque.
Docteur Erika Werner (610★★★)
Par amour, elle s'accuse à la place de son amant indigne.
L'amour est le plus fort (1030★★★)
A Paris, un peintre sauve Eva du suicide. Pourra-t-elle le sauver à son tour ?
Amour cosaque (1294★★★)
A l'époque d'Ivan le Terrible, la passion indomptable d'une jeune Russe durant la conquête de la Sibérie.
Le mystère des Sept Palmiers
(1464★★★)
Trois hommes puis une femme s'échouent sur un île déserte.

McCULLOUGH Colleen
Les oiseaux se cachent pour mourir
(2 t. 1021★★★★ et 1022★★★★)
L'épopée vécue par Meggie et Ralph au cours de cinquante ans d'aventures et de passions à travers le continent australien.
Tim (1141★★★)
L'histoire d'un amour que la société a condamné par avance.

MYRER Anton
Les derniers jours de l'été
(2 t. 1073★★★★ et 1074★★★★)
Peut-on épouser la fille qu'on aime quand on craint d'être son frère ?

SEGAL Erich
Love story (412★)
Le roman qui a changé l'image de l'amour.
Un homme, une femme, un enfant
(1247★★)
Un père peut-il introduire dans sa famille ce fils dont il apprend l'existence ?

STEEL Danielle
Leur promesse (1075★★★)
Reconnaîtra-t-il sa fiancée à qui la chirurgie esthétique a donné un nouveau visage ?
Une saison de passion (1266★★★★)
Kate est déchirée entre son mari infirme et Nick, l'homme de sa vie.

VALENTIN Louis
Les roses de Dublin (d'après la série télévisée de Pierre Rey) (1365★★★★)
Il a connu une jeune Irlandaise une nuit, il ne se doute pas que leur fils a maintenant dix ans.

**et tous les romans de
Barbara Cartland
et Guy des Cars**

Achevé d'imprimer sur les presses de l'imprimerie Brodard et Taupin
7, Bd Romain-Rolland, Montrouge. Usine de La Flèche,
le 5 mars 1984
6227-5 Dépôt Légal mars 1984. ISBN : 2 - 277 - 11758 - 7
Imprimé en France

Editions J'ai Lu
27, rue Cassette, 75006 Paris
diffusion France et étranger : Flammarion